이우 왕자

1

①

조선의 마지막 왕자

이 우  왕 자

차은라 장편소설

글Clema
레마

차례

●　●　●　●

이 소설의 프롤로그는 1919년 겨울, 이우의 아버지 의친왕의 이야기로부터
시작된다. 이우는 1912년 고종의 아들 의친왕의 차남으로 태어나 여섯 살이
되던 해 후사 없이 죽은 흥선대원군의 장손 이준 공의 양자로 입적되었고 그
때부터 운현궁의 주인으로 '이우 공 전하'가 되었다. 그는 열한 살에 덕혜옹
주보다 먼저 일본에 볼모로 끌려간 조선의 마지막 왕족이다.

프 롤 로 그

❀

"상해로 보낼 자금과 문서들입니다."

3·1운동이 격렬했던 1919년 말. 경성 수색역 근처의 끽다점(다방)에서는 비밀리에 중요한 대화가 오가고 있었다. 허름한 골목에 위치한 이곳은 대한민국 임시정부와 연결된 조선 내 독립운동가들의 연통 지점 중 하나로, 내부에 손님이라고는 그들뿐이었다. 끽다점의 여주인인 중년 여자는 낡은 레코드판을 틀어놓고 뜨개질을 하는 중이었다. 여주인은 귀가 멀었으나 누가 오든지 항상 음악을 듣는 사람처럼 행동했다.

"그대를 두고 떠나야 하는 것이 가슴 아프오. 함께 가지 않겠소?"

남자는 서류가방을 받아들다가 애달픈 듯 여자의 손을 맞잡았다.

"이미 시간을 많이 지체하셨다 들었습니다. 아버님께서 남기신 숙명 같은 일을 저희 때문에 그르치지 마시옵소서."

사랑하는 이들을 버리고 떠나야 하는 남자는 한 여자의 지아비였다. 여자는 먼 길을 떠나야 하는 남자를 위로했다. 남자를 처음 만났을 때 젊고 아리따웠던 여자는 어느새 서른여섯이 되어 있었다. 나이가 들었어도 여전히 고운 손에는 남자가 오래전에 끼워준 칠보 가락지가 은은하게 빛나고 있었다. 옆에서 지켜보던 젊은 여자가 그 애타는 모습에 고개를 돌렸다.

"내가 무사히 상해로 가서 독립선언서를 세상에 천명할 수만 있다면, 그래서 조선이 독립할 길만 열린다면! 나는 독립운동으로 생을 마감할 것이오."

남자가 결심을 굳힌 듯 말했다.

"그러셔야지요. 전하께서는 이천만 백성들과 우리 성길이의 아버지가 아니십니까!"

"그대에게 큰 짐을 지우고 가는 것만 같소."

남자는 이제 여덟 살 된 아들의 얼굴을 떠올렸다. 남자는 이틀 전 쫓기듯 경성 시내에서 변두리로 도망쳐온 처지였다. 다급히 인력거로 뛰쳐나오던 그날 밤, 밤안개가 일제의 눈을 가려주었고 조용한 밤거리는 고요히 침묵해주었다. 남자는 마지막으로 본 거리가 기억 속에 선연했다. 노오란 가로등 불빛 아래 안개가 자욱한 경성은 식민지의 상처와 근대화의 물결을 동시에 끌어안은 모습이었다.

"전하! 지금 일어나서야 합니다. 열차가 곧 도착한다고 합니다."

딸랑 하고 문에 달린 종이 울리며 전협이라는 남자가 뛰어들어왔다. 주인 여자는 갑작스런 소란에도 힐끔 쳐다만 볼 뿐 뜨개질을 계속했다. 전협은 대동단의 단원으로, 그제 남자를 이곳까지 데려온 배포가 큰 사람이었다. 어제도 잠시 지체하다 열차 편을 놓쳤기에 남자는 서류가방을 들고 바로 자리에서 일어났다.

"성길이는 전하를 가장 닮은 아들입니다. 틀림없이 잘 자랄 테니 염려 마시옵소서!"

여자도 따라 일어나며 남자의 뒤에 대고 마지막 말을 했다. 떠나려던 남자가 뒤를 돌아보며 그녀에게 굳게 고개를 끄덕였다. 문에 달린 작은 종이 한 번 더 딸랑 울리더니 두 사람은 사라졌다. 여자는 한참 동안 서서 남자의 뒷모습이 사라진 쪽을 바라보았다.

어젯밤 급히 여자를 찾아온 자는 다짜고짜 남자의 직인을 보여주며 전하께서 기다리고 계시니 함께 가자고 했다. 여자는 그 말을 믿어야 할지 몰라서 망설였으나 틀림없는 지아비의 직인이었다. 여자는 사내를 따라 고종황제가 남긴 비밀문서와 채

권들을 들고 새벽녘에 수색역까지 달려왔다. 인력거에서 내릴 때 그녀의 백의는 새벽이슬에 차갑게 젖어 있었다. 하지만 그렇게 가슴을 졸이며 만나러 온 남자는 금방 떠났고 여자만 남게 되었다. 사랑하는 이를 다시 못 볼 곳으로 보낸 여자의 가슴은 황량했다. 마침 축음기에서 흘러나오던 노랫소리마저 뚝 끊겼다.

"여덟 시 반 열차입니다만, 미리 가서 타고 있는 것이 좋을 듯해서 서둘렀습니다."

끽다점에서 나온 두 사람은 골목을 벗어나 큰길가로 들어섰다. 혹시 누가 따라붙었나 하여 발걸음을 빨리하며 주변을 둘러봤지만 길에는 좌판 상인들과 행인들뿐이었다. 그런데 시선이 닿지 않는 귀퉁이에서 그들을 지켜보는 눈 하나가 있었다. 얇고 납작한 모직 모자를 눌러쓴 사복경찰이 그들을 미행하고 있었다. 미행자는 몸을 최대한 숨긴 채 따라붙으며 그들의 행동을 주시했다.

"상해로 가는 배편은 이미 마련되었으니 안동까지만 가시면……."

안동(현재의 단둥. 압록강 하구에 있는 중국 랴오닝성의 도시)이라는 소리에 엿듣던 미행자가 깜짝 놀란 표정을 지었다. 어떤 불령선인(불량한 조선인) 무리가 전하를 상해로 데려가고자 한다는 말이 사실로 확인되는 순간이었다. 미행자는 이 사실을 경무국에 알리려 급히 뒷걸음질 쳐 어디론가 사라졌다.

 "전하, 빨리 이쪽으로!"

 찬바람이 도망자들의 얼굴에 매섭게 몰아쳤다. 아무리 옷섶을 여며도 소용없는 매서운 한기가 조선반도 구석구석을 뒤덮고 있었다. 일제의 수탈에 더욱 시린 겨울이었다. 삼등칸으로 들어서자 다른 젊은 단원들이 미리 이곳저곳에 자리를 잡고 있었다. 겨우 열차에 몸을 싣고 나서야 한시름 돌린 그들은 흩어져 앉은 동지들과 눈짓으로 인사를 주고받았다.

 이 열차의 종착역은 안동역. 목적지도 신분도 숨기고 열차에 올라탄 이들은 오로지 고종황제의 아들인 의친왕 이강(李堈)을 상해 임시정부로 망명시키고자 하는 사람들이다. 이강은 일찍이 독립선언서에 이름을 올린 유일한 조선 왕족이었다. 독립만 된다면 민주주의를 받아들이고 왕족의 지위를 버린 채 일개 평민으로서 살겠다는 그의 의지는 확고했다. 안동역에 무사히 내려 이륭양행까지만 들어갈 수 있다면, 임시정부로 떠나는 뱃길이 열리는 건 시간문제였다.

 "형님, 벌써 순사들이 쫙 깔렸습니다."

 스물넷의 젊은 나이에 이런 큰일에 가담한 정남용이 송세호에게 속삭였다. 송세호는 정남용이 눈짓으로 가리킨 곳을 보았다. 옆 칸에서 순사들이 객실을 돌며 신원확인을 하고 있었다.

벌써 여기까지⋯⋯. 이쯤 되면 경성은 '전하'가 없어졌다며 발칵 뒤집혔을 것이었다.

"여행증!"

열차가 출발하자 이강이 있는 삼등석도 본격적으로 검문이 시작되었다. 딱딱한 태도의 순사가 구석에 앉아 있던 이강에게 여행증을 요구했다. 이강의 차례가 예상보다 일찍 오자 다들 긴장한 채 숨죽였다. 이강은 미리 준비한 여행증을 순순히 넘겼다.

"한동호⋯⋯."

한동호라는 가짜 이름을 보며 순사가 눈을 가늘게 떴다. 여기서 밝혀지면 모든 게 끝장이다. 망명을 주도한 자들은 피 말리는 심정으로 대화에 귀를 기울였다.

"둘은 어떤 관계인가?"

여행증을 보던 순사가 대뜸 물었다. 순사가 허리춤에 차고 있던 칼이 위협적으로 찰그랑거렸다. 옆자리에 앉아 있던 이을규는 내심 당황했다. 설마 의심을 사고 있는 것일까?

"삼촌입니다."

이을규가 급히 둘러대자, 순사는 낡은 외투를 걸친 이강과 이을규를 번갈아 쳐다보았다. 나이를 확인해도 딱히 이상스러울 게 없었지만 순사는 의심의 눈초리를 거두지 않았다. 하지만 그런 시선에도 이강은 의연한 태도를 유지했다. 그의 태연한 태도가 그나마 다른 이들을 안심시켰다.

"다음 칸에 수상한 놈들이 있다는 제보가 들어왔습니다."

말단 순사 한 명이 쫓아와 속삭이듯 전했다. 그제야 꼼꼼히 훑은 여행증이 도로 이강의 손에 떨어졌다. 경성에서 각 도시 경무국마다 왕족이 도망갔다는 전보를 불이 나게 보내는 통에 순사들이 비상이었다. 다른 열차에서도 손발이 닳도록 검문을 해댔을 순사들은 바삐 다음 칸으로 넘어갔다. 순사들이 떠나자 그제야 단원들이 한시름 놓은 표정을 지었다.

왕족을 망명시키는 것은 목숨을 걸고 하는 일이었다. 일제는 1910년에 강제로 한일합병을 추진한 뒤 지속해서 세계 각국에 조선통치권을 주장했다. 그래서 독립운동가들은 조선이 독립과 점차 멀어져가는 현실을 마주해야 했다. 헤이그에 특사를 파견하는 일은 일제의 방해로 실패했지만, 그같이 파급력 있는 일을 벌여 세계에 호소해야만 식민지 상황을 돌파할 수 있었다. 이런 상황에서 열차에 몸을 실은 의친왕 이강은 일본으로서는 절대 조선을 떠나서는 안 되는 사람이었다. 왕족인 그가 임시정부에 들어간다면 세계에 한일 강제합병의 부당함을 알릴 명분이 생기고, 상해 임시정부는 여기저기 흩어져 있는 독립운동 세력이 한데 모이는 구심점이 될 것이기 때문이었다.

"한 식경 후면 도착하네. 감시가 심하니 작전을 바꿔서 전하 곁에는 한 명만 호위하는 걸로 하세."

화장실에 다녀오는 척하며 전협이 단원들을 모아 이후 계획에 대해 말했다.

"그렇다면 호위는 제가 맡겠습니다. 전하께서 이륭양행으로 들어가실 때까지 목숨 바쳐 지킬 각오가 되어 있습니다."

나창헌이 다짐하듯 말했다.

"저는 길잡이로서 전하께서 저를 따라오실 수 있게 인도하겠습니다."

정남용도 거들었다. 옆에서 듣고 있던 최고 연장자인 동창률은 심장이 벅차올랐다. 나라를 이끌어갈 동량(棟梁. 한 나라를 이끌어갈 젊은이)들이 전부 여기 있었다. 이번에 이강의 망명을 돕는 청년들은 전부 20대 초반으로, 이강의 처남인 김춘기도 그들과 함께였다. 그들은 오직 조선독립을 위해 이강을 상해로 망명시킨다는 한뜻으로 모인 우국 청년들이었다. 바뀐 계획에 따라 나머지 단원들의 위치도 일사천리로 다시 정해졌다. 그들은 마지막으로 전협에게 독립자금과 비밀문서를 챙길 사람만 정해달라고 했다.

"이을규 자네가 자금과 문서를 교통국까지 가져가게."

전협이 그렇게 말하며 검은색 서류가방을 이을규의 손에 쥐어주었다.

"믿어주시는 것은 감사합니다만, 이런 중한 것을 제게 맡기시면 곤란합니다."

이을규는 몹시 당황스러운 표정으로 한사코 가방을 되밀며 거절했다.

"이 사람아, 옆에 전하도 계시는데 자꾸 이럴 텐가?"

전협이 거듭 부탁하자 이을규가 마지못해 가방의 손잡이를 잡아들었다. 이제 시간은 30여 분밖에 남지 않았다. 이강은 열차에 탄 이래로 줄곧 아무 말이 없었다. 이 망명길에 걸린 목숨이 몇 개인지 생각하면……. 이강은 눈을 질끈 감았다. 여기까지 온 이상 반드시 성공해야 한다는 중압감이 밀려왔다. 만일 실패한다면 가담한 사람들 중 누구의 목숨도 구할 수 없을 것이었다.

"나는 지난날 임시정부에 지속적으로 자금을 보냈네. 그리고 나도 언젠가 조선을 떠나 임시정부로 가야겠다고 결심했지. 감시가 심해 경성조차 쉽게 떠날 수 없었지만 그대들이 있어 여기까지 올 수 있었네. 이것을 결코 잊지 않을 걸세."

이강이 힘들게 말을 꺼냈다.

"그런 말씀 마시옵소서. 저희 대동단은 이번 일을 계획하면서 진작 목숨을 내놓았습니다."

전협이 결연한 태도로 답했다. 독립운동에 뛰어든 자들은 대개 거창한 이유를 가진 것이 아니었다. 일제에 의해 부모를 잃고 자식을 잃은 사람들이거나, 강제로 합병이 이루어진 이후 현실에 환멸을 느낀 사람들이었다. 나라를 잃은 식민 상태에서는 어떤 것도 무의미하다는 사실을 깨닫는 데는 그리 오랜 시간이 걸리지 않았다.

"나는 이번 망명길에서 누구도 잃어서는 안 되네. 단 한 사람도."

이강이 마지막으로 단원들을 둘러보며 말했다.

이을규는 독립된 조선의 평민이 될지언정 일본 지배하의 왕족으로 살기를 바라지 않는다는 이강의 소신을 떠올렸다. 이런 분이 왕위에 오르길 얼마나 간곡히 기다렸던가? 그의 말 한마디 한마디에는 백성을 위하는 마음과 독립에 대한 강한 염원이 담겨 있었다. 일본은 조선을 오백 년 이상 통치한 왕족들을 대놓고 없애지 못했다. 그래서 격을 떨어뜨려 이씨(李氏)를 가진 왕이라는 뜻의 이왕(李王)으로 부르고 황태자 영친왕을 볼모로 삼아 일본으로 데려갔다. 이런 상황에 상해 임시정부로 망명길에 오른 이강은 신하들이 나서 꼭두각시로 만든 순종이나 조선 백성들과 단절되어 있는 영친왕과는 다른 인물이었다. 백성들을 위해 낡은 도포자락 속에 몸을 숨기고 열차에 오른 이강은 당시 어떤 왕족들보다 왕위에 어울리는 사람이었다.

"나창헌 동지는 약속대로 전하를 최우선으로 보호하고, 우리들은 흩어졌다가 교통국에서 다시 만나세."

부디 모두 무사하기를. 다들 스치듯 눈빛을 주고받으며 고개를 끄덕였다. 그 사이 곧 도착한다는 알림 벨이 울리고 열차가 아침의 차가운 공기를 가르며 안동역으로 들어섰다.

　단원들은 서로 모르는 사람들인 척 한 사람씩 인파에 섞여 내려갔다. 그러나 이미 미행자를 통해 경성의 연락을 받은 안동부 경무국에서는 무장경찰들을 역사에 깔아놓은 지 오래였다. 과연 역을 빠져나갈 수 있을까? 이강은 사동궁을 떠난 이후 처음으로 강한 위기감을 느꼈다.

　"남용 동지를 잘 따라가십시오, 전하."

　전협이 정남용의 뒷모습에 시선에 두며 말했다. 이강 옆에는 서류가방을 든 이을규도 함께였다.

　"자네도 전하 옆에 꼭 붙어 있으시게."

　"동지는 어찌하시려고요?"

　이을규가 다급하게 전협의 팔을 잡았다.

　"예상 외로 경찰들이 너무 많아. 아무래도 일이 진즉에 경무국놈들 귓구멍으로 들어간 게 틀림없네. 금방 덜미가 잡힐 테니 나는 놔두고 어서 전하를 모시고 가게. 빨리!"

　그렇게 말하고 전협은 주위의 이목을 끌며 앞서나갔다. 주도자가 스스로 목숨을 내놓은 최악의 상황. 역사 정문에서는 또 한 번의 철저한 검문이 시작되었다. 일제가 불량한 조선인들을 걸러낸다며 수시로 불심검문을 해왔기에 사람들은 익숙한 듯 불만 없이 서 있었다. 거슬리는 자는 무조건 연행되는 터라 정문을 통하지 않고 역을 빠져나갈 방법은 없었다.

"……!"

그때 일제히 총을 겨누며 기다리는 일본 경찰들의 모습이 이강의 눈에 들어왔다. 검문을 피한다 해도 총을 피할 수는 없는 상황이었다. 위태롭던 망명길의 말로가 서서히 드러나고 있었다. 열차에서 내린 사람들도 돌발 상황에 깜짝 놀라 겁에 질려 있었다.

경찰 부대를 이끄는 요네야마는 일전에 이강과 만난 적이 있는 자였다. 신경질적으로 인상을 구기고 있던 그가 사람들 속에서 이강을 발견하고는 천천히 걸어나왔다. 요네야마는 이미 미행자의 보고로 이강이 변장했다는 사실을 알고 있었다.

"전하, 어디를 가시는 것입니까?"

그는 곧장 이강에게 다가와 정중하게 말을 걸었다. 왕족들만큼은 독립운동의 구심점이 되지 못하게 막아야 한다는 일제의 목표가 달성되는 순간이었다. 그동안 왕족들을 철저히 감시해온 결실을 본 셈이었다. 그리고 그 순간, 망명 작전에 투입된 모두의 머릿속에 실패라는 단어가 떠올랐다.

"이것 놓지 못하겠느냐? 놓아라! 놔!"

멀리서 수색역에서 헤어졌던 여자가 끌려오는 것이 보였다. 그녀는 힘껏 저항했지만 어쩌지 못하고 강제로 끌려와서는 이강의 얼굴을 대면하자 고개를 돌려 흐느끼기 시작했다. 이제 모든 것이 허무하게 끝나버렸음을 받아들여야 했다.

"조금만 더 가면 되는 것을……."

여자는 목이 메어와 더는 말을 잇지 못했다. 경찰들은 보란 듯이 여자의 양옆을 붙들고 있었고 역내의 조선인들은 그 모습을 보고 몹시 안타까워했다.

"의친왕 전하가 일본놈들한테서 도망치시려다가 붙잡히셨다."

이 모든 광경을 지켜본 사람들의 입에서 입으로 망명이 실패했다는 사실이 퍼져나갔다. 뒤에서 조용히 눈물을 훔치는 아낙도 있었다. 이 망명이 성공하기만 했다면 역사는 달라졌을 것이었다.

"그만 경성으로 돌아가시지요, 전하."

요네야마가 넉살 좋게 웃으며 말했다. 너희 조선 왕족들은 절대 우리 일본의 손에서 벗어날 수 없을 것이다. 영원히. 그는 웃음 뒤에 맹수 같은 눈빛을 숨긴 채 이강을 물어뜯고 있었다.

"이강 전하를 강제 압송하고 관련 죄인들은 전부 안동형무소로 연행하라!"

요네야마가 단호하게 명령을 내렸다.

임시정부 목전에서 발각되어 더욱 쓰라린 이 일은 연루된 자 전부가 지독한 고문을 당하거나 죽고 이강은 총독부의 녹천정에 감금당하는 것으로 끝났다. 이것이 망한 나라의 왕족, 일제가 강제로 쥐어준 지위를 버리고 처음이자 마지막으로 망명길에 오른 조선의 왕족이 맞이한 결과였다. 이강은 강제로 압송되고 이을규가 가지고 있던 서류가방 또한 압수당했다. 150만 원의 채권과 고종이 남긴 비밀문서가 한순간에 일제의 손으로 넘어간 것이다.

"전하! 흐윽……. 전하!"

여자는 강제로 끌려가며 애타게 이강을 불렀다. 자신의 어머니인 여자의 흐느낌이 역 내부를 가득 메울 때, 이우는 잠에서 깨어났다.

경성으로

❀

　지독한 악몽이었다. 눈을 뜨니 익숙한 천장의 무늬가 보였다. "전하, 전하" 하며 이우를 깨우던 여관(女官. 나인이나 궁인)의 목소리가 꿈속 어머니의 목소리와 겹쳐 들렸다. 몸을 일으켜 세우자 셔츠가 땀에 흠뻑 젖어 있었다. 불쾌감에 살짝 인상을 쓰는 이우를 보고 여관이 유리잔에 물을 가득 따랐다.

　"됐으니 그만 나가보라."

　이우는 여관이 따라놓은 물에는 손도 대지 않고 말했다. 함부로 침실에 들어오지 말라고 명했는데 왜 들어왔는지 물으려다가, 그녀가 손에 든 신문을 보고 추궁을 관두었다. 자신이 평소보다 늦게 일어나자 신문을 가져다 놓으려던 모양이었다. 여관이 엔드 테이블에 놓고 나간 신문에는 '도쿄니치니치(東京日

日), 1930년 8월 9일'이라고 찍혀 있었다.

'어머니……'

이우는 옆에 놓인 손수건으로 땀을 닦아냈다. 밤새 꾼 악몽은 이우가 여덟 살 때 상해 임시정부로 망명하려다 실패한 그의 아버지 의친왕의 이야기였다. 아버지는 이후에도 다시 상해로 가려고 시도했지만 번번이 실패했다. 첫 망명 이후 감시가 더욱 심해졌기 때문이었다.

이우는 자리에서 일어나 창가로 향했다. 침실 가운데에 놓인 둥근 탁자에 테가 두꺼운 안경과 잉크병, 만년필 등이 어지럽게 놓여 있었다. 몸체가 두툼한 만년필은 몽블랑으로 작년 겨울에 이우의 열여덟 번째 생일을 축하하며 동생들이 선물해 준 것이었다. 서양식으로 길게 나 있는 창가에 서자 1층 현관 앞에 포드가 웅 소리를 내며 들어오더니 사무관이 내리는 게 보였다. 운현궁 도쿄 별저에 관한 대부분의 일을 처리하는 사무관 스에마츠는 잠시 조선에 다녀오는 길이었다. 그는 차에서 내려 운전수와 간단한 대화를 나누고 있었는데 그 옆으로 한여름의 조경수가 울창하게 자라 있었다.

"전하, 스에마츠입니다."

잠시 후 "똑똑" 하는 노크소리와 함께 사무관의 목소리가 들렸다.

"들어오게."

대답은 했지만 이우는 여전히 창가에 서 있었다. 이우는 운현궁의 도쿄 별저 대문 앞을 호위하는 헌병들이 모여 있는 것을 지켜보고 있었다. 대여섯은 족히 되는 헌병들은 이우의 호위 명목으로 붙여졌으나 실은 누가 별저에 들어오고 나가는지 보고하는 감시원이었다. 그들은 가끔 저렇게 모여 자신들끼리 구역을 정하고는 했다.

"조선에서 오는 길입니다. 전하."

스에마츠가 가벼운 소재의 여름용 중절모를 벗으며 이우에게 보고했다.

"도쿄에는 내일쯤 도착할 예정이라고 들은 것 같은데."

이우는 헌병들이 제자리로 돌아가는 것까지 지켜보고 나서야 뒤를 돌아보았다.

"조금 서둘러서 벳부에 들렀다오는 길입니다."

"두 분 다 무고하시던가?"

이우는 어젯밤 꿈자리가 좋지 않아 부모님이 걱정스럽던 차였다. 의친왕은 올 초부터 궁내성(일본 황실의 업무를 담당하는 기구)의 요구로 경성을 떠나 일본의 벳부라는 도시에 살고 있었다. 시모노세키에서 도쿄로 오는 길에 있는 도시였다. 의친왕의 일본행은 공 작위를 이우의 형인 이건(李鍵)에게 물려주는 조건 중의 하나이기도 했다.

"의친왕 전하와 수인당 마마께서는 별고 없으십니다. 도리어 전하의 안전만을 기원하신다고 전해달라고 하셨습니다."

이우가 한숨을 섞어 "다행이군" 하고 읊조리자 스에마츠가 웃으며 말했다.

"좋은 소식을 들고 왔습니다."

"앉아서 이야기하지."

이우가 테이블의 의자를 빼며 말했다. 두 사람이 자리를 잡고 앉자 노크소리가 들리더니 여관이 차를 내왔다. 이우는 홍차, 스에마츠는 차가운 커피였다. 이화* 문양이 바닥에 새겨진 유리잔에 담긴 차는 고풍스러운 분위기를 자아냈다.

"이번에 잠시 경성으로 가실 수 있을 것 같습니다."

스에마츠가 소식을 전하고 커피를 한 모금 마셨다.

이우가 일본으로 끌려온 지 벌써 8년이라는 세월이 흘렀다. 그는 황족과 왕공족은 반드시 군적(軍籍)을 가져야 한다는 방침에 따라 육군사관학교에 입학했다. 육군사관학교 예과 시절에는 조선으로 갈 수 있는 날이 손에 꼽을 정도로, 시간이 나면 조선에 다녀오고 싶다는 이우의 요청을 궁내성은 온갖 이유를 들어 거절해왔다.

"내가 경성으로 가려고 할 때마다 궁내성은 반대만 하지 않았나?"

---

* 이화(李花): 자두꽃. 오얏꽃이라고도 부른다. 고종은 오얏꽃을 조선황실의 문장으로 정했다.

이우가 불편한 기색으로 되물었다.

"여태껏 줄곧 거절해왔으니 이번에는 승낙한 것 같습니다. 늘 가고 싶어 하셨으니 이번에 다녀오시지요."

궁내성이 이우의 귀선(歸鮮) 요청을 거절해온 이유는 한 가지였다. 몇 번의 항일투쟁을 겪고 난 일제는 조선이 왕족을 중심으로 결속해 독립 국가가 될 희망을 품는 것을 몹시 경계했다. 일제가 유학을 핑계로 이우를 일본으로 데려왔을 당시 그는 열한 살이었는데, 어린 그가 휴가를 받아 경성으로 돌아가는 길에 사건이 터졌다. 이우가 열차를 타고 오사카를 지날 때 조선인들이 모종의 계획을 세웠다는 소문이 파다했던 것이다. 그 소문에 발칵 뒤집힌 소네자키 경찰서가 역에서 무려 100명이 넘는 조선인을 검속했다. 잡힌 조선인들이 실토한 내용은 항일정신이 강한 의친왕의 아들 이우를 중심으로 조선독립을 이뤄보려고 했다는 것이었다. 이우는 어린 나이에도 이런 은근한 기대감 속에 조선 사람들의 입에 오르내리고 있었던 것이다. 일제는 그 일을 통해 한편으로는 가슴을 크게 쓸어내렸다. 조선에서 왕족이 어떤 위상인지 파악하고 미리 조선 땅에서 분리시킨 것을 다행이라 여긴 것이다. 만일 이우가 조선에 있었다면 이 정도 소동으로 끝나진 않았을 터였다.

"일정은 언제인가?"

이우가 긍정의 뜻으로 귀선 일정을 물었다. 그가 몸담고 있는 일본 육군사관학교는 천황을 숭배하며 천황을 위해 죽는 법을 가르치는 곳이다. 그런 상황에서 자신의 나라인 조선을 방문하는 것은 마음의 부담을 한결 덜어내는 일이었다.

"오는 8월 13일에 출발하시는 걸로 예정해두었습니다."

이처럼 조선 왕족인 이우가 경성에 가려면 궁내성의 허락을 받아야만 하고 그마저도 겨우 2주 남짓의 시간을 보낼 수 있을 뿐이었다. 날짜가 되면 쫓기듯이 일본으로 돌아와야 했다. 하지만 대부분의 시간을 일본에 묶여 있는 이우에게 얼마간이라도 조선에서 지낼 수 있는 것은 다행스러운 일 중 하나였다.

그로부터 며칠 후, 이우가 경성으로 온다는 소식에 운현궁은 한창 분주했다. 아랫사람들이 아침부터 대문 앞을 말끔히 쓸고 대청마루도 깨끗이 닦았다. 정갈하게 만든 음식들과 달그락거리는 소리, 바삐 움직이는 발걸음들이 섞여 운현궁은 오랜만에 복닥복닥했다. 이우의 양어머니인 이준 공비(公妃)는 아까부터 마당 중심에 서서 모든 일을 관장하고 있었다. 이준 공비는 운현궁의 이전 주인인 이준용의 부인으로, 남편이 죽고 난 뒤 그녀는 왕실 법도에 따라 옥색 저고리에 남색 치마나 백의만 입었다. 그것이 머리에 꽂은 흑각잠과 대비되어 한층 더 차분한 분위기를 자아냈다.

그 시각 경성역에는 이우의 내선(來鮮)으로 수많은 인파가 몰려 있었다.

"어서 오십시오, 전하. 먼 길을 오셨습니다."

이왕직(일제가 조선 왕실을 관리하기 위해 설치한 기구) 장관인 한창수가 이우에게 다가와 목례했다. 장관 옆에는 후작 박영효와 이왕직 차관 및 각 사무국장이 서 있고 뒤로는 수백 명의 부민들이 일렬로 서 있었다. 부민들이 총독부에서 나눠준 욱일기와 일장기를 흔드는 통에 역 입구가 깃발 흔드는 소리로 가득했다.

"박 후작께서도 나와 계셨습니까?"

이우가 박영효에게 말을 건넸다.

"전하를 뵌 지가 하도 오래된 듯하여……. 이렇게 조선에서 다시 뵈니 황공합니다."

박영효가 색이 들어간 안경을 벗으며 인사했다. 그는 다른 일은 몰라도 이우가 내선할 때면 꼭 역까지 마중 나오며 정성을 들였다.

"하하, 박공이 가끔 내 아버님을 뵈러 일본에 가는 것을 알고 있습니다."

"알고 계셨습니까? 전하, 저와 잠시 담소라도 나누고 본궁으로 가시지요."

지팡이를 짚은 박영효가 자연스럽게 이우 옆에 나란히 섰다. 그러자 한창수는 박영효에 밀려 내심 불쾌한 심정으로 그들을 따랐다. 한창수는 머리가 하얗게 세었고 근엄한 척했으나 양복

바지 위로 웃옷이 삐져나와 우스꽝스러운 모습이었다. 부민들이 데려온 아이들 몇몇이 그 모습을 가리키며 몰래 키득댔다.

이우는 역내 귀빈실에서 잠시 후작과 장관을 면대했다. 덕담 수준의 대화인데도 꽤 시간이 걸렸다. 예정보다 시간을 지체한 이우는 스에마츠의 에스코트를 받으며 차에 올랐다. 차가 경성부청(현 서울시청)을 지나 광화문통(현 광화문로 1가)으로 들어서자 고국의 풍정이 한눈에 들어왔다. 총총걸음의 기모노 입은 여인들과 교복을 입은 학생들, 부민들의 모습이 스쳐 지나갔다. 한복에 양산을 들거나 반양장 차림을 한 사람들이 작년보다 부쩍 늘어 있었다. 총독부 앞에서 오른쪽으로 핸들을 꺾자 안국동 네거리가 나왔다. 그러자 길고 긴 자신의 궁 담장이 한눈에 들어왔다.

"이우 공 전하께 경례!"

운현궁에 도착하자 정문을 지키고 서 있던 헌병들이 그에게 거수경례하였다. 평소 여자들뿐인 운현궁에 정예 헌병은 필요 없었지만 이우가 돌아오는 날이면 어김없이 배치되곤 했다.

"오라버니!"

이우가 노안당 옆길로 걸어 들어가자, 이준 공비 옆에 서 있던 소녀가 달려와 그의 품으로 와락 뛰어들었다. 소녀는 이준용의 딸인 이진완으로, 이우가 운현궁에 양자로 와 남매 사이가 된 이복누이였다.

"진완아, 잘 있었느냐?"

이우는 곱게 땋아 댕기를 맨 진완의 뒷머리를 가만히 도닥였다. 시원해 보이는 반팔 연파랑 블라우스에 남색 주름치마를 입은 여동생은 올해 열다섯이었다.

"어찌 이제야 오십니까? 얼마나 기다렸는데요."

소싯적부터 친남매처럼 자란 누이는 오라비가 돌아온단 소식에 역까지 마중을 나가려 했었다. 그런데 엄격한 어머니에게 잡혀 꼼짝없이 궁에서 기다리던 중이었다.

"장년을 어찌 지내셨을지……."

이준 공비가 말끝을 흐렸다. 식민지의 왕손이 일본에서 겪었을 일들을 생각하며 이준 공비는 차마 말을 더 잇지 못하고 하얀 치마끈에 눈물을 훔쳤다.

"어머니, 소자는 괜찮습니다."

이우는 따뜻한 말로 양어머니를 위로했다. 이준 공비는 이우의 어머니란 말이 가슴에 사무쳤다. 이우도 진완이도 그녀가 배 아파 낳은 아들딸은 아니었지만 운현궁을 이을 아이들이기에 친자식과 다름없이 길러왔다.

"조금 있다가 다른 애들도 올 거예요. 제가 사동궁에도 따로 연락해두었거든요."

어려도 사려 깊은 누이가 밝게 웃으며 말했다. 사동궁은 이우가 태어난 본가였다.

"잘되었다. 오랜만에 얼굴들을 보겠구나."

이우가 진완이 뒤로 보이는 아재당에 시선을 두며 말했다. 아재당은 이우가 어릴 때 머물던 곳이다. 그는 어릴 적에 형제 누이들이 놀러 오면 함께 뛰놀던 이로당 앞마당에도 가보았다. 자신의 키 반만 한 높이의 샛길로 허리를 굽히고 들어가자 운현궁에 처음 양자로 와서 심은 오얏나무가 여전히 그 자리에 있는 것이 보였다. 이우는 나무에 다가가 손을 대보았다. 숨을 들이마실수록 이곳은 나의 땅, 나의 나라임이 절실하게 느껴졌다. 나의 조선. 열아홉 살의 왕손. 그러나 다시 찾아온 조선에는 여전히 찬바람이 불고 있었다.

경성에 도착한 지 3일이 흘렀다. 이우가 지내는 양관은 운현궁 한옥 옆에 지어진 외국식 고딕 건물이었다. 그는 2층의 서재에서 자유롭게 책을 읽으며 오랜만에 평온함을 만끽했다. 도쿄에서는 항상 쫓기는 기분으로 지냈지만 경성에 있는 자신의 궁에서만큼은 마음 편히 쉴 수 있었다. 그런데 누군가 카펫이 깔린 계단을 쿵쿵 밟고 올라오는 소리가 들렸다.

"오라버니, 안에 계세요?"

이우는 쿵쿵대는 것이 진작 누구의 발소리인지 짐작하고 있었다. 이렇게 당차고 씩씩하게 걸어오는 것은 여러 동생들 중에서 진완이 하나뿐일 것이다. 이우는 누이를 놀려줄 심산으로 입가에 웃음기를 머금은 채 잠자코 있었다. 진완은 잠시 문 앞에서 벌을 서듯 기다리다가 "여기에 계실 텐데 이상하다……" 하고 혼잣말하며 빼꼼히 문을 열었다.

"오라버니두, 참! 동생을 놀리시면 좋으세요?"

웃음을 참으며 책에서 눈을 떼지 않는 오라비를 발견한 진완이 속았다는 표정을 짓고는 슬쩍 오라비에게 눈을 흘기며 서재로 들어왔다. 작년에 경성여고보(경성여자고등보통학교의 약칭. 현 경기여고)에 입학해 올해 2학년이 된 진완은 아침 일찍 학교에 갔다 돌아온 길이었다. 이우의 많은 여동생들 중에서 가장 먼저 여고보에 입학한 진완은 교복도 가장 먼저 입었다. 군청색 점퍼스커트와 블라우스 앞에 리본을 단 양장 교복은 진완에게 맞춘 듯 잘 어울렸다. 이런 양장 교복이 성행한 것은 일제의 정책 때문이었다. 여학교 교복이 한복인 것을 못마땅하게 여긴 일제가 신여성인 여학교 학생들의 패션이 일반인들에게까지 영향을 끼치는 걸 고려해 양장으로 바꾼 것이다. 일제는 한복은 구식이고 모든 것을 신식인 양장으로 바꿔야 한다는 의식을 심고자 했다. 덕분에 경성 거리에는 예전보다 부쩍 반양장 차림이 늘었다.

"방학일 텐데 학교에는 무슨 일로 간 것이냐?"

이우가 책장을 하나 넘기며 가벼이 물었다. 책 표지에는 세로쓰기한 일어로 『ナポレオンの一生』(나폴레옹의 일생)이라고 적혀 있었다.

"신학기 준비 때문에요. 내일까지는 나가야 한대요."

진완이 네모난 책가방을 옆에 놓고는 소파에 풀썩 앉았다. 이우는 그제야 진완이 학교에 다녀온 그대로 양관으로 왔다는 것을 알았다.

"그래서 학교를 마치자마자 바로 여기로 왔단 말이냐?"

교복은 그렇다 쳐도 가방까지 그대로 들고 양관으로 온 모양새를 보고 이우는 한숨을 쉬었다. 어머니가 알면 또 불호령이 떨어질 것이었다.

"오라버니가 금방 어디로 가버리실까 봐 그런 거지요. 어렸을 때도 제가 학교에 다녀오면 도쿄로 가버리고 안 계셨잖아요. 방에서 인기척이 없어서 전 그새 오라버니가 일본으로 가버리신 줄 알았다니까요."

여동생은 투정 반 섭섭함이 반 섞인 말투였다. 그도 그럴 것이 이우의 휴가는 아주 잠깐이었고 그마저도 오고가는 시간과 정해진 일정을 소화하는 것으로 끝나버리곤 했다. 그래서 올 때는 반갑게 맞아도 떠날 때는 얼굴도 못 보고 갈 때가 많았다. 누이는 그게 싫어 오라비가 온 며칠간은 양관에 붙어 있다시피 하는 것이다.

"한데 오라버니, 신궁이랑 홍유릉엔 다녀오셨어요?"

오라비에게 더 무슨 꾸중이나 들을까 싶어 진완은 헤실헤실

웃으며 얼른 말을 돌렸다. 이우는 경성에 올 때마다 할아버지가 묻혀 있는 홍릉(고종과 명성황후 묘)과 유릉(순종과 순명효황후 묘)을 참배했다. 그러면서 조선신궁(일본 건국신화에 나오는 신과 죽은 메이지천황을 기리는 곳)에도 들렀는데, 홍유릉은 가끔 참배를 건너뛰어도 신궁 참배는 빼먹을 수 없었다. 왕족들이 나서서 조선 신민들에게 모범을 보여야 한다는 게 이유였다. 일본이 말하는 '모범적인 일'에는 천황과 관련된 것이 대부분이고 예외가 없었다. 이우도 내선을 하면 어김없이 남산 신궁으로 불려가 참배를 강요당하는 처지였다.

"신궁이라면 어제 오후에 다녀왔지. 왜, 내게 할 말이라도 있느냐?"

진완의 기대감에 찬 물음에 이우가 책장을 넘기며 말했다.

"그럼 저랑 미스코시백화점에 가실래요?"

진완이 마침 잘되었다는 듯 물었다. 백화점엔 어머니나 친구들과 많이 다녀보았을 텐데 오라비까지 붙잡고 갈 일이 있던가? 이우는 조금 의아했다. 그런데도 누이는 꼭 오라비를 백화점에 데려가고 싶어 하는 듯했다. 무엇 때문에 같이 가자는 것일까 되짚어보니, 일전에 화신상회에서 사동 누이들에게 구두를 한 켤레씩 해주었는데 그때 어쩌다 보니 진완이가 같이 가지 못한 일이 있었다. 진완은 구두야 제 손으로 한 켤레 사면 그만이지만 오라비가 자기만 빼놓았다며 못내 서운해했었다.

"설마 그때 일을 아직도 속에 담아둔 것이냐?"

"그 뒤로 해원이가 저한테 얼마나 자랑을 했는지 아세요?"

이우는 시무룩한 누이를 보며 "하하" 하고 소리 내 웃고 말 았다.

"그럼 말이 나온 김에 오늘 가자. 다른 것도 사줄 테니."

"와, 정말요?"

누이는 꼭 손뼉을 치는 것처럼 두 손을 맞대었다. 이우도 조 만간 진완이를 백화점에 데려가려고 했었는데 단지 날짜가 앞 당겨진 것뿐이었다. 진완이 이렇게 좋아하는 걸 보니 이우는 오늘 가기로 하길 잘한 듯싶었다.

"그럼 기왕 가는 거 미스코시보다는 화신이 더 낫지 않겠느 냐?"

이우가 먼저 제안했다. 비슷한 물건들이라면 조선인이 경영 하는 화신에서 갈아주고 싶은 것이 이우의 뜻이었다.

"저도 당연히 화신상회가 더 편한데 요번에 화신백화점으로 이름도 바꾸고 새로 건물을 짓는다고 해서요. 여기저기 뜯고 고치고 난리도 아니에요."

진완이 자신도 아쉽다는 듯 말했다. 화신상회는 앞으로 백 화점으로 거듭날 예정이었다. 덕분에 행선지는 자연스럽게 미 스코시로 정해졌다. 미스코시도 새 건물을 지어 올 10월에 새 로 열 예정이었으나 완공이 일찍 돼 시범 삼아 운영 중이었다.

"그럼 이로당에 들러 어머님과 할머님께 하교 인사부터 하고 오너라."

이우는 백화점에 가려고 들떠 있는 누이에게 한 가지 단서를 붙였다. 진완은 하교 인사란 말에 아차 하는 표정이었다. 학교에서 돌아오자마자 오라비한테 쪼르르 달려온 걸 알면 어머니께 혼이 날 것이었다.

"어쩐지 너무 쉽게 허락하신다 했어요, 오라버니."

"혼을 내신다 해도 얼마나 내시겠느냐. 웃어른들께 인사도 없이 다녀올 수 없는 일이지."

진완이 "난 이제 큰일 났다" 하고 혼잣말을 하며 어깨가 축 처져서 나갔다. 진완은 가끔 왕녀답지 않게 철없이 굴 때도 있었지만 오라비 말에는 항상 고분고분했다. 이우는 진완이 나간 다음 책을 덮고 나가사키를 찾았다. 외출 준비를 하기 위해서였다. 창밖으로는 오늘 경성이 몹시 더운 날이 될 것을 예고라도 하듯 뜨거운 햇볕이 쏟아지고 있었다.

예상대로 오후의 경성 거리는 덥고 텁텁한 공기가 가라앉아 있었다. 자고로 여름이다. 부채질하며 걷는 사람들과 양산을 쓰고 걸어가는 여인들이 보였다. 다들 흙바닥에서 올라오는 아지랑이를 견디지 못하고 어디론가 몸을 피하느라 바빴다. 이우는 차를 타고 남대문통 2정목(현 남대문로 2가)으로 들어서는 중이었다. 그와 동행한 사람은 나가사키와 무카이로, 자잘한 일을 도맡아 하는 속관들이었다.

"가서 진완일 데려오너라. 지금쯤이면 어머니 말씀도 끝났겠지."

이우가 미스코시 맞은편에서 차에서 내리며 운전수에게 말했다. 누이는 훈계를 받고 간다는 조건으로 백화점에 가는 걸 허락받았다. 진완이의 천성을 보아 조금 자유롭게 행동하게 둘 법도 했지만 양어머니는 누이를 엄히 길렀다. 진완은 대내외적으로는 덕혜옹주를 제외하고 왕공족*으로 인정된 유일한 왕녀이기 때문이었다. 일본은 합병 이후 조선 왕족 수를 줄이기 위해 사동궁의 아들, 딸들을 왕적에 올리는 걸 거부했다. 그래서 이우의 많은 여동생들도 왕족이지만 제대로 된 왕족 대우를 받지 못했다. 하지만 진완이만큼은 왕적에 올라 있었기에 이준공비나 이우가 은근한 기대를 거는 것도 무리가 아니었다.

"이렇게 단출하게 방문하셔서도 되겠습니까? 지금이라도 백화점에 전화를 넣겠습니다."

나가사키가 걱정스러운 듯 이우에게 말했다. 평소 왕족들은 백화점이든 영화관이든 사람들이 많은 곳을 갈 때는 방문 전에

---

* 왕공족(王公族): 일제가 조선 왕실을 자신들의 신분제에 편입시키기 위해 만든 왕실 신분제다. 직계인 영친왕 이은과 덕혜옹주를 왕족, 방계인 이건과 이우, 이진완을 공족으로 구분해 왕공족이라고 칭했다.

사전 연락을 하곤 했다. 이우가 연락 없이 방문할 때는 동생들과 관련된 일들이 거의 유일했다.

"개의치 말게. 가끔은 문 앞까지 누가 나와 있는 게 불편하니."

이우가 소탈하게 말하자 나가사키가 공손히 뒤를 따랐다. 그가 내린 곳은 경성우체국과 혼마치(현 충무로), 조선은행, 미스코시백화점을 끼고 있는 큰 광장이었다. 혼마치의 상징인 은방울꽃처럼 생긴 영찬등(가로등) 밑으로 많은 사람들이 쏟아져 나왔다. 그런데 이 큰 광장에 정거장은 한 곳뿐이라 전차를 기다리는 부민들이 몹시 많았다. 마침 전차 한 대가 도착했지만 반도 채 못 태우고 사라졌다. 밀린 사람들은 다음 전차가 올 때까지 그늘을 찾아 움직이기 시작했다. 이우는 사람들 사이를 지나 백화점 정문 쪽으로 걸어갔다. 그런데 그때 한 남자가 수상한 짓을 하는 것이 눈에 띄었다. 어수선한 상황을 틈탄 쓰리(소매치기)였다. 사내는 조선은행에서 막 나온 화복(기모노)을 입은 일본 부인의 가방에서 봉투 하나를 훔쳐냈다. 그 사실을 모르는 화복 차림의 부인은 동행한 부인과 수다를 떠느라 정신이 없었다.

"저런!"

나가사키도 그 모습을 보고 남자를 눈으로 좇았다. 사건은 순식간에 일어났고 범인은 사람들 속으로 유유히 사라지고 있었다.

"무카이, 저자를 쫓아라!"

이우가 뒤를 따르던 무카이에게 조용히 명령했다. 현장에서 범인을 본 이상 내버려둘 수는 없었다. 이우의 명령에 따라 무카이가 남자를 쫓기 시작했다. 남자는 사람들 틈에서 빠져 나와 한적한 골목으로 들어섰다. 훔쳐낸 봉투는 은행이나 우편국에서 흔히 사용하는 백색의 종이봉투였다. 그 속을 확인해보려던 찰나, 남자는 재빨리 봉투를 주머니에 구겨 넣었다. 무카이가 자신을 쫓는 걸 알아차린 것이다. 그는 무지막지하게 달아나기 시작했다.

광장에서는 전차가 막 출발한지 모르는 사람들이 다시 정거장으로 모여들고 있었다. 화복 차림의 부인은 끼고 있던 가방에서 전차 값을 꺼내려다 꽥 소리를 질렀다. 은행에서 들고 나온 봉투가 사라진 것을 그제야 알게 된 것이다. 한바탕 큰 소동이 날 터였다.

"전하, 이 일은 관여하지 않으시는 게 좋겠습니다. 무카이가 돌아오면 제가 수습하겠습니다."

나가사키가 그 모습을 지켜보며 말했다. 이런 일에 이우가 깊이 휘말릴 필요는 없었다. 그도 동의한다는 듯 나가사키에게 처리를 맡기고 백화점 쪽으로 향했다. 진완이에게 어머님과 이야기가 끝나면 미스코시백화점 옥상에 있는 정원으로 오라고 일러두었기 때문이다. 일본식 백화점들은 옥상 일부에 야외정원을 만들어 차나 식사를 팔았다. 아마 오늘처럼 더운 날에는 유리창 안 시원한 쪽은 자리 잡기가 힘들 것이었다.

"아까 내 뒤에 서 있던 계집애가 너지?"

사건은 생각보다 크게 번져가고 있었다. 화복 차림의 부인은 범인을 잡는답시고 주변을 휙휙 둘러보다가 만만한 상대를 찾아냈다. 교복을 입은 여생도였다. 여생도는 손잡이 달린 학생용 가방을 품에 안은 채 당황한 기색이었다. 그러자 부인이 생도의 팔을 꼬집듯이 쥐더니 사람들 사이에서 끌어냈다. 화복 차림의 일본인 부인 두 명과 조선인 여생도를 둘러싸고 구경꾼들이 둥글게 모였다.

"이거 놓으세요, 부인! 전 훔치지 않았어요!"

도둑으로 몰린 여생도가 다급히 말했다.

"아니면 그 가방을 이리 내! 그 속에 내 봉투가 들었는지 확인해야겠으니!"

화복 차림의 부인은 자꾸 생도의 가방을 뺏으려 들었고, 생도는 뒷걸음질 치며 가방을 숨겼다. 누가 봐도 여생도의 행동이 수상했다. 여생도가 자꾸만 뒤로 빼자 화복 차림의 부인이 "하" 하며 기가 막힌다는 듯 소리를 냈다. 생도의 수상한 행동 때문에 모인 일본인들과 일부 조선인들도 의심의 눈초리로 상황을 지켜보기 시작했다.

"이봐, 이렇게 순진해 빠진 얼굴을 하고선 도둑질을 해? 너, 그 봉투 안에 얼마가 들었는지 알아? 십 원짜리 지전이 석 장(현 시세로 약 50만 원)이야!"

부인은 가방 속을 보지도 못했으면서 여생도를 범인인 양 몰 아세우는 기세가 보통이 아니었다. 그녀는 의기양양한 표정을 지으며 다 들으라는 듯 엄포를 놓았다.

"가방 속에 내 봉투가 있는 게지? 그래서 자꾸만 빼는 게지?"

화복 차림의 부인은 여생도를 대놓고 다그쳤다. 학교서 뭘 배우기에 도둑질을 하냐고 비난하고 이런 애는 퇴학시켜야 한 다며 어깃장을 놓는 것도 잊지 않았다. 한낮의 소동에 부민들 이 구름처럼 몰려들었다.

"아녜요. 훔치지 않았어요. 정말이에요!"

"거참, 아니면 그깟 가방 보여주지 뭣하고 섰담!"

인파 중 한 사람이 내지르듯 말했다.

"너같이 질 나쁜 계집애는 따끔한 맛을 봐야 해."

범인으로 몰리는 것은 순식간이었다. 구경꾼들까지 가세하 자 진범을 잡았다고 확신한 화복 차림의 부인이 여생도의 손목 을 우악스럽게 끌어당겼다. 당장 경찰서로 가자며 윽박지르는 데도 여생도는 들고 있는 가방을 부인에게 넘기지 않았다. 한 데 뒤섞인 부민들이 그걸 보고 혀를 끌끌 찼다.

나가사키는 무카이가 봉투를 찾아오기를 더는 기다릴 수 없었다. 애꿎은 사람이 범인으로 몰리고 있었다.

"이 생도는 범인이 아니오."

그런데 다른 이가 먼저 상황을 저지하고 나섰다. 이우였다. 그는 여생도의 손목에서 부인의 억센 손을 떼어냈다. 어찌나 세게 잡아끌었던지 여생도의 손목이 벌겋게 달아올라 있었다.

"넌 뭐야!"

화복 차림의 부인은 저지당한 게 분해서 이우에게도 제멋대로 쏘아붙였다. 가벼운 양장 차림의 이우를 보고 운현궁의 전하를 떠올리기는 어려운 일이었다. 구경꾼들도 그저 멋 부리기에 급급한 모던보이가 끼어들었거니 생각했다. 간단한 외출복 차림인데다 더위에 셔츠의 첫 단추를 풀어둔 것이 그런 인상을 주는 데 한몫했다. 혼마치를 끼고 있는 남촌 일대는 주로 일본인들이 살고 있었지만 신사숙녀라며 뽐내는 모던보이나 모던걸이 자주 찾는 곳이기도 했다.

"이분이 누구신 줄 알고!"

나가사키가 부인의 불경한 태도에 눈을 부라리며 나섰다. 똑같이 양장을 입은 나가사키가 그를 호위한다는 걸 알고 나서야 여자는 흠칫 기가 꺾였다. 흔히 높은 직책의 사람 옆에는 비서 같은 사람들이 따르기 마련이었다.

"됐다. 더는 말하지 말라."

이우가 나가사키를 저지했다. 이런 일에 이름이 오르내리고 싶지 않아서 그런 것도 있었지만 멀리 무카이가 오고 있었기 때문이었다. 무카이는 한바탕 굴렀는지 옷가지에 흙이 잔뜩 묻어 있었다.

"죄송합니다. 봉투는 찾았지만, 범인은 도망쳤습니다."

분위기가 심상치 않자 무카이는 경칭을 생략하고 봉투를 이우에게 넘겼다. 몸싸움으로 인해 봉투가 너덜너덜해졌다.

"이게 찾던 봉투인가?"

"그건……."

헤진 봉투를 손에 쥔 채 이우가 물었다. 화복 차림의 부인은 봉투를 보고 황망한 표정을 지었다. 그녀는 여생도가 봉투를 훔친 범인이라고 확신하고 있었다. 그러나 앞에 선 모던보이가 쥔 봉투의 드문드문 찢긴 틈으로 지전이 보이자 그것이 자신의 것임을 인정하지 않을 수 없었다. 그런데도 그걸 인정하면 여생도를 억울하게 범인으로 본 것에 대해 사과를 해야 할 터라 어찌지 못하고 머뭇댔다.

"대답을 못하는 걸 보니 봉투의 주인이 아닌가 보군. 이건 내가 진짜 주인을 찾아주도록 하지."

이우는 미련 없이 나가사키에게 봉투를 넘겼다.

"자, 잠깐만요!"

머리를 굴리며 뜸을 들이던 부인이 다급히 이우를 잡았다. 그리곤 기어들어가는 목소리로 봉투가 자신의 것이라고 인정했다.

"주인이 맞는다면 돌려주겠지만, 먼저 범인으로 몰았던 생도한테 사과하게."

이우가 아까보다 한층 더 굳은 표정으로 말했다. 그것이 대놓고 화를 내는 것보다 더 무섭게 보였다. 그럼에도 부인은 사과하라는 말에는 몹시 언짢은 표정을 지었다. 그녀는 여생도가 범인이 아니라면 가방 속을 보여주지 않으려 한 행동이 괘씸했다. 게다가 조센징 여자애에게 사과하건 안 하건 그게 무슨 대수란 말인가. 그런데도 자신 앞에 선 풋내 나는 모던보이는 사과해야 봉투를 주겠다며 완고하게 나왔다. 그의 옆에 붙어 있는 나가사키도 아까부터 자신을 노려보고 있고, 봉투를 찾아온 무카이도 이우를 지키고 서 있었다. 무엇보다 이 모든 광경을 지켜본 사람들이 웅성거리고 있던 터라 어떻게 해도 사과는 피할 수 없는 일이었다.

"……미안하네."

부인은 고작 미안하다는 한마디를 하면서도 거만하게 여생도를 내려다보았다. 여생도는 엉망이 된 얼굴로 말없이 서 있었다. 이 소동에는 가해자와 피해자만이 남았다. 그것이 조선 바닥에서 일본인과 조선인의 모습을 대변하는 것처럼 느껴지기도 했다. 부인은 확증도 없이 윽박지르고 함부로 대했던 것에 대해 죄책감이 없었다. 나가사키가 못마땅한 얼굴로 그녀에

게 봉투를 넘겨주었다. 그녀는 봉투를 얼른 가방에 도로 넣고
는 동행한 부인과 다시 전차를 타러 갔다.

"……."

단지 누명을 벗었다는 사실만이 여생도에게 위로가 되었다.
여생도는 자신을 구해준 이우에게 목례했다. 말로도 감사를 표
현하고 싶었지만 억울한 감정이 치밀어올라 말이 나오지 않았
다. 구경꾼들은 한쪽으로 비켜서며 발걸음을 옮기는 여생도에
게 길을 내주었다. 이우는 여생도가 소공정 쪽으로 걸어가는
것을 지켜보았다.

"어머, 이게 무슨 일이람?"

뒤늦게 차를 타고 광장으로 들어온 진완이 놀라서 차를 세우
게 했다. 차 밖으로 나와 웅성거리는 쪽을 보니 무리에서 빠져
나온 듯 보이는 여생도의 뒷모습이 멀어지고 있었다.

"오라버니, 이게 어찌 된 거예요?"

부민들 사이에서 빠져나오는 오빠를 보고 진완이 눈을 동그
랗게 뜨며 물었다.

"별일 아니니 신경 쓰지 말거라."

그 말을 하는 오라비의 표정이 좋지 않았다. 이렇게 사람들
이 많이 모였는데 신경 쓰지 말라니. 진완은 방금까지 이우가
있던 곳을 돌아보았다. 모였던 사람들이 제 길을 찾아가자 거
리는 예전의 평범한 모습을 되찾아갔다.

"아까 그애, 우리 학교 학생 같아 보여서요."

이우 옆으로 나란히 서며 진완이 말했다.

"같은 교복인 것 같기도 하고……."

이우가 흐릿한 소녀의 모습을 떠올리며 말했다. 그런 오라비를 올려다보며 진완은 무슨 일이 있긴 있었구나 하고 짐작만 해두었다. 더 물어봐야 오라버니 성정에 답해주지 않을 것이었다. 남매는 어쩌다 보니 곡절 끝에 백화점으로 들어가게 되었다. 정문에는 '입추(立秋) 정식 오픈'이라는 글씨가 유리문 양쪽으로 붙어 있었다. 나가사키는 이우를 따라 백화점에 들어갔지만 무카이는 운전수와 차에 남았다. 흙탕에 굴러놓고 한가하게 백화점 구경을 할 순 없었기 때문이었다.

"세상에! 혼마치 입구에서 그런 일이 있었어요?"

경성 바닥에서 안 좋은 일은 금방 소문이 퍼진다. 여생도는 집으로 가는 길에 바로 앞에서 걷는 여인네들이 자신의 이야기를 하는 것을 들었다.

"화복 차림의 부인이 어쩌나 우기던지 나도 꼼짝없이 그 생도가 범인이라고 생각했지."

삼삼오오 화려한 양산을 쓰고 가는 여인네의 무리에서 한 사람이 방금 자기가 봤다면서 입을 열었다.

"어린것이 아무도 안 도와주니 맴이 오죽해? 에구, 당한 사람만 불쌍허지. 그놈의 일본놈들이 오구부턴 편한 날이 없어."

조선인은 조선 바닥에서도 인간 대접을 못 받았다. 뺏긴 나라에 사는 사람들은 수시로 그런 수모를 겪었다.

"쉿! 누가 들을까 싶어요. 그런 얘긴 항시 입조심!"

입조심을 당부하며 검지를 입 근처에 대던 한복 차림의 여인네들이 바삐 걸음을 옮겨 사라졌다. 여생도는 그들과 다른 방향으로 걷기 시작했다. 둘러보니 어느새 잘 모르는 곳까지 와 있었다. 생도는 발길 닿는 대로 어딘가 골목길 안으로 들어섰다. 하지만 몇 발짝 못 가서 걸음을 멈췄다. 화복 차림의 부인에게 잡혔던 오른쪽 손목이 욱신거리며 아파왔다. 외진 곳까지 와서야 긴장이 풀린 것이다. 여생도는 그제야 가방을 바닥에 놓을 수 있었다. 범인으로 몰리면서도 품에 안고 내주지 않던 가방이다. 그 안에는 얇은 두 권의 교과서와 하얀 봉투 하나가 들어 있었다. 아까 여생도를 몰아세웠던 여자의 봉투와 똑같은 것이었다. 하지만 생도의 봉투에는 '사랑하는 내 딸, 정희에게'로 시작하는 편지가 들어 있었다. 상해에서 아버지가 가끔 보내오는 편지였다. 정희는 남들이 생각하는 것처럼 어려서 또는 상황에 짓눌려서 그렇게 행동한 것이 아니었다.

핏줄이라는 게 그렇듯 언제부터인가 정희는 독립운동가의 딸이란 자부심으로 살아왔다. 지금껏 아버지의 얼굴도 모른 채 자랐지만 정희는 아버지의 편지를 목숨처럼 귀하게 여겼다. 그런데 가방에서 봉투가 나오면 화복 차림의 여인이 봉투 안을 보자고 우길 것이고, 그러면 편지가 공개될 것이 뻔했다. 정희는 자기가 소중하게 여기는 걸 팔아서 누명을 벗고 싶지 않았다. 하지만 그런 사정을 알아주는 이는 아무도 없고 정희는 혼자서 억울함을 삼켜야 했다. 아버지가 그리워진 정희는 누구의 집인지 모르는 어느 집 회벽 담에 기대어 섧게 울었다. 아버지의 애틋한 마음이 묻어 있는 편지를 끌어안고서였다. 톡, 톡, 정희의 갸름한 턱을 타고 눈물이 흙바닥으로 떨어졌다.

다음날. 경성여고보에서 2학기 교과서가 배부되었다. 3학기까지 학년을 같이 지내야 하는 생도들은 수다를 떠느라 여념이 없었다. 여름휴업 중에 잠깐 만난 것을 틈타 방학을 어찌 보냈는지 이야기하며 즐거운 시간을 보냈다. 개중에는 일본으로 여행을 갔다 온 생도도 있었고 교외로, 바닷가로 놀러 갔다 온 생도도 많았다. 경성 내에서 잘사는 집안 딸들은 죄다 경성여고보를 다녔다. 단지 정희만 사정이 달랐다. 정희는 보통학교를 졸업하고 독립운동을 하는 아버지의 부재로 생활이 어려워 고보 입학을 포기하려 했었다. 그런데 정희의 성적을 본 교장이 추천서도 써주고 입학시험 비용을 대주었다. 자기네 보통학교에서도 처음으로 명문 고보에 진학생을 내보자는 취지였다. 덕분에 응시하게 된 입학시험에서 정희는 높은 성적으로 합격했고 장학금까지 받게 되어 학비 걱정은 없었다. 하지만 생활고에 학기 중이든 방학이든 편히 공부만 할 수 없는 처지였다. 정희는 처음엔 공부를 관두고 방직공장에서 미싱 일이라도 할까 했지만 어머니가 극구 반대했다. 그래서 집 근처에서 부엌일을 도와 잔돈푼이나 보태는 상황이었다. 그렇게 살다 보니 남들 다 가본 여름휴가는 꿈도 못 꾼 채 휴업 기간이 끝나가고 있었다.

"정희야, 너 어제 우리 집에 뭐가 도착했는지 맞춰볼래?"

정희의 짝인 진완이 들뜬 표정으로 물었다.

"글쎄, 뭐가 도착했는데?"

"어제 우리 오빠가 나한테 근사한 걸 사주셨거든."

정희의 되묻는 말에, 진완이 만면에 웃음을 띠며 말했다.

"오빠라면, 이우 공 전하를 말하는 거야?"

1학기 내내 진완에게 줄기차게 들은 그녀 오라버니의 이름을 어찌 잊을 수 있겠는가?

"응. 며칠 전에 경성에 오셨거든. 어제 오빠랑 미스코시에도 다녀왔어."

진완이 고개를 끄덕이며 평범한 집안의 오누이처럼 대수롭지 않게 말했다. 그런데 정희는 미스코시라는 말에 어제 억울하게 누명을 쓴 일이 떠오르고 말았다.

"갑자기 왜 그래? 정희야, 괜찮아?"

속상하고 아찔했던 상황이 떠올라 질린 표정을 짓는 친구에게 진완이 살뜰히 물었다.

"아, 아무것도 아니야. 그런데 뭘 사주셨기에 집에 도착했다고 하는 거야?"

정희가 괜찮은 척 되묻자 그제야 진완은 웃음기를 띠며 자랑하듯 말했다.

"피아노가 왔어."

"피아노?"

진완은 어제 미스코시에서 오라비에게 피아노를 선물 받았다. 구두 대신에 받은 선물치고는 수십 배는 의미 있고 비싼 선물이다. 정희도 진완이가 저렇게 좋아하는 거라면 대단한 걸 사주었나 싶었는데, 피아노라는 소리를 듣는 순간 깜짝 놀라고 말았다. 진완은 오라비가 이 대단한 선물을 사동궁에도 한 대 사줄까 봐 사동 누이들한텐 일부러 아무 말도 안 했다. 너도 사주고 나도 사주면 선물에 의미가 없지 않은가.

"응. 어제 우리 집에 새 피아노가 왔다니까! 정희 너도 피아노 칠 줄 알지?"

진완은 친척들한테 자랑을 못하니 보여줄 사람이 많지 않았다. 그래서 어제 내내 꾹 참다가 학교에 와서야 친구를 붙잡은 것이었다. 친척들한테는 오빠가 도쿄로 가고 나서 자랑해도 늦지 않다는 심정으로.

"음, 약간."

정희가 예전에 풍금을 쳐본 것을 떠올리며 말했다. 보통학교 시절 구에서 돈을 조금씩 모아 학교에 풍금을 기증해주었다. 정희는 생전 처음 보는 악기가 신기해서 시간이 날 때마다 연습을 했고 그러다 보니 재미가 붙었다. 보통학교 수업이 끝나면 학교 근처에는 항상 정희가 치는 풍금 소리가 울렸다. 여름철에 문을 열어두면 아이들이 지나가며 "어, 풍금소리다!" 하고 재잘거리는 소리가 들려오기도 했다. 나중엔 음악시간에 앞에 나가 반주를 맡을 정도가 되었다. 항상 집안 형편에 짓눌려 있던 정희에게는 악보를 펴놓고 풍금 페달을 밟는 순간이 유일하게 즐거운 시간이었다.

"피아노는 아니고 풍금만 약간. 보통학교 때 배웠던 거야."

경성여고보에 진학하고 나서 정희가 학급에서 반주를 맡는 일은 없었다. 정희보다 피아노를 잘 치는 사람이 같은 학급에도 무척 많았다. 다들 부잣집 딸내미로 자라 가정교사를 두고 피아노를 배웠다. 진완이도 별다르지 않을 것이어서 정희는 '약간'이라고 표현한 것이었다.

"풍금은 말만 들어봤어. 여하튼 칠 줄 안다는 거지?"

진완이 그렇게 말하자 정희는 고개를 끄덕였다.

"그럼 우리 집에 와서 한번 쳐볼래?"

진완이 한 말은 뜻밖이었다. 방금 산 새 피아노를 쳐보겠냐고 제안하다니.

"정말? 새 피아노인데 그래도 돼?"

정희가 놀라서 되물었다.

"오늘은 학교가 일찍 파하니까 같이 우리 집에 가자."

"그럼, 다른 친구들은?"

워낙 사교성이 좋은 진완은 정희 말고도 친한 친구가 많았다. 그들하고도 따로 잘 어울리는 것을 아는 정희가 묻자, 진완이 활짝 웃으며 말했다.

"네가 나랑 제일 친하잖아."

배정받은 반에 이름순으로 앉은 덕에 진완과 정희는 짝이 되었다. 진완은 정희를 처음부터 마음에 들어 했다. 정희는 야리야리한 겉모습과 달리 성격이 똑 부러지고 공부도 곧잘 했다. 정희에게 친구가 별로 없는 것이 흠이지만 사교성이 좋은 진완에게 그런 건 문제가 되지 않았다. 그래서 정희는 매사에 활기찬 진완과 반년 내내 도시락을 함께 먹고 많은 것을 공유하는 친한 친구가 되었다.

"벌써 1학기가 지났는데 너랑 처음으로 같이 하교하는 거야."

학기 중에 정희는 진완이가 다른 친구들하고는 다 들러본 제과점이나 상회에 가는 일이 없었다. 혹시 제과점에 갈 용돈이 없어서 그런가 싶어 진완이 넌지시 자기가 살 테니 함께 가자고 하면 정희는 딱 잘라 거절했다. 말은 안 했지만 친구에게 폐 끼치기 싫어하는 정희의 성정이 나온 것이다. 진완은 정희와 친한데도 다른 친구들처럼 지내본 적이 없던 차에 마침 휴업 기간에 이렇게 만났으니 기회가 좋다고 생각했다.

"집에 뭘 숨겨놨기에 만날 집으로만 가니? 다른 애들처럼 지내도 좋을 텐데."

사정을 전혀 모르는 진완의 말에 정희는 그저 웃으며 새 교과서를 챙기기 시작했다. 정희는 하교 전에 앞머리를 단정하게 빗었다. 얼마 전까지만 해도 교복은 양장이나 세일러복을 입어도 머리만큼은 한 갈래로 땋는 것이 방정한 학생의 도리였다. 그런데 최근 들어 앞머리를 내고 단발로 친 생도들이 등장해 단발 미인이라고 불리기 시작했다. 그게 유행을 타 단발을 못하는 생도들은 앞머리라도 잘랐다. 그것도 영 허락이 나지 않으면 가르마를 살짝 옆으로 빗겨내 머리를 땋았다. 정희가 앞머리를 자른 것도 다른 생도들이 하는 건 다 해보고 싶어서였다. 현실은 녹록치 않았지만 그녀도 친구들처럼 멋도 부리고 예쁜 것도 사고 싶었다.

"네가 우리 집에 와보는 건 처음이다. 그렇지?"

진완이 들뜬 목소리로 운현궁을 집이라고 표현하자 정희는 내심 우스웠다. 저한테는 궁이 그냥 집이겠지만 일반 사람들에게는 친숙한 곳이 아니질 않은가. 아직까지도 누구나 궁이란 단어를 들으면 나라님 계시는 곳을 떠올리곤 했다.

경성여고보에서 운현궁까지는 고작 십 분 거리였다. 정희는 매일같이 운현궁 담장을 보며 등하교를 했는데도 대문 앞에 서 보니 느낌이 사뭇 달랐다. 여름인데도 긴팔 제복을 입은 헌병 들이 굳게 지키고 서 있었다. 그래서인지 자기가 들어가도 되 나 싶고 궁에 들어간다는 사실이 괜스레 어색했다. 그런데 진 완이 왜 그리 목석같이 섰냐며 손을 끌어당기는 바람에 얼떨결 에 운현궁에 들어섰다.

"아기씨, 다녀오셨어요?"

들어가자마자 젊은 상궁 하나가 학교에 다녀온 진완을 마중 했다. 안으로 들어가면서 만나는 사람마다 진완을 아기씨라고 부르며 인사했다. 학교에 다닐 땐 티를 안 내 몰랐지만 진완은 궁 안에서만큼은 제법 왕녀다운 품새였다. 그런 진완을 따라 정희는 운현궁을 처음으로 구경했다. 운현궁은 하늘에 구름 가 듯 은은한 풍경 소리가 들리는 조용한 공간이었다. 정희는 막 연히 경복궁 같은 대궐을 작게 만들어놓는다면 이런 느낌이 들 지 않을까 싶었다.

"어머니께선 어디 계세요?"

이로당 앞에서 노상궁을 만난 진완이 궁금한 듯 물었다. 보 통 이 시간쯤에는 어딜 가지 않고 전각에 머물렀는데 어머니의 모습이 보이지 않았던 것이다.

"두 분 비 전하께서 함께 외출하셨습니다."

"어라, 외출 잘 안 하시는데……. 어딜 가셨는데요?"

"여기 위에 있는 윤치소 댁에 다녀오신다고 들었습니다."

"윤치소 댁이라니, 그댁 부인께서 어머니랑 친하셨나?"

진완이 고개를 갸웃하자 노상궁은 의미 모를 미소만 지었다.

"아, 그럼 오라버니는 어디 계세요?"

"전하께서도 관훈동으로 출타하셨습니다. 사동궁 비 전하를 뵙고 오신다고 들었습니다."

진완이 자신의 가장 친한 친구를 인사시키려 했는데 무슨 일인지 어른들이 모두 궁을 비웠다. 사동궁이라는 말에 진완은 속으로 또 오래 있다가 오시겠구나 하고 생각했다. 이우는 아버지인 의친왕 이강이 일본에서 살게 되면서 적적해할 이강 공비를 챙기러 갔다. 이우가 사동궁 일이라면 가독(家督. 집안의 대를 이어나갈 맏아들의 신분)을 상속한 형님보다 더 적극적으로 나서서 살피는 덕분에 사동 식구들이 운현궁에 놀러 오는 일이 빈번했고 교류도 활발했다.

"어딜 가셨나봐?"

"요 옆, 관훈동. 걸어서 몇 분 거리 되려나?"

정희와 진완은 사소한 얘깃거리를 나누며 이로당의 복도를 타고 안으로 들어갔다.

"자, 여기가 내 방."

진완이의 방은 이로당 맨 끝에 있었다. 방에 들어서자 까만 피아노가 가장 먼저 눈에 들어왔다. 하얀 건반이 커튼 사이로 들어온 햇빛에 빛나고 있었다. 그 위에는 악보들과 빈 화병이 놓여 있고 책상 위 스탠드와 천장의 전등에는 깨끗한 전구가 끼워져 있었다. 책상과 색깔을 맞춘 책장과 단스(장롱), 침대까지 전부 아가씨 방다운 것이었다.

"거기 서 있기만 하면 피아노를 못 치지. 어서 앉아!"

정희가 한없이 좋아 보이는 방안을 둘러보며 서 있으니 진완이 그새 피아노 의자에 앉아 옆자리를 탁탁 쳤다. 정희는 밝게 웃으며 친구 옆에 가 앉았다. 새 피아노를 쳐보다니 이런 기회가 얼마나 있겠는가.

사동궁은 바로 옆 동이라 큰길에서 몇 번 꺾으면 금방 운현궁에 도착한다. 이우는 경성에 오자마자 항상 사동궁에 들르곤 했는데 이번엔 다른 때보다 늦게 방문했다가 돌아오는 길이었다. 이강 공비가 동생들을 대동하고 성락원에 가 있어 궁이 비어서였다. 성락원은 성북동에 있는 의친왕의 별장으로 사동식구들이 더위를 피해 자주 놀러가는 계곡이다.

"이것들은 제가 노락당에 가져다 놓겠습니다."

차가 서자 무카이가 보자기에 싸인 것들을 집어 들며 말했다. 이강 공비는 이우가 올 때마다 직접 만든 감주며 어릴 적에 잘 먹던 여름 찬들을 바리바리 싸서 들려 보냈다. 운현궁에도 있으니 괘념치 마시라 해도 이강 공비는 한사코 이우를 살폈다. 그녀는 이우의 친어머니는 아니지만 자식이 없어 후궁들 자식들을 친자식처럼 챙겼고 이우 또한 그 마음을 알기에 살뜰히 대하곤 했다.

"……."

그런데 이우는 아까부터 아소당으로 넘어가지 못하고 길목에 멈춰 서 있었다. 진완이 방에서 흘러나오는 피아노 연주 때문이었다. '안단테 칸타빌레'. 이 피아노 선율은 이우도 잘 아는 것이었다.

"아기씨 솜씨는 늘 좋으시지요."

나가사키가 빙그레 웃으며 말했다. 차이코프스키의 '안단테 칸타빌레'는 일본에서 하모니카로도 많이 연주되는 곡이다. 가끔 이우도 톰보라는 하모니카로 별저에서 연주하곤 했다. 그만큼 자주 듣고 연주했던 선율이라 이우는 연주의 미묘한 차이를 금방 알아챘다. 곡이 안단테답지 않게 좀 빨랐다.

"글쎄, 내가 듣기엔 곡이 빠른 것도 같은데……."

"저는 음악에는 문외한이지만 그리 못하는 연주는 아닌 듯합니다. 도리어 연주를 더 듣고 싶기도 한 것이……."

나가사키가 말했다. 분명 연습을 많이 했거나 잘 치는 것은 아니었다. 그런데도 이우는 왠지 듣기 좋다는 말에는 동의했다. 일부러 빠른 박자로 편곡한 듯이, '안단테 칸타빌레의 조금 특별한 연주'라고 이름 붙이고 싶을 정도였다. 이우는 그 선율에 빠져 한참을 자리에 서 있었다.

"아기씨께 한번 가보시겠습니까, 전하?"

그 모습을 본 나가사키가 웃으며 말했다. 그는 이우가 뭔가에 이렇게 집중하는 것을 오랜만에 보았다.

"아니. 내가 가봐야 연습에 방해만 되겠지."

이우가 깜빡했던 일을 떠올리고는 아소당 쪽으로 발걸음을 옮겼다.

"어머님이 윤치소 댁에서 돌아오셔서 나만 기다리고 계신다니 가 뵈어야지. 여쭐 것도 있고."

"진완 아기씨 이야기신지요?"

"그래. 그것만 아니면 더 들어볼 텐데 조금 아쉽군."

이우는 진완이 방 쪽을 한 번 보고는 발을 뗐다. 경쾌한 피아노 선율이 아소당으로 가는 그의 뒤를 따라 흘러나오고 있었다. 안단테 칸타빌레는 '느리게 노래하듯이'라는 뜻이다. 연주자는 느리게 노래하듯이 쳐야 할 곡을 빠르게 쳐 이우의 발걸음을 붙잡은 것이었다.

"왜 여기서 그만 쳐?"

잘 흐르던 연주가 멈췄다. 정희는 한참 피아노를 치다가 갑자기 건반에서 손을 뗐다.

"실은 여기 이후로는 못 배웠어."

"어째서?"

진완이 아쉽다는 듯 빼꼼히 쳐다보며 물었다. 정희가 풍금만 조금 쳐본 것치고는 의외의 실력이라 진완이는 내심 꽤 놀랐다.

"아까 내가 보통학교에서 배웠다고 했지? 수업이 끝나면 선생님이 조금씩 가르쳐주고 가셨거든. 그럼 나는 늦게까지 남아서 가르쳐주신 부분을 연습했어. 그런데 전체를 다 배우기 전에 졸업하고 말았어."

정희가 풍금을 처음 배웠을 때 보통학교에 피아노를 잘 치는 여 선생이 있었다. 그녀는 풍금으로 베토벤의 '월광'까지도 치던 실력자로 다른 유명 연주자들을 제치고 명동성당 2층에 있는 파이프 오르간을 반주하기도 했다. 정희는 종교가 없었지만 성당에 앉아 선생님의 실력에 감탄하곤 했다.

"살짝 빠르기는 하지만 그렇게 배운 거면 정말 잘 치는 건데……."

진완이 아쉬워하며 말했다.

"이 곡밖에 몰라. 다른 곡도 배우고 싶었는데, 어쩔 수 없었지 뭐."

정희는 졸업한 이후로는 피아노 치는 것을 포기하고 있었다. 보통학교 때는 정희 말고는 풍금을 치는 사람이 없어서 남아서라도 혼자 연습할 수 있었지만 지금은 그럴 여건이 되지 않았다. 경성여고보에 진학하니 더 배울 곳도 없었거니와 무엇보다 잘 치는 생도들이 너무 많아서 정희의 실력은 자랑할 만한 수준이 아니었다. 거기까지 생각이 미치자 정희는 가지런한 새 피아노 건반에서 겸손하게 손을 뗐다.

"그런데 진완아, 저 건물은 뭐야?"

정희는 화제를 돌려 아까부터 궁금했던 건물에 대해 물었다. "어디?" 하고 진완이 묻자 정희는 양관이 있는 방향을 가리켰다. 진완이를 따라 운현궁에 들어왔을 때부터 가장 궁금했던 건물이었다. 외국 양식으로 지어진 하얀 건물은 운현궁에 딸려 있는 것처럼 보였다.

"아, 양관! 서양식 건물인데 멋있는 곳이야. 다른 애들은 다 한 번씩 가봤어. 너도 가자. 구경시켜줄게."

다른 친구들은 다 보여준 곳을 정희만 빼놓을 수 없는 일이다. 진완이 들뜬 표정으로 일어나자 정희도 호기심에 그 뒤를 따라나섰다.

운현궁 내부에 양관으로 향하는 작은 통로와 계단이 나 있었다. 양관 입구에 도착하자 진완이 두꺼운 쪽문을 열고는 어서 들어가라며 정희를 밀었다. 내부로 들어온 정희는 슬리퍼로 갈아 신었다. 실내는 밖에서 보는 것과 다르게 아담하고 아늑했다. 탁자 위에 주홍빛 달리아 몇 송이가 꽂힌 유리병이 놓여 있었는데, 꽃잎이 레이스처럼 풍성해서 한번 만져보고 싶을 정도였다. 두 켤레의 단화를 신발장에 넣은 진완이 위로 올라가자며 정희에게 손짓했다. 정희는 오래된 나뭇결이 살아 있는 난간을 손으로 쓸어올리며 계단을 올랐다.

"여기가 우리 오빠 서재야."

진완이 계단으로 올라오자마자 보이는 상아색 문을 열자 책이 잔뜩 꽂혀 있는 서재가 나왔다. 무수한 책들을 배경으로 천으로 된 소파와 테이블이 놓여 있었다. 그 뒤로 보이는 까만 원목테이블에는 스탠드와 읽다가 만 고서(古書) 몇 권이 놓여 있었다.

"아휴, 오빠가 워낙에 책을 좋아하셔야지. 마음껏 구경해."

정희가 제 오라비만큼이나 책에 관심이 많다는 것을 아는 진완이 선뜻 구경하라며 안으로 이끌었다.

"과자랑 차는 여기로 가져다 달라고 말하고 올 테니까 잠깐만 기다리고 있어!"

진완은 주전부리를 양관 서재로 가져다 달라고 하고 올 참이었다. 정희는 다녀오라며 고개를 끄덕였다. 진완이 자리를 비운 서재에서 정희는 제 키보다 높은 책장 앞에 서서 책들을 눈으로 훑었다. 꽂혀 있는 책들은 전부 일서(日書)였다. 주인의 긴

일본 생활로 자주 펼쳐지지 못한 책들이 사람 손길을 잊은 채
꽂혀 있었다. 불온사상을 키운다는 이유로 일제가 조선인들의
독서 생활을 박해한 지 오래여서, 비록 일본 책이지만 이렇게
많은 책을 정희는 처음 보았다. 정희는 책장을 훑어보다 손에
걸리는 책 한 권을 꺼냈다. 가죽으로 표지갈이를 해둔 책을 펼
치자 쿰쿰한 냄새가 났다. 제목이 일어로 적혀 있어서 당연히
일본 책이겠거니 했는데 본문은 한문으로만 쓰여 있었다. 그게
궁금증을 일으켜 정희는 손가락으로 짚으며 세로쓰기한 문장
을 해석해나갔다.

'조선인과 일본인은 결코 결합될 수 없는 빙탄(氷炭. 얼음과 숯
불)의 관계. 삼일운동은 조선독립의 초석이 될 민족운동……'

정희는 한 문장을 해석해보고 깜짝 놀라고 말았다. 다시 몇
번을 확인해도 책에는 3·1운동과 조선독립이라는 말이 적혀
있었다. 앞표지를 확인해보니 책 내용과는 전혀 관련 없는 제
목이었다. 총독부가 서슬 퍼런 눈으로 감시하는 조선에서는 절
대 출판할 수 없는 내용이었기에 정희는 놀라 책을 여러 번 살
폈다. 상해에서 찍어 밀수한 것을 가정집에서 몰래 필사한 흔
적이 있었다.

일본이 조선을 정식으로 삼킨 지 벌써 20년이었다. 고종이
승하하고 일어난 3·1운동과 순종 서거 후 터진 6·10운동 모두
실패로 돌아갔다. 국내의 항일운동은 일제의 무력진압으로 모

두 실패했다. 무엇을 시도해도 좌절만이 기다렸던 시기였다. 사람들은 극도로 허무주의에 빠졌다. 이제 독립 같은 건 잊고 자신의 삶을 살자는 분위기가 팽배했다. 그런 시기에 정희는 독립에 대한 열망이 가득 담긴 책을 보게 되었다. 왜, 어떻게 이런 책이 이곳에 있는 걸까? 이런 궁금증과 함께 정희는 누구에게도 말할 수 없었던 비밀을 공유한 듯한 기분이 들었다. 아버지가 독립운동가였지만 독립에 관련된 서책류는 여기서 처음 보았다. 그래서 정희는 차마 책을 놓지 못하고 계속 읽어 내려갔다.

"어머님의 뜻이 그렇고, 언약까지 하고 오셨다 하니 따르는 게 맞겠지."

한편 이우는 아까 정희와 진완이가 걸어온 길을 따라 양관으로 가고 있었다. 이우는 슬리퍼를 갈아 신으며 신발장의 메리제인을 보았다. 메리제인은 진완이 나잇대의 여생도들이 즐겨 신는 신발이었다. 이우는 누이의 것이겠거니 하고 대수롭지 않게 계단으로 향했다.

"도쿄에서 전보가 오면 바로 알려줘."

이우가 2층으로 향하는 계단을 밟으며 말했다.

"전하, 한결 편안해 보이십니다."

나가사키는 함께 계단을 오르지 않고 1층에서 이우를 올려다보며 말했다.

"아무래도 조선이니까."

계단의 중간에서 뒤를 돌아보며 이우가 말했다. 너무 당연한 대답이라 나가사키도 동의한다는 뜻으로 웃으며 목례했다. 이우는 카펫을 밟으며 나머지 계단도 마저 올랐다. 그런데 자신의 서재 문이 활짝 열려 있었다. 역시 진완이가 와 있나 보다고 생각하면서 서재에 들어서는데, 그곳에 낯선 여생도가 있었다. 맑은 햇살이 가득한 방안. 정희는 눈이 부신 것도 잊은 채 책을 읽고 있었다. 이우는 그녀가 혼마치에서 자신이 구해줬던 아이라는 것을 알아봤다. 그런데 어떻게 자신의 서재에 와 있는 것인가? 정희는 인기척도 느끼지 못할 만큼 어떤 책에 깊이 빠져 있었다. 그 모습을 한참 지켜보던 이우가 열려 있는 문에 똑똑, 두 번 노크를 했다. 그제야 고개를 들어 이우를 본 정희는 하마터면 책을 떨어뜨릴 뻔했다. 어제 혼마치에서 자신을 구해준 모던보이가 문 앞에 서 있었던 것이다. 서로 할 말을 잃은 채 서 있는데, 누군가 쿵쿵거리며 계단을 올라오는 소리가 들렸다. 운현궁 양관에서 이렇게 뛰어다니는 사람은 딱 한 사람밖에 없었다.

"아휴, 숨차. 오라버니! 대체 언제 오셨어요?"

진완이 급한 숨을 몰아쉬며 오빠의 팔을 붙잡고 옆에 섰다. 그리고 당황한 표정의 제 친구와 오라비의 얼굴을 번갈아 쳐다보았다.

"세상에, 그런 일이 있었는데 왜 나한테는 말 안 했어?"

얼음이 동동 띄워진 매실 냉차가 컷글라스에 담겨 나왔다. 소파에 앉은 건 세 사람인데 냉차는 두 사람 분이었다. 상궁이 다시 가져다드리겠다고 말했지만 이우는 괜찮다며 사람을 물렸다. 차가운 유리잔 옆으로 이화 문양이 새겨진 접시에 담백한 비스킷과 캐러멜도 담겨 있었다.

"무슨 좋은 일이라고 너한테까지 얘길 해."

"그래도 이야기해주지."

진완은 어제의 일에 대해 듣고는 정희보다 더 억울해했다. 오라비가 왜 그런 표정을 지었는지도 이해가 갔다. 어제 진완이 보았던 것은 자신의 절친한 친구의 뒷모습이었다. 그런 것도 모르고 정희 앞에서 피아노 자랑이나 해댄 것이다. 그런 자신이 얼마나 철없어 보였을까? 털어놓았다면 틀림없이 위로하거나 같이 화를 내거나 했을 텐데 싶어 진완은 괜히 친구에게 원망을 표했다.

"전하이신 줄은 몰랐어. 그냥 양장을 하고 계셔서……."

정희는 사실대로 말했다. 여름 양장에 셔츠 앞 단추를 몇 개 푼 이우는 누가 보더라도 영락없는 모던보이였다.

"우리 오빠는 외출하실 땐 늘 다른 사람들이 신경 안 쓰이는 차림으로 나가시니까."

진완이 동의를 구하는 표정으로 오라비를 보았다. 그런데 이우는 그런 누이에게 도리어 물을 것이 있는 모양이었다.

"넌 친구들이 올 때마다 이렇게 양관에 데려오는 것이냐?"

아차! 진완은 오라비의 따끔한 말에 들켰다는 듯 난감해했다. 진완은 이우가 없을 때 자주 제 친구들에게 양관 구경을 시켜주고는 했었다. 다른 친구들도 운현궁에만 오면 양관을 궁금해해서 둘러보게 했는데, 오늘은 제대로 걸리고 말았다.

"매번 그런 건 아니구요. 다른 애들은 다 1층만 보고 갔어요. 오늘은 오라버니께서 늦게 오실 줄 알았지요."

이우는 사동궁에 가면 한참 있다 오고는 했다. 고로 진완이의 논리는 안 들킬 수 있었는데 일찍 돌아온 오라비 때문에 들켰다는 것이었다. 이우도 사교성이 좋은 진완이 친구들을 곧잘 궁으로 데려온다는 것을 어머니께 들어 알고 있었다. 하지만 자신의 서재까지 구경시켰을 줄은 몰라서 누이를 타박하는 걸 멈추지 않았다.

"늦게 왔으면 나 몰래 구경시키고 나가려고 했단 소리로 들리는구나."

이우는 자신의 서재 깊숙이 들어와 있던 정희를 떠올렸다. 서재를 만드는 데 전적으로 도움을 준 나가사키도 이우의 서재에는 잘 올라오지 않는데, 낯선 여생도가 허락 없이 자신의 책을 읽고 있었던 것이다.

"아이 참, 서재는 처음이라니까요. 이 친구도 워낙 책을 좋아하니까요. 그, 그렇지?"

"응. 이렇게 책이 많은 건 처음 봤어."

진완이 당황하며 말하는 모습이 재미있어 정희는 웃으며 얼른 동의해주었다. 그러자 진완이 마치 정희에게만 얘길 하듯 오라비의 서재에 대해 말하기 시작했다.

"너, 여기 있는 책이 전부라고 생각하면 안 돼. 이건 비밀인데 죽첨정(현 서대문구 충정로)에도 서재가 또 있다니까. 건물마다 다 서재로 만들어버리실 건가 봐. 도쿄에 있는 별저에는 안 가봐도 뻔해. 거기도 책이 이만큼 있을 거 아냐?"

진완이 '이만큼'이라고 하며 양 팔을 크고 둥글게 만드는 게 우스워 정희는 살짝 소리 내어 웃었다. 정희가 웃는 것을 보며 이우가 "흠흠" 하고 주의를 주었는데도 진완은 아랑곳하지 않았다. 이우는 진완의 말을 끊어야겠다는 생각에 곤란한 질문을 던졌다.

"그래서, 너는 그 많은 오라비 책들 중에 몇 권이나 읽어보았느냐?"

"오라버니 책들은 다 어렵잖아요. 어떻게 읽으라구……. 저 책들에 손대는 사람은 오라버니밖에 없는걸요."

진완이 생글생글 웃으며 말대답을 했다. 이러니 더 무엇을 말하랴. 이우는 뭐라 타박을 하려다 관두었다. 더 얘길 해봐야 요리조리 피해만 갈 것이다.

"아까 들으니 피아노를 치는 것 같던데."

대신 그는 진완의 방에서 흘러나오던 피아노 연주에 대해 몇 마디 해줄 참이었다.

"피아노요?"

"그래. 아까 네 방 앞을 지나며 들었는데 분명 아는 음악인데 처음 듣는 곡인 줄 알았지. 연주가 너무 빠르고 박자도 전혀 맞질 않더구나."

'안단테 칸타빌레'는 노래하듯이 부드러이 연주해야 하는 곡이다. 그런 면에서 빠르고 박자에 맞지 않은 정희의 연주는 완벽히 틀린 연주였다.

"이상하게 한참을 서서 듣고는 있었다만, 확실히 연습을 더해야 해."

단호한 오라비의 말에 진완이 난감하다는 듯 잠시 정희를 쳐다보았다가 말했다.

"그거, 제가 친 거 아닌데……."

진완이 제 친구 쪽으로 살짝 어깨를 틀며 말했다.

"정희가 친 거예요."

그 말에 이우는 진완에게서 정희에게로 시선을 옮겼다. 누이가 친 것이 아니라 저 아이가 친 것이라니. 잠시 어색한 기류가 흘렀다.

"어떡하니? 너 울 오빠한테 완전 혹평 받았다."

진완이 재미난다는 듯 정희에게 장난스럽게 말했다.

"나한텐 꼭 그렇게만 들리진 않았는걸. 방금 해주신 평가는 감사히 받겠습니다. 전하."

정희가 공손하게 이우에게 화답했다. 이우는 정희의 반응에 조금 당황했다. 사실 이우는 새 피아노에 어울리지 않는 실력이라는 말까지 하려고 했었다.

"감사히 받겠다고? 난 네 연주에 후한 평가를 한 것 같지 않은데."

자존심이 상할 법한 말인데도 그렇게 들리지 않았다는 것이 궁금해 이우는 저도 모르게 묻고 말았다.

"제게는 충분히 후한 평가였습니다. 전하."

정희는 당황하는 기색 없이 대꾸했다.

"어째서 그렇게 생각하는 것이냐?"

이제는 진완이도 궁금한 듯 정희를 쳐다보았다.

"전하의 말씀대로 제 연주는 박자도 맞지 않은데다 너무 빨랐습니다. 그런 연주를 훌륭한 연주라고 할 수는 없겠지요."

남매가 궁금하다는 듯 눈을 동그랗게 뜨고 쳐다보고 있었지만 정희는 아주 간단한 이야기를 하듯 편안하게 말했다. 정희는 자신의 부족한 부분에 대해서는 이우의 평가를 인정했다.

하지만 정식으로 배워본 적이 없으니 그런 평을 듣는다 해도 그리 부끄러울 것은 없었다.

"그렇지만 전하께서는 부족한 제 연주를 한참 서서 듣고 계셨다 하셨습니다. 비록 훌륭한 연주는 아니었지만, 전하의 발걸음을 잡았으니 그게 더 대단한 일이 아닐까 하여……."

미완성된 것이라도 나름의 가치가 있고 의미가 있는 법이다. 이우는 분명 정희의 연주에 매료되어 한참 서서 듣고 있었다. 더 듣지 못해 아쉽기도 했다. 그렇다면 이우의 평가는 기술적인 면에서는 혹평일지 모르나 곡의 분위기에 대해서는 호평이었던 것이다. 그러니 정희의 말에는 틀린 게 없었다.

"아직 정식으로 배워본 적이 없대요. 그런데 그 정도면 정말 잘 치는 거죠."

진완은 내심 이 상황이 재미있어 만면에 웃음을 띠며 말했다. 아마 제 오빠의 말문을 막히게 한 건 정희가 처음일 것이다.

"이렇게 말을 잘하는지는 몰랐는데."

이우가 뜻밖이라는 듯 말했다.

"전하께서도 어디 가서서 쉽게 지실 분은 아닌 것 같습니다."

정희도 지지 않고 대꾸했다. 이제 이우도 제 누이처럼 만면에 웃음을 띠었다. 정희의 당돌한 태도를 보고 신여성 교육을 받으면 이런 것인가 싶어 호기심과 관심이 생긴 것이다.

"어제와는 영 판판으로 보이는구나."

이우가 꺼낸 말에 정희도 어제 일을 떠올렸다. 분명 어제 자신은 지금과 영 다른 모습이었다.

"나는 어제 진범을 제일 먼저, 그것도 직접 목격했다. 그래서 무카이에게 잡아 오라고 일렀지. 그런데 너는 범인으로 몰리면서도 결백함을 증명하려 하지 않았다."

이우가 꺼낸 질문은 그곳에 모인 사람들 전부가 가졌을 의문이었다. 의심받는 상황은 억울하더라도, 훔치지 않았다면 적어도 가방 정도는 보여줄 수 있었다. 정희가 이 정도로 당찬 아이라면 화복 차림의 부인이 하는 대로만 끌려가지는 않았을 것이었다. 정말 상황이 그렇게 만든 것인가?

"왜 그렇게 행동할 수밖에 없었는지 말씀드리긴 어렵지만, 저는 결백을 증명하는 것보다 더 소중한 걸 지키고 싶었습니다."

이우는 자신을 올려다보는 정희의 까만 눈동자를 가만히 바라보았다. 그 눈을 보고 있자니 진정성이 느껴졌다.

"살면서 누구에게도 말할 수 없지만 지키고 싶은 것 하나쯤은 있지 않습니까……."

이우는 정희의 나이에 그렇게까지 하면서 지켜야 할 것이 있다는 사실이 잘 이해되지 않았다. 그럼에도 어제의 행동에 이유가 있다는 정희의 말은 거짓말이 아니라고 믿었다.

"그럼 이제 적당히 구경했으니까 가서 피아노나 마저 치자.

그래도 되죠, 오라버니?"

진완이 할 말이 있는 것처럼 정희의 팔을 잡아끌었다. 정희가 진완의 손에 이끌려 계단 아래로 사라지자 서재는 금세 원래 이우 혼자였던 방처럼 조용해졌다. 이우는 잠시 소파에 그대로 앉아 있었다. 탁자에 놓인 유리 찻잔 표면에는 찬기로 물방울들이 송글송글 맺혀 있었다. 정희의 찻잔은 흔적 없이 깨끗한 것이 정희는 차나 과자에는 손도 대지 않은 모양이었다.

내 발걸음을 잡은 게 더 대단한 일이라……. 이우는 그새 자신이 정희를 떠올리고 있음을 깨달았다. 잡념은 금방 털어버려야 하는데 싶어서 책상으로 향하니 이번엔 책꽂이의 책 하나가 이우의 눈에 띄었다. 가지런한 책 사이로 한 권만 툭 튀어나온 것이 아까 정희가 보다가 급히 꽂았던 책이었다. 설마……. 이우는 설마 '그 책'인가 싶어 다가가 책을 뽑았다. 아니나 다를까 이우가 예과에 막 들어갔을 무렵 나가사키를 통해 극비로 들여온 책이었다. 당시 일서를 수십 권 넘게 함께 사들이면서 의심을 피해 들여오느라 애를 먹었다. 금서로 지정된 이 책에는 이우의 아버지인 의친왕의 망명사건에 관한 내용도 적혀 있었다. 이우가 책을 스르륵 넘기니 책등 쪽이 이가 났는지 좀 전에 펼쳐진 곳이 자연스럽게 열렸다.

'조선인과 일본인은 결코 결합될 수 없는 빙탄의 관계. 삼일운동은 조선독립의 초석이 될 민족운동…….'

정희가 가는 손가락으로 한 자 한 자 짚으며 읽어내렸던 문장은 똑같은 자리에서, 똑같은 모습으로 다시 읽혔다. 이우도 빙탄의 관계라는 말이 가슴에 와 닿아 몇 번이고 반복해 읽은 부분이었다. 일제는 침략에 대한 핑계로 물과 불처럼 섞이지 않는 두 민족을 내선일체라느니, 한 몸이라느니 하며 억지 주장을 폈다. 이우는 책장 앞에 서서 서재 주인이 온 것도 모른 채 책을 계속 읽던 정희를 떠올렸다. 이우는 창가로 가 섰다. 진완이와 정희가 나란히 팔짱을 끼고 이로당으로 향하는 모습이 보였다.

"너, 우리 오빠 앞에서 말 잘하더라?"

진완이 양관에서 다시 제 방으로 넘어가며 친구에게 흐뭇한 표정으로 말했다. 정희는 빙그레 웃기만 했다. 평소 말을 원체 잘하고 수업시간에 발표도 잘하는 걸 알고 있었지만, 잘나디 잘난 제 오라비 앞에서도 할 말 다하는 정희가 진완의 눈에는 대단해 보였다.

"너 나한테 피아노 배워볼래? 내가 피아노는 좀 치거든."

오늘 친구의 모습이 마음에 든 진완이 새로운 제안을 했다.

"정말? 정말 너한테 배워도 돼?"

믿을 수 없다는 듯 정희가 기뻐하며 말했다. 진완의 제안은 피아노를 한번 쳐보게 해주는 것과는 달랐다. 피아노 같은 고급 악기를 배울 수 있는 기회는 흔치 않았다.

"기본기는 확실히 있어. 학교 마치고 여기 와서 조금씩이라도 쳐보자. 방금 친 곡부터 완주해보는 거야."

"네가 가르쳐주면 열심히 배울 수 있어."

꼭 배우고 싶은 악기가 아니었던가. 정희로서는 도저히 거절할 수 없을 기쁜 제안이었다. 가정교사를 따로 둔 진완에게 배운다면 피아노 하나는 제대로 배우게 될 것이라고 정희는 생각했다.

진완과 정희는 뭐가 그리 재미있는지 이로당으로 가는 길에도 곧잘 웃음을 터뜨렸다. 이우는 잠깐 둘의 모습을 바라보다 다시 책상에 앉았지만 무엇에든 집중하기가 어려웠다. 그는 책상 위를 손가락으로 몇 번 톡톡 쳤다. 아무래도 '그 책'을 읽어버린 정희에 대한 관심을 돌리는 것은 틀린 듯싶었다.

아침의 찬 공기가 폐부를 찔렀다. 어릴 적에 말을 타고 돌 때는 넓기만 하던 운현궁이 이우가 일본에서 돌아올 때마다 조금씩 좁게 느껴지더니 이제 말을 타면 금세 출발했던 곳으로 돌아오고는 했다. 한동안 운현궁을 떠났던 어린 주인은 청년이 되어가고 있었다. 나가사키는 경성에 올 때마다 부지런을 떨어 준마(駿馬) 한두 필을 승마구락부에서 빌려놓았다. 그래서 이우는 기분이 명쾌하지 못할 때 언제든지 궁에서 말을 탈 수 있었다. 그는 어제 상념에 빠져서 조금 늦게 잠들었는데도 동트기 전부터 일어나 승마를 시작했다.

"얼마 만에 뵈옵는 것인지요, 공 전하."

이우가 양관 쪽에서 자신의 궁 전경을 바라보고 있을 때 불청객 하나가 찾아왔다. 계동궁의 이주용이었다. 이주용은 볼품없는 콧수염을 손으로 만지작거리며 얍삽한 낯으로 웃었다. 그는 한일 강제합병 당시 일본으로부터 받은 은사금을 도박으로 죄 날린 자로, 〈동아일보〉에 대문짝만하게 실린 '왕족의 파산사건'이라는 기사의 장본인이기도 했다. 그래서 경성 내 부민들이 모였다 하면 윤덕영과 이 자의 뒷담화를 해댔다. 이렇게 왕실 망신을 톡톡히 시켜놓고도 아직 도박을 못 끊어 법정에까지 들락거리고 있었다.

"경이 여기까지 오다니 뜻밖이군."

사정을 아는 이우는 이주용을 보자 불쾌한 기분이 발치에서부터 스멀스멀 올라오는 것 같았다. 경멸하는 자에 대한 불쾌감은 잘 떨쳐지지 않았다.

"연락해보니 여기 계신다기에 얼굴이나 뵐까 하고 왔습니다."

이주용은 도박으로 진 빚이 많지만 파산이 기정사실로 된 이후로는 이왕직에서 돈을 한 달씩 정해놓고 지급하고 있었다. 부끄럽게도 이주용이 왕족이기에 이왕직에서 빚을 갚아줄 거란 소문이 파다해서 이우는 그를 상대하고 싶지 않았다.

"앞으로 전하께서 허락만 해주신다면 자주 운현궁에 들러 비 전하를 챙겨드리고 싶사옵니다. 왕실 근친으로서 제가 너무 격조했던 듯하여……."

이주용은 근친이라는 것을 강조하며 힘주어 말했다. 이 자의 헤헤거리는 면상을 보자니 이우는 아침부터 시원한 공기를 들이마셨던 게 허사가 되는 기분이었다.

"전하께서 제 처지를 조금만 알아주시면 황송하게 받들겠나이다."

아침녘부터 찾아와 늘어놓는 이주용의 본심이란 이런 것이었다. 그가 운현궁에 발을 들인 것도 근친으로서 격조했다는 이유가 아닌, 궁색하게 손을 벌리기 위해서였다.

"……."

이주용은 서로 친한 사이가 아닌데도 돈 얘길 꺼내는 것이 능숙했다. 여기저기 손을 벌리고 다녔으니 운현궁에 와서도 으레 그렇게 하는 것이다. 아니, 애초에 돈 문제가 아니면 운현궁까지 찾아올 위인이 아니었다. 이우는 당장에라도 사람들을 불러 궁에서 내쫓고 싶었지만 한 번은 참았다. 이 자 아래로 사동 누이들이 호적상 양녀로 가 있었기 때문이다. 일제는 왕족들에게는 호적이 없는 걸 알면서 호적이 없으면 학교에 보낼 수 없다고 억지를 부렸다. 그렇다고 왕족을 늘리기는 싫어해 누이들을 의친왕의 딸로도 인정하지 않았다. 그래서 딱히 방법이 없어 누이들을 이주용의 양녀로 입적시켜 학교를 보낸 상황이었다. 하지만 이우는 이 자가 여기까지 찾아온 것이 괘씸해 그냥 돌려보내지 않을 작정이었다.

"그대한테는 내가 어떤 사람인가?"

이우가 말 위에서 불청객을 내려다보며 말했다. 이주용은 무슨 뜻이냐는 듯 벙벙한 눈으로 쳐다봤다. 그는 지금부터 자신이 얼마나 어리석은 판단으로 운현궁에 방문했는지 깨닫게 될 것이었다.

"무릇 사람한테 손을 벌릴 때는 신의가 중요한 법이지. 그대와 나 사이에 신의라는 게 있는가 묻는 것이네."

"글쎄, 너무 어려운 문제라 어떻게 답해야 할지……."

이주용은 이런 상황을 예상치 못한 듯 우물쭈물했다. 이주용과 이우는 서로 얼굴만 알았다 뿐 친분이 전혀 없었다. 이우의 냉랭한 태도에 이주용은 빚 때문에 들락거렸던 이왕직에서 우연히 들은 이야기가 떠올랐다. 두 분의 공 전하 중에서 형인 이건은 뭘 해도 항상 이왕직에 물어보고 하라는 대로만 하는데, 이우는 뭐든 자기가 하고 싶은 대로 하고 측근들의 말도 듣지 않는다는 내용이었다. 이우를 대하는 것이 여간 골치 아픈 게 아니라고 떠들던 일본인 관리들의 말이 왜 지금 떠올랐을까? 이주용은 그들이 골치 아프다고 할 정도가 어느 정도인지 감이 오지 않았다. 성년이라 해도 아직은 후견인이 있는 나이가 아닌가? 이주용은 단순히 근친이라는 것만 믿고 안일하게 생각해 운현궁을 방문한 것이었다.

"나는 그대를 믿지 않아."

이우의 목소리는 그 어느 때보다 강경하고 낮게 가라앉아 있었다.

"어쩌면 영원히 믿지 않을지도 모르지."

왕족으로서 자존심마저 버린 자. 이우는 남은 거라곤 비굴함밖에 없는 자를 친근하게 살펴줄 의향이 전혀 없었다. 애초에 그가 자신의 궁에 기웃대는 것도 용인할 수 없었다.

"내 아버님께 그리 혼나고도 아직 정신을 못 차린 것인가?"

이우는 말고삐를 당기며 이주용에게 더 따끔한 말을 뱉었다.

"화, 황공합니다. 전하!"

이주용은 이우가 의친왕의 얘길 꺼내자마자 화들짝 놀라 인사를 하는 둥 마는 둥 하며 나가는 길을 찾았다. 이주용은 다른 어떤 사람보다 의친왕을 무서워했다. 올봄 일본으로 의친왕을 찾아갔다가 크게 꾸중을 들은 일도 그 이유 중 하나였다. 부산에 있는 사동궁 어장(漁場) 문제로 떡고물이 떨어질 게 없나 여기저기 들쑤시고 다니던 이주용은 의친왕에게 어지간히 혼이 나고는 뒤도 안 돌아보고 꽁무니를 뺐다.

불청객이 사라지자 이우는 승마를 하고 싶은 마음이 사라졌다. 여름 아침의 찬 기운은 기분을 개운케 하는 맛이 있었는데 이주용과 몇 마디 나누고 났더니 좋았던 기분이 그만 싹 가셔 버렸다. 이우는 양관 앞으로 말을 몰았다.

"전하, 숭인동에서 전통(전화)이 왔습니다."

이우가 말에서 내리는데 마침 양관에서 나온 나가사키가 박영효 댁에서 온 소식을 전했다. 납량음악회가 금일 마지막으로 장충단에서 열리는데 한번 뵙고 싶다는 게 요지였다.

"마침 이야기할 사람이 필요했는데 잘되었군. 그렇게 하자고 연락드리게."

찝찝한 기분을 떨치고 싶던 이우는 박영효의 제안을 쾌히 승낙했다.

"하오면 홍유릉에는 언제쯤 다녀오시겠습니까?"

나가사키가 다른 일정을 조율하며 이우를 따라붙었다.

"아직 여유가 있으니 천천히 다녀오지."

그는 오늘 중으로 묘역에 다녀오려고 했는데 계획을 틀어 박영효를 만나기로 약속을 잡았다.

"아, 내가 박공을 만나는 걸 어머님께선 모르셨으면 하는데."

이우가 뭔가 떠올랐다는 듯 말했다. 보통 전화기 앞은 도쿄에서 날아오는 소식들 때문에 담당 사무관이 지키고 있는데 간혹 자리를 비울 때도 있었다. 오늘이 마침 그런 날로, 숭인동의 전화를 담당 사무관이 아니라 나가사키가 받은 것은 다행이었다. 이준 공비가 알면 크게 기분이 상할 이유가 있기 때문이다. 박영효는 예전에 이우의 양아버지를 고문하고 사형을 내리도록 고종에게 주청했다. 다행히 사형은 면했지만, 남편을 죽이려 들었던 박영효와 이준 공비의 사이가 좋을 리 없었다. 하지만 박영효는 사동궁과는 사이가 가까워 이우도 그를 잘 알았다. 운현궁에 미움을 산 박영효가 사람을 시켜 전화를 할 일은 이우나 의친왕과 관련된 일 말고는 전혀 없었다.

"잘 단속시키겠습니다."

나가사키가 이해했다는 뜻으로 말하고 물러났다. 어련히 알아서 하겠지만 주의해서 나쁠 건 없었다. 이준 공비는 늘 박영효가 사동궁과 친한 사실을 인정하지 않거나 못마땅하게 여겼다.

"얼마나 잘생기셨는지, 이왕조에도 인물이 났다니까요."

박영효의 부인 박씨가 이우를 두고 너스레를 떨었다. 숭인동의 박영효 집에서는 온 식구가 늦은 점심을 먹는 중이었다. 이 집안의 식사예절에 조선식의 독상은 사라진 지 오래여서 남녀 가릴 거 없이 식탁에 빙 둘러앉아 있었다. 그런데 올라온 음식 가지는 구식과 달라진 게 없었다. 고명이 곱게 올라간 생선 찜이 중심에 자리 잡고, 고기 경단이 들어간 맑은 알탕은 각자 그릇에 담겨 있었다. 입맛에 맞는 일식 몇 가지도 올라와 있었다. 경성서 좀 산다는 집들도 매일같이 먹기 어려운 음식들이 식탁에 잔뜩 올라 있었다. 도쿄에서는 외국을 본받아 한 끼는 간단히 토스트에 잼을 발라 먹는다는데, 쓰고 입는 건 일본 흉내를 내도 먹는 것까지 신식으로 바꾸는 건 무리였다.

"오늘 저녁에 만나시기로 하셨다면서요?"

부인의 물음에 신문을 집중해서 보던 박영효는 대답을 미뤘다. 부인이 말을 하면 박영효는 대답 없이 신문만 보고 있는 상황이 익숙했다. 신문에는 별다르게 눈에 띄는 내용이 없지만 일본은 진작 만주와 관련된 계획들을 차곡차곡 진행하고 있었다. 대일본제국은 조선을 넘어 드넓은 중국에도 발을 뻗치기 시작한 것이다. 욕망의 입구가 될 조선은 이미 일본 차지가 되었고 만주마저 제대로 발밑에 두면 중국을 삼키기 위한 디딤돌이 완성될 것이었다.

"하면, 오늘은 저도 데려가세요."

부인 박씨가 박영효 옆으로 바짝 붙어 앉으며 말했다.

"거길 뭐하러?"

박영효는 그제야 안경을 내리며 뚱하게 대꾸했다.

"이럴 때 찬주를 데려가서 자리도 마련해주시고, 저도 같이 얼굴을 비치게 해주셔야지요. 그리 잘난 분을 혼자만 보시고. 저는 벌써 공 전하 얼굴도 다 잊어먹었습니다."

박씨가 친손녀나 다름없는 찬주를 슬쩍 보며 덧붙였다. 찬주는 자기 이름이 나왔지만 그저 조용히 있는 편을 택했다. 앞칼라에 리본이 달린 실크블라우스를 입은 찬주는 국으로 입만 살짝 적시듯 가끔씩 숟가락을 가져다대곤 했다.

"저도 꼭 뵙고 싶은데 참고 있어요. 절 데려가시면 군말 없이 따라갈 텐데."

찬주에게는 큰고모인 묘옥이 칭얼대는 막내아들을 어르며 말했다. 딸까지 껴들자 박영효는 "흐음" 하며 턱수염을 쓸었다. 남자들 만나는 곳에 줄줄이 따라오겠다는 집안 여자들 오지랖에 심기가 불편하다는 뜻이다. 그저께 인천에서 온 딸 묘옥은 갑신정변 실패 후 박영효와 일본으로 같이 건너간 유일한 자식이다. 애지중지 기른 딸은 한일 강제합병 때 후작(侯爵)위를 받은 아버지 덕으로 인천의 부잣집에 시집을 갔다. 묘옥은 시집을 가서도 잘사는 친정으로 애들을 데리고 놀러 오는 게 낙이었다.

"너는 뵐 의향이 있느냐?"

박영효는 안경을 내려 썼는데도 글씨가 잘 안 보이는지 신문을 멀찍이 떨어뜨려 보며 찬주에게 넌지시 물었다. 그는 몇 번 자리를 만들어 이우에게 손녀딸의 얼굴을 비춰준 적이 있었다. 그 이후 둘은 서로 편지도 쓰고 조선에 올 때면 만나기도 했던 모양이었다. 그렇지만 예과가 막바지에 이르자 이우가 학교생활에 열중하느라 찬주에게 연락이 뜸해졌다. 그렇다고 손녀딸을 내놓은 사람이 되기는 싫어 박영효는 일부러 손녀딸 이야기

는 피했다. 경성역으로 마중 나갈 때도, 이번에 납량음악회 건
으로 이우에게 연락할 때도 일부러 찬주 이야기는 꺼내지 않은
것이다.

"……."

찬주는 할아버지의 말에도 대답이 없었다. 아무리 졸업할
때가 되어간다지만, 이우 쪽에서 연락하지 않는데 자신이 먼저
만나러 가는 게 마음에 걸렸다. 어떻게 지냈는지 궁금하고 보
고 싶기도 하지만 관심 있는 티를 내기는 싫은 것이다. 휴업기
전에 우연히 친구들 사이에서 이우가 화제로 떠올랐을 때 찬주
는 실제로 몇 번 만났던 이우를 떠올렸다. 작년 겨울 경회루에
서 함께 스케이트를 타고 편지를 주고받았던 일이다. 친구들
사이에 자랑이 될 얘깃거리였지만, 찬주는 그런 식의 관심을
받는 것이 불편해 아무 말도 하지 않았다. 지금도 찬주는 가족
의 성화에도 아무 대꾸 없이 밥알 몇 개만 젓가락으로 집어 입
으로 가져갔다.

"손녀딸 성정을 저리 모르셔서야! 찬주야 좋으나 싫으나 원
체 말이 없으니 제가 대신 입이 되지 않습니까?"

후작 부인은 찬주의 반응은 상관없이 자기도 꼭 공 전하의
얼굴을 보리라는 생각에 계속 찬주를 갖다붙였다.

"내키지 않으면 관두어라."

박영효가 묵묵부답인 손녀에게 딱 잘라 말했다. 그러자 후

작 부인은 이야기가 그대로 마무리 지어질까 봐 한탄을 시작했다. 손녀딸을 옆에 끼고 다닐 땐 언제고 이럴 때만 빼는 것이 일부러 그러는 게 아니냐는 말까지 했다.

"저녁엔 선선할 텐데 연주회도 볼 겸 바깥바람이나 쐬지 그러니?"

이번에는 옆에서 듣고 있던 며느리도 딸에게 참견했다.

식사가 끝난 듯 소란해지자 어린 몸종이 입가심할 거리를 들고 왔다. 여종이 앞치마로 떠안다시피 들고 온 유리그릇엔 수박화채가 담겨 있었다. 자그락거리는 얼음에 하얀 떡도 들어 있는 것이 보기만 해도 먹음직스러웠다.

"생각해보겠습니다."

찬주는 화채에는 입도 대지 않고 일어났다. 제 방으로 올라가는 딸을 보며 찬주 엄마는 큰딸이 나이를 먹더니 더 쌀쌀해졌다고 생각했다. 화채를 각각의 그릇에 옮겨 담는 후작 부인과 며느리는 그 모습이 보통 시어머니와 며느리 같지 않고 살가웠는데, 둘 다 밀양 박씨(朴氏)로 같은 집안 출신이기 때문이었다. 지금은 후작 부인 소리를 듣지만 박씨는 원래 궁녀였다. 한일 강제합병 이후 출궁한 뒤 경성권번(경성 기생 조합)에서 농선이라는 이름의 기생으로 박영효를 만난 것이다. 그 인연으로 안방엘 들어앉았더니 나중에는 후작 부인 자리까지 꿰찼다. 박영효는 그런 박씨를 쇼와천황 즉위식에도 대동했다. 그의 많은 여인들 중에서 살아남은 박씨는 기생에서 후작 부인으로 신분 상승에 성공해 목이 여간 빳빳한 게 아니었다.

"이따 찬주랑 같이 가세요, 어머님. 올여름엔 오산으로 놀러 가는 것도 안 따르던 걸요. 어릴 적엔 가자고 그렇게 보채더니 이젠 다 큰 모양이에요."

며느리가 은근한 투로 말하며 시아버지 그릇에 화채를 담아 냈다. 박영효는 부인이 많은 만큼 얻은 아들도 많았는데 그중 넷째 부인 낳은 아들인 박길서(朴吉緖)가 집안의 장자 노릇을 했다. 그의 딸이 찬주이고, 박길서는 나중에 가운데 글자만 바꿔 박일서(朴日緖)로 개명했다. 자식 없이도 후작 부인이 된 박씨와 장자 노릇을 하는 박일서와 결혼한 찬주의 엄마가 사실상 이 집안의 실세였다. 두 명이나 박영효가로 시집을 보낸 밀양 박씨 집안도 박영효의 탄광산업을 물심양면으로 도왔다. 조선 에서 친일했다 하는 자들은 탄광산업이나 면직공장에 손을 대 크게 부를 축적했는데 박영효도 예외는 아니었다.

"오산 천변이 그렇게 모래가 곱고 좋지요. 오죽하면 이름이 은계정이에요. 언제 애들 데리고 한번 가야 할 텐데."

묘옥이 잠든 막둥이를 안방에 뉘이고 다시 대화에 끼었다.

"다음 여름에는 고모부한테 말해서 같이 가요. 우리 찬익이 도 거길 얼마나 좋아하는지 몰라요. 어린 것이 뭘 안다고, 놀러 갈 때마다 오산 별장을 자기한테 달라고 하더라니까요."

며느리가 묘옥 앞으로 화채가 담긴 그릇을 놓으며 말했다.

여자들은 한가하게 수다를 떨며 후식을 만끽했다. 하지만 막둥이를 재우니 이번엔 묘옥의 딸내미가 칭얼댔다. 묘옥은 아직 어린 딸이 가지고 놀다시피 난리를 피우는 수저를 놓게 하고 손수건으로 입가를 닦아냈다. 손수건은 아까 어린 여종이 고사리 손으로 곱게 접어둔 것이었다.

"안 데려가시면 전 따로라도 가렵니다."

그러는 중에도 이우를 만나는 이야기에는 묵묵부답인 박영효를 두고 부인이 말했다.

"저 싫다면 그만인 것을……."

부인이 양양하게 말하는 걸 두고 박영효는 신문을 접으며 일어났다. 말은 그렇게 해도 박영효는 내심 손녀딸과 이우를 이어주고 싶었다. 그는 이미 한 번 왕가와 연을 맺었다. 박영효의 본부인은 철종의 외동딸 영혜옹주로, 그는 나이 열다섯에 영혜옹주와 혼인해 부마(왕의 사위)가 되었다. 하지만 영혜옹주가 혼인한 지 석 달 만에 요절해버렸기에 그는 졸지에 홀아비 신세가 되었다. 왕녀와 결혼한 이상 첩실도 들일 수 없어서 고종은 그에게 궁녀를 내려주었다. 그렇게 내려준 궁녀 범씨에게서 묘옥과 아들 하나를 낳았다. 그리고 일본 망명시절엔 일본 명문가의 여자들을 부인으로 두기도 했다. 후작이 된 뒤에도 그의 애인 목록에 조선에서 신여성이라 불리는 여인들이 종종 이름을 올렸다. 박영효는 자신도 여자관계가 복잡했던 만큼 남녀가 유별하고 내외하는 시대는 지났다 여겼다. 손녀딸만 괜찮다면 데리고 나가 이우를 만나게 하는 것은 일이 아니었다. 하지만 뭐든 억지로 되지는 않는다고 생각했다.

"이럴 때 기회가 좋으니 꼭 데려가야지요. 이따가 정말로 아버님이 안 데려가시면 따로 가세요. 제가 택수한테 일러서 약속장소로 모셔다 달라고 할게요."

며느리는 박영효가 거실로 자리를 옮기자 대놓고 이야기를 꺼냈다. 비서한테 말해 장충단공원으로 모셔다 준다고 할 정도로 여간내기가 아닌 것이 며느리는 후작 부인과 많은 점에서 닮았다.

"벌써 고보 3학년이잖아요. 숙녀티를 내려고 저러는 게지요."

그 말이 끝나기가 무섭게 모여 있는 여인네들이 까르르 웃었다. 사실이든 아니든 그저 숙녀 티를 낸다는 말이 재미있는 것이다. 화채가 한 그릇 더 도착했고, 웃음소리는 한참 동안 계속됐다.

초저녁의 장충단공원은 사람 반, 장사치 반이었다. 전 이왕직악단이 연주하는 음악회는 여덟 시부터 시작이어서 미리 돗자리를 깔고 야유를 즐기는 이들이 많았다. 장충단은 고종이

우리나라 최초의 국립현충원으로 지정한 곳인데, 일제는 이처럼 신성한 곳에 벚나무를 잔뜩 심어 일반 공원으로 위상을 떨어뜨렸다. 때문에 조선 민중들은 현충원에서 공원 놀음을 하곤했다. 우이동 계곡이며 창경원이며 일제가 심은 벚꽃이 넘쳤지만 장충단만큼 벚나무가 푸르른 곳은 없었다.

"뭔가 일이 벌어지고 있을 텐데 신문도 그렇고 도쿄발 전보도 그렇고 딱히 소식이 없으니 이상치 않소?"

박영효와 이우는 공원 한쪽을 걷고 있었다. 방금 두 사람이 지나친 박문사(博文寺) 앞에는 사람들의 출입을 엄금한다는 띠가 둘려져 있었다. 박문사는 공사가 끝나면 이토 히로부미를 기리는 절로 사용될 예정이었다.

"다른 사람은 몰라도 박공은 그 이유를 알 것도 같은데."

"뒷방늙은이가 뭘 알겠습니까? 전하께서 조선에서 심심해하지 않으실까 말벗이나 청해드리는 처지입니다."

이우가 운을 띄우자, 박영효가 아직 까마득히 어린 전하의 말을 노련하게 받았다.

"이런 이야기를 논할 이가 없으니 물은 것이오. 자리가 불편하면 옮겨서 이야기하지."

지팡이를 짚고 겸손을 떨던 박영효는 자리를 옮긴단 소리에 손녀딸을 떠올렸다. 마누라가 꼭 찬주를 대동하고 온다며 별렀기에 될 수 있으면 공원에 남고 싶었다. 조금이라도 여지를 남거두고 싶던 박영효는 껄껄 웃으며 이우를 만류했다.

"그런 것이 아니오라, 전하께 이런 말씀을 올리는 게 외람되어 그렇습니다. 하지만 직접 물어오셨으니 한 말씀 올리겠습니다."

"그렇게 하시오."

말을 돌린 박영효는 수염을 한 번 쓸고는 자신의 생각을 말했다.

"대일본제국은 앞으로 더욱 번성해 바다로는 태평양을 호령하고 육지로는 중국 땅을 휘하에 두려는 계획을 갖고 있습니다. 이것은 전하께서도 잘 알고 계시겠지요. 하지만 중국에 진출하려면 관문이 필요한데, 이를 위해서는 만주 땅이 중요할 수밖에 없습니다. 만주 땅을 완전히 일본 것으로 만들어야 위로는 로서아(러시아)를 견제하고, 아래로는 중국을 압박할 수 있지 않겠습니까?"

일찍이 수신사로 일본에 간 박영효와 김옥균은 일본의 흥아회에 초대되어 참석한 적이 있었다. 흥아회는 겉으로는 러시아의 남하정책을 막으려면 중국과 조선, 일본 3국이 힘을 합쳐야 한다고 주장했지만, 속으로는 일본의 제국주의의 야욕을 가진 모임이었다. 서양에 대항해 일본을 중심으로 아시아가 힘을 합쳐야 한다고 주장한 것이다. 박영효와 김옥균 같은 개화파는 일본의 이러한 교묘한 이론에 빠져들었다.

"아직까지는 만주를 휘하에 둘 대의적인 명분이 없습니다만……."

박영효는 잠깐 말끝을 흐렸다가, 다시금 확신에 차서 말을 이어갔다.

"일본은 만주의 풍부한 광물과 인력을 절대 포기하지 않을 겁니다. 명분을 어떻게 세울지는 모르겠으나 만주를 완벽하게 손에 넣고 나면 다음은 지나(중국) 정벌일 테니 지켜보십시오. 이 시간들이 지나면 일본이 짜놓은 거대한 형체가 드러날 것입니다."

거물 친일파로서 모든 것이 일본 중심인 박영효와의 대화는 이우의 입장에서 거슬리는 부분이 많았다. 아까부터 이우는 불편한 속을 겨우 참고 있었다. 조선에 와서 시류를 논할 사람이 마땅치 않아서였다. 이왕직 직원들부터 시작해서 그의 주변은 온통 일본인뿐이었다. 누가 운현궁에 들고나는지 지켜보기 위해 헌병들이 상주하는 것도 그런 이유였다. 왕실 주변에 득시글한 친일파와 만나는 것조차 감시를 받고 심지어 박영효를 만날 때도 미행경찰이 붙을 정도였다.

"만주라……."

이우는 짧게 읊조렸다. 예상대로 일본은 침략전쟁을 멈추지 않을 것이다. 하지만 어떻게 미국이나 영국 같은 강대국들의 눈을 피해 만주를 삼킬 것인지가 문제였다. 태풍이 오기 전 맑게 갠 하늘은 청명하면서도 불안함을 안겨준다. 겉으로는 별다른 소식 없이 조용한 이때도 물밑에서는 치밀한 전략이 구사되고 있는 것이다.

"전하께서 물으시기에 답하였으나 너무 깊게는 생각하지 마십시오. 그저 사건입니다."

박영효가 의례적으로 말했다. 그러나 사실 세계 정세의 여파는 일본에도 심각하게 몰아치고 있었다. 작년 말 월가 주식의 폭락으로 인해 일어난 경제대공황은 일본 사회 전반에도 영향을 끼쳤다. 대학교를 나와도 취업을 못하는 실업자들이 넘쳐났다. 일본은 언제나 그랬듯 국내의 불만을 가라앉히기 위해 다른 나라를 침략하는 것을 선택했다. 그 첫 번째 희생양이 조선이었고 두 번째는 만주가 될 것이었다.

"요 봐라. 이렇게 밤이 될 무렵에 나오니 시원하고 좋지 않으냐?"

후작 부인이 부채를 부치며 말했다. 그녀는 결국 손녀딸을 공원까지 끌고 나왔다. 무릎을 살랑이는 연백색의 가벼운 원피스를 입고 보라색 리본을 허리에 두른 찬주는 무채색 옷을 입은 부민들 사이에서 툭 튀었다. 양장도 그렇거니와 어릴 적부터 좋은 것만 두르고 입은 티가 나는 것이다.

"한데 이 양반은 대체 어디에 계신 게야?"

후작 부인과 찬주는 벌써 공원 안을 반 바퀴나 돌았다. 약속 장소까진 비서가 데려다줬는데 박영효의 모습이 보이지 않았다. 후작 부인은 이 많은 사람들 사이에서 남편과 공 전하가 만나긴 했는지, 만나서 진즉에 딴 데로 자리를 옮겼는지 도통 알 수가 없었다. 찬주는 리본이 달린 챙 모자를 들고 피곤한 표정으로 할머니를 따랐다. 찬주는 원체 나서는 걸 싫어하는 성격이었다. 이런 식의 관심과 할머니의 주책이 내키지 않았지만 여기까지 나온 이유는 오직 이우 때문이었다.

"아이고, 저기 계시네."

다행히 음악회가 열리는 단상에서 얼마 떨어지지 않은 곳에 이우와 박영효가 있었다. 찬주는 할아버지의 얼굴 옆으로 이우의 얼굴을 바라보았다. 이우도 눈에 띈 익숙한 얼굴을 알아보았다. 찬주는 앞서 두 사람 쪽으로 걸어가는 할머니의 뒤를 따랐다.

"날이 너무 더워 마실을 나왔더니, 만나기 어려운 분을 다 뵙습니다."

드디어 만났다는 듯 후작 부인이 남편과 이우 앞에 서며 너스레를 떨었다.

"전하, 미리 말씀드리지 못해 죄송합니다. 오늘 연주회가 이왕직악단의 고별무대인지라 부인하고 손녀딸이 관람을 하러 나왔나 봅니다."

박영효가 부인과 손녀딸을 깍듯이 소개했다.

"손녀딸은 몇 번 보셨을 겁니다. 작년 여름에도 정식으로 여기서 한 번 뵈었지요."

박영효가 허허거리며 사람 좋게 웃었다. 찬주는 살짝 고개를 숙였다 들었다. 양장을 차려입은 찬주는 영락없이 일본의 화족 아가씨들 같은 모습이었다.

"먼저 연락했어야 하는데 미안하군."

이우는 예과 일정이 너무 바빴기 때문이지만 잠시 찬주를 잊은 것이 미안했다. 하지만 찬주는 이우의 얼굴을 대면하니 서운한 감정이 모두 풀리는 것 같았다.

"……저는 괜찮습니다, 전하."

보고 싶었던 사람을 만난 반가움이 더 컸기 때문이리라.

"연주회를 보러 왔다니 그럼 나와 동석하지."

이우가 찬주에게 함께 하자며 시원하게 말을 건넸다. 후작 부인이 흐뭇하게 둘을 보았다. 단상 위에서는 연주자들이 악기를 조율하고 있고 그 밑에는 부민들이 자리를 찾느라 복작대고 있었다. 여름 한정으로 열리는 납량음악회는 바이올린, 비올라 같은 양악기 연주회로 매회 만석이었다. 다른 공원들을 돌며 해온 연주회의 마지막이 장춘단공원에서 열렸다. 후작 부인과 찬주는 박영효와 이우의 뒤를 따라 공연장으로 들어갔다. 찬주는 할아버지와 이야기하며 앞서 걷는 이우의 옆모습을 흘굿 보았다. 얼마 만에 보는 얼굴인가. 찬주는 이우가 제 할아버지와 이야기하는 모습을 보며 아주 어릴 적에 이우를 처음 만났던 날을 떠올렸다.

겨울의 도쿄. 그날 도쿄에는 눈이 한가득 내렸다. 할아버지를 따라간 도쿄의 승마구락부에서 처음 본 열두 살의 이우는 제복을 입은 채 말을 타고 있었다. 찬주는 할아버지의 코트자락을 붙잡은 채 어린 전하가 말을 타는 모습에 경탄하며 눈을 떼지 못했다. 제 남동생들도 가끔 말을 타지만 저 나이에 말을 저리 잘 타는 이를 본 적이 없어서였다. 하얀 눈을 맞으며 예정된 코스를 마친 이우는 자신에게 맞는 작은 말을 탄 채 다각다각 소리를 내며 박영효에게 다가왔다.

"제가 너무 갑작스레 찾아뵌 것은 아닌지요?"

박영효가 어린 이우를 올려다보며 인사를 올렸다.

"사무관이 귀공이 올 것이라고 전해주었어. 방금 전 담장을 넘을 때 약간 실수가 있었지?"

이우는 호방하게 웃으며 인사를 받고는 자신의 실수에 대해 언급했다. 이우는 멀리 있는 장애물을 바라보며 아쉬워했다. 박영효는 이우가 일본에 온 지 얼마 안 됐지만 학습에 관해서는 무엇도 소홀히 하지 않는다는 이야기를 익히 들어 알고 있었다.

"소신의 눈에는 실수 같은 건 전혀 보이지 않았습니다. 전하."

박영효가 대답했다. 그리고 속으로는 이렇게 생각했다.

'그저 장래에 왕재로서의 자질만이 보였습니다.'

확실히 핏줄은 속일 수가 없어서 이우는 어릴 적 의친왕의 풍모를 그대로 빼닮았다.

"하하, 귀공이 그리 말해주니 다행이야."

이우가 말에서 내리며 몸을 기울이자 망토 위에 쌓여 있던 눈이 비스듬하게 스러져 내렸다.

"도쿄에는 항상 이렇게 눈이 많이 오는 것 같아. 경성에선 안 그랬는데……."

이우가 등을 돌린 채 지나가듯 말했다. 노련한 박영효는 어린 전하의 말에 담긴 무게를 읽어냈다. 갓 1년을 넘긴, 유학생활을 빙자한 인질생활은 끝날 기약이 없었다. 이우 공 전하라면 잘 지내고 계실 것이라 여겼는데……. 박영효는 자신의 추측이 틀렸나 생각하던 차였다.

"방금 한 말은 별거 아니니까, 신경 쓰지 말고."

박영효의 말문을 막은 건 이우의 천진한 웃음이었다. 박영효를 돌아보며 가볍게 말한 이우는 언제 그랬냐는 듯 씩 웃고 있었다. 금방 본래의 모습으로 돌아온 것이다. 감정을 통제하는 것은 왕족으로서 당연한 일. 하지만 이우는 아직 소년이었기에 그 모습이 조금 외로워 보이기도 했다.

"신년을 하례 드립니다, 전하."

하지만 전하에게 감히 위로의 말을 건넬 수 없어서, 박영효
는 신년 인사만 올렸다. 그것이 그가 할 수 있는 최선의 일이자
예의였다. 앞으로 이우가 일본에서 겪을 일들은 망국의 왕족으
로 태어났기에 스스로 짊어질 수밖에 없는 것들이다.

"고마워. 귀공도 한 해 동안 별 일 없이 무탈하길 바라겠어."

이우도 박영효의 인사를 자연스럽게 받았다. 그리고 박영효
옆에 선 작은 소녀에게 눈길을 주었다. 찬주는 이우의 시선이
닿자마자 할아버지 뒤로 꼭 숨어버렸다.

"손녀딸은 아직 어려 낯가림을 하옵니다."

박영효가 난감하다는 듯 에둘러 말했다.

그런데 이우는 숨어 있는 찬주를 이미 목격하고 말았다. 주
변이 온통 하얀 눈밭이니 빨간색 코트와 공단 스타킹 차림의
찬주는 눈에 확 튀었다.

"그렇담 귀공이 대신 신년인사를 전해줘."

이우는 크고 씩씩하게 찬주에게 다 들릴 정도로 말했다.

"새해에는 네게 좋은 일만 생기길 바란다고. 나중에는 꼭 얼
굴을 보고 이름을 알려주길 바라겠다고."

순간은 짧았으나 기억은 강렬했다. 찬주는 그 말을 들으며
할아버지의 코트를 더 꼭 쥐었다. 얼마간 이우와 더 이야기를

나누고 돌아가는 할아버지를 따르다가 찬주는 호기심에 뒤를 돌아보았다. 이우는 다시 말에 올라 탄 채 "이랴" 하고 망토를 날리며 말을 타기 시작했다.

여름밤의 공원은 더위를 식혀주는 바람과 공연의 여운으로 들뜬 분위기가 무르익었다. 연주회가 끝난 뒤, 이우는 앞서 걷고 찬주는 그 뒤를 따라 걸었다. 악단의 고별무대는 성공리에 끝났다. 객석이 가득 차고도 사람들이 계속 밀려들어 와서 입장료를 내지 않고 주변에 서서 듣는 이들도 많았다. 첫 곡으로는 발랄한 '올리안스 소녀'를, 나중에는 '마르타 환상곡' 같은 협주곡을 연주했다. 이우와 찬주는 나란히 앉아 연주를 감상했다. 때로는 부민들과 함께 웃거나 박수를 보내기도 했다. 두 시간 동안 계속된 연주회는 매곡이 끝날 때마다 환호가 쏟아졌고 피날레는 행진곡이 장식했다. 이왕직악단의 마지막 연주회라는 말이 사람들의 심금을 울려 앙코르곡마저 끝나자 눈물 바람인 사람이 있을 정도였다. 탑골공원의 음악당처럼 근사한 건물은 아니었지만 연주회장을 나오니 공원의 불빛이 산란해 매혹적인 분위기를 자아냈다.

"연주회는 즐거웠소?"

이우가 찬주의 짧은 보폭에 맞춰 걸으며 물었다. 연주회가 끝나기 전 손녀딸만 두고 슬그머니 빠져버린 박영효와 후작 부인의 수완은 대단했다. 덕분에 두 남녀는 차가 세워진 곳까지 함께 걸어 내려오며 대화를 나누었다.

"네. 이렇게 수준 높은 연주회를 공원에서 볼 수 있어서 기뻤습니다."

찬주가 이우의 뒤를 조심히 따르며 대답했다. 당시는 신식이라는 말이 유행하던 때로, 남녀가 만나는 것도 그냥 연애가 아니라 신식연애라고 불렸다. 고작해야 남자가 앞서 걷고 여자가 뒤따라 걷는 게 전부였지만 그것조차 두근대고 설레는 일이었다.

"그렇지만 마지막이라고 해서 아쉽기도 했어요. 앞으로는 도쿄로 가지 않으면 이 정도 연주회를 다시 보긴 어렵지 않을까 싶습니다."

찬주는 그동안 유학파 청년들의 지휘도 자주 봐왔지만 한때 왕실의 음악을 담당했던 이왕직악단의 연주회에 비길 바는 아니라고 생각했다. 찬주가 이런 음악적 소양을 가진 것은 아주 어릴 때부터 경성교향악단이 부민관을 빌려 연주회를 열면 손녀딸에게 부민관의 가장 좋은 앞자리를 예약해준 할아버지의 공이었다. 그 덕분에 오늘 연주회가 좋은 연주인지 아닌지 제대로 판단할 수 있었던 것이다.

"도쿄에 오게 되면 박공을 통해 연락하시오. 기회가 되면 연주회를 보여주리다."

찬주는 휴업기에 시부야에 있는 할아버지의 별저에도 자주 머물렀다. 여태 한 번도 이우를 만난 적은 없었지만 그곳은 이우의 도쿄 별저와도 가까웠다. 찬주는 한여름엔 국화를 한 아름 수놓은 기모노를 입고 하나비(はなび. 밤 불꽃놀이가 포함된 축제)를 즐기거나, 긴자의 미스코시백화점에 들러 이것저것 사기도 했다. 영화도 보고 때로는 노오(能)나 가부키(歌舞伎) 연극도 보았다. 찬주는 그게 좋아 할아버지를 따라 일본으로 가는 걸 마다하지 않았다.

"정말 그래도 되나요?"

"그대가 연주회를 좋아하는 줄 알았다면 진작 초대했을 것이오."

이우가 선선히 제의하자 찬주는 그 무엇보다 기뻤다. 이우에게 초대를 받은 것은 오늘이 처음이었다.

"그렇다는 건 곧 내지(일본)로 돌아가신다는 의미겠지요?"

찬주가 나긋하게 물었다.

"예과를 마치기 전이니 그렇소."

이우는 일본으로 갈 것을 생각하니 답답함이 밀려왔다. 이토록 가까운 곳에 내 나라와 궁을 두고 매번 일본으로 가야만 하다니. 이우는 그런 생각을 할 때마다 서 있을 곳을 잃어버린 것 같은 황망한 심정이 되곤 했다.

"그러시면……."

찬주가 말을 늘이자 이우가 궁금하다는 듯 뒤를 돌아보았다. 포드 두 대가 나란히 서 있는 것이 보이자 찬주는 걸음을 멈추었다. 기다리는 차들이 두 사람의 만남이 끝났음을 알렸지만 그들은 잠시 그곳에 서 있었다.

"제가 도쿄로 전하께 편지를 보내도 될까요?"

찬주가 아까부터 망설이던 말을 했다. 예전에 주고받았던 편지들은 이우가 잠깐 운현궁에 돌아올 때 한 통씩 주고받은 것이었다. 이우가 어떻게 생각할지 몰라서 찬주는 도쿄 별저에는 편지를 보내지 못했다.

"물론이오. 도쿄에는 진완이 빼고는 내게 편지가 올 일이 많지 않으니, 언제든지."

이우가 흔쾌히 말했다.

"제 편지가 도쿄에서 생활하시는 데 힘이 될 수 있으면 좋겠습니다."

찬주도 미소 지으며 답했다. 찬주는 쓰고 있던 모자를 조심스럽게 벗었다. 찬주의 긴 머리카락이 밤바람에 가볍게 날렸다. 한여름 밤의 만남. 아직 덜 무르익어서 모든 것이 아쉬운 순간. 어디에서 날아왔는지 이우와 찬주 사이에 이미 봄에 다 졌을 벚꽃 몇 잎이 잔잔히 흩날렸다.

시간은 급하게 흘러 9월로 접어들었다. 늦더위가 극성인 경성에서 도쿄로 돌아가는 날, 이우는 홍유릉을 참배했다. 진작 들렀어야 했으나 편치 않은 일이라 자꾸 미루다 보니 도쿄로 가는 당일에야 들를 수 있었다. 조부모인 고종과 명성황후의 죽음은 직간접적으로 일본과 깊은 관련이 있었다. 고종의 독살과 명성황후의 시해사건이다. 그런 조부모님 앞에 이우는 일본 군복을 입고 서야만 했다. 공식적인 행사에는 무조건 제복을 입어야 한다는 원칙 때문이었다. 이우는 고종의 위패 앞에 향을 피우고 잠시 서 있었다. 이우가 운현궁의 주인이 될 수 있었던 것은 고종의 의중이 가장 컸다. 운현궁은 숙종의 아들인 연령군 이훤(李昍)을 거쳐 은신군까지 양자관계로 내려온 궁가로, 흥선대원군 대에 고종을 왕위에 올렸다. 그런 운현궁이 다시 양자를 들여야 하는 상황이 되자 다른 왕족들이 호시탐탐 기회를 노렸다. 하지만 이준 공비는 흥선대원군의 직손만이 운현궁을 이어야 한다며 고종에게 매일같이 눈물로 호소했다.

"내가 임자년에 출생해 운현궁을 나왔으니, 똑같이 임자년에 출생한 손자를 생가로 돌려보낸다."

결국 고종은 이준 공비의 뜻을 들어주었고 고종의 손을 잡고 운현궁에 온 이우를 이준 공비는 감읍하며 안아주었다. 어린 이우는 양어머니의 손가락을 잡은 채 할아버지가 돌아가는 모습을 지켜보았다. 할아버지는 이우와 나이가 같은 딸 덕혜옹주를 너무도 예뻐했지만 어린 손자를 두고 가면서는 한 번도 돌아보지 않았다. 흥선대원군이 고종의 형인 이재면의 아들 이준용을 왕위에 올릴 욕심을 가졌을 때부터 고종은 운현궁과는 척을 졌다. 세월이 흘러 이준용이 죽고 그의 뒤를 이어 양자가 된 이우는 이준용이 갖고 있던 공 지위를 물려받아 여섯 살이라는 어린 나이에 '공 전하'가 되었다. 이우는 지금에서야 할아버지가 왜 그때 운현궁을 외면했는지 알게 되었다. 끝없이 왕위를 노렸던 이준용과 흥선대원군이 살았던 곳. 하지만 대가 끊길 처지가 되자 사정할 사람은 결국 운현궁에서 나고 자란 고종뿐이었다.

"저는 일본 옷이 싫어요, 어머니."

어릴 적 이우는 유치원에 갈 때마다 또박또박 말했다. 그는 경성유치원에 다닐 때도 왕실이 모범을 보여야 한다는 이유로 일본식 옷을 억지로 입어야만 했다.

"다녀오시면 한복을 입혀 드릴게요. 잘 참고 다녀오실 거지요?"

이준 공비는 매일 아침 아들을 달래 유치원에 보냈다. 하지만 이우가 운현궁에 와 아들 노릇을 한 것도 잠시, 일제는 유학을 핑계로 그를 볼모로 데려가고자 했다. 어릴 적부터 철저하게 일본 사상을 주입시키기 위한 조치였다. 이준 공비는 애써 얻은 양자를 일본으로 보내게 되자 생병을 앓았지만 이우가 일본으로 떠나는 것을 막지는 못했다.

지난날의 상념이 길어지자 제를 올리며 피운 향냄새가 도쿄로 인질살이를 떠나는 이우의 군복에 깊게 배어갔다. 그는 향이 다 타기 전에 제향소를 빠져나왔다. 곳곳에 비가 내릴 것 같은 어둑한 기운이 깃들어 있었다. 그는 이제 일본으로 떠나기 위해 경성역으로 갈 예정이었다. 서둘러 차에 올라타니 곧 빗방울이 창을 두드렸다.

　"전하, 비 전하께서 경성역으로 배웅하러 나오신다는 전보가 왔습니다."

　우산을 든 나가사키가 뒷좌석 창문 앞에서 운현궁의 전보를 전했다.

　"방금 도착한 전갈인데 진완 아기씨 하교시간을 기다리셨다가 함께 역으로 오실 예정이라 하십니다. 다들 전하께서 떠나시는 걸 섭섭해하시는지라……."

　"열차시간은 얼마나 남았느냐?"

　이우가 물었다.

　"두시 반이니 아직 여유는 있습니다. 전하."

　"그러면 내가 다시 본궁에 들를 테니 바로 전보를 보내거라. 비도 내리기 시작하는데 어머님이 역까지 나오시게 할 수는 없지 않느냐?"

　"예, 그러겠습니다."

　나가사키가 밝은 목소리로 관리소 쪽으로 향했다. 이우에게는 양어머니인 이준 공비와 사동궁의 이강 공비, 그리고 친어머니인 수인당 어머니, 이렇게 세 명의 어머니가 있었다. 그는 세 분의 어머니를 모시는 데 누구에게 모자라고 누구에게 더 챙기는 것 없이 모두에게 도리를 다하였다.

소나기가 세차게 내렸다. 학교 현관에서 정희는 손을 앞으로 뻗어 빗줄기를 가늠해봤다. 1학기 우수성적 표창을 받은 생도들이 학감실로 따로 불려갔다 나오는 길이었다. 이번 학기도 열심히 하라며 연필을 한 다스(열두 개 한 묶음)씩 주기에 받아 나오니 교실에는 아무도 남아 있지 않았다. 소나기에 늦더위는 한풀 꺾였지만 정희는 미처 우산을 챙기지 못했다. 진완이도 오늘 오라버니가 도쿄로 가신다며 먼저 하교하고 없었다. 빗줄기는 조금 잦아들었으나 그칠 기미는 안 보였다. 정희는 할 수 없이 가방을 머리에 쓰고 거리로 나섰다. 아직 도로포장이 안 된 안국정 네거리는 흙탕을 튀겨대고 있었다. 손님을 실은 인력거꾼들만 발걸음을 바삐 움직일 뿐 비를 피해 사람들이 숨어버린 거리는 한산했다.

"잠깐. 멈춰라."

이우의 말에 운현궁 담장을 좌회전해 돌던 차가 멈춰섰다. 무엇에 시선을 두고 있는지 이우는 비가 잦아든 창밖을 응시하고 있었다.

"전하?"

뒷좌석에서 달각 문까지 열리자 나가사키가 당황해 물었다. 빗소리와 함께 이우의 발소리가 점차 멀어졌다. 이우가 직접 보조우산을 쓰고 나간 것이다. 나가사키가 이우를 따라나서려고 급히 다른 우산을 찾았다.

"사아아ー."

정희는 뛰는 것도 걷는 것도 아니었다. 뛰어가도 걸어가도 이 정도의 빗줄기는 우산 없인 피해 갈 재간이 없다. 발목까지 오는 하얀 양말은 이미 엉망이 되어버렸고 교복에 밴 물 냄새는 쉽게 지지 않을 것이라 포기하고 있던 터였다. 그런데 시끄러운 빗소리가 일순 멎었다. 온몸을 흠뻑 적셔대던 빗물도 더는 쏟아지지 않았다.

"……."

이게 무슨 일일까 싶어 정희가 뒤를 돌아보자 그곳에 이우가 서 있었다. 정희 머리 위로 우산을 받쳐주며 이우는 정작 자신의 제복 어깨에 비를 고스란히 맞은 채였다.

"이렇게 비가 많이 오는데 우산도 없이 가는 것이냐?"

안국정 네거리는 비와 함께 물안개가 자욱했다. 꼬박 비에 젖어버린 정희에게 이우가 한 발 더 다가가 우산을 제대로 씌워주었다. 정희는 뒤로 물러서려 했지만 발이 바닥에 딱 붙어버린 것처럼 움직일 수가 없었다.

"갑자기 비가 올 줄 몰라서요……."

정희는 놀라서 잘 떨어지지 않는 입술을 달싹여 겨우 말했다. 이우는 한껏 긴장한 정희를 보고 우산 손잡이를 건넸다.

"이걸 들고 가거라."

여기서 전차를 타러 걸어가려면 또 한참 비를 맞아야 했다. 이렇게 진창인 날에는 전차가 결행할 때도 있고, 차는 안 봐도 만원일 것이었다.

"아녜요, 전하! 전 정말 괜찮은데……."

정희는 그렇게 말하다 입을 꼭 다물고 말았다. 누가 봐도 우산을 거절할 상황은 아니었다. 온몸을 흠뻑 젖은 정희는 여름인데도 한기가 느껴질 정도였다.

"진완이가 알면 자기 친구가 비를 맞게 그냥 보냈다며 원망하겠지?"

때로는 미안함과 부담감이 단호한 거절로 표현된다는 걸 알기에 이우는 정희를 배려하며 말했다. 정희는 지금까지도 이우에게 충분히 고마웠기에 또 빚을 지고 싶지 않았다. 그러나 이우가 진완이 얘길 꺼내자 마지못해 우산을 받아들었다. 정희는 무슨 인연인지 이우에게 두 번씩이나 도움을 받게 되었다.

"전하, 어서 궁으로 들어가시지요. 본궁에 들렀다 도쿄로 가려면 서두르셔야 합니다."

이우의 머리 위로 우산을 받치며 나가사키가 말했다. 그는 정희가 진완의 친구임을 대번에 알아보았고 정희가 들고 있는 우산이 이우가 건넨 것임을 알고 놀랐다. 이걸 전해주시려고 일부러 나오셨단 말인가…….

"그래, 이만 돌아가야지."

경성도 오늘로 마지막이다. 이우는 언제나 일 년의 대부분을 도쿄에서 지내고 조선에서는 며칠밖에 머물지 못한다. 그는 정희에게 우산을 건네주고 돌아섰다. 정희는 물끄러미 이우의 뒷모습을 바라보았다. '도쿄로 돌아간다'는 이우는 어딘가 쓸쓸하고 힘이 없어 보였다.

"전하!"

그래서일까. 정희는 자신도 모르게 이우를 불러 세웠다. 이우가 정희의 목소리에 뒤를 돌아보았다.

"돌아가지 말고 돌아오십시오. 전하께서 돌아오실 곳은 오직 조선 하나뿐입니다."

빗속에서 정희는 이우가 준 우산을 든 채 말했다.

가벼운 말일수록 조심해야 한다. 이우는 오랫동안 일본에서 살았기에 무심결에 '도쿄로 돌아간다'고 표현하고 말았다. 가랑비에 옷 젖는 줄 모르듯 일본 생활이 익숙한 나머지 실수한 것을 정희가 바로잡아주었다. 이우는 한참 말없이 정희를 바라보다가 다시 차로 향했다. 이우가 차에 오르자 비가 다시 세차게 쏟아져 차창을 때리며 흘러내렸다. 닫힌 창문으로 우산을 들고 서 있는 정희의 형체가 흐릿하게 보였다가, 차가 모퉁이를 돌자 더는 보이지 않게 되었다.

정희는 나가사키가 이우에게 리무진의 뒷문을 열어주는 것까지 지켜보다 그제야 이우에게 감사하다는 말을 못했음을 알아차렸다. 하지만 이우를 태운 차는 금방 운현궁 쪽으로 사라져버렸고 남은 건 이우가 건넨 우산뿐이었다. 이우의 배려 덕분에 정희는 더 이상 비를 맞지 않게 되었다. 정희는 이우가 쥐어준 우산 손잡이를 물끄러미 바라보았다.

살아남는 법

❀

"일동 기립!"

이우는 도쿄에 도착하자마자 육군사관학교 예과로 복귀하라는 명을 받았다. 예과 마지막 학기가 시작된 것이다. 학기 시작을 알리는 사열식은 양쪽에서 북이 둥둥 울리고 단상 위에 서 있던 교장이 큰 소리로 300명이 넘는 생도들을 호령하면서 시작됐다. 황족인 아사카궁(宮)의 다케히코와 이우는 같은 기수로 샤벨(군 장교가 사용하는 손잡이와 보호대가 화려한 유럽식 칼)을 쥐고 전군 앞에 나와 있었다. 높은 신분일수록 모범을 보여야 한다는 방침은 사관학교에서도 철저히 지켜지고 있었다.

"대일본제국 천황폐하 궁성으로, 요배*!"

육사 생도들은 한 치의 어긋남도 없이 대열을 만들어 경례했다. 이우가 어릴 적 머리를 빡빡 깎고 다녔던 육군유년학교 때부터 익숙한 부동자세였다. '별의 생도'라 불렸던 유년생도들의 하얀 모자에는 일본군을 상징하는 별 하나가 중심에 콕 박혀 있었다. 이우는 어디론가 이동할 때면 모자의 별을 손가락으로 만져보곤 했는데 금속성의 차갑고 날카로운 느낌이 발원지를 알 수 없는 답답함을 불러일으켰다.

이우로서는 원치 않는 육사 입학이었다. 그러나 일제는 엘리트 코스라며 조선 왕족들을 육사에 입학시켜 조선통치를 정당화했다. 조선 왕족들을 일본제국의 부품으로 만든 것이다. 그러니 운현궁에 양자로 왔을 때부터 이우의 운명은 정해져 있는 것과 같았다. 그는 자신이 사관학교를 나와 일본이 원하는 모습으로 자라게 될 것을 알고 있었다. 그것은 일본에 볼모로 잡혀 있는 조선 왕족들의 서글픈 운명이었다. 벗어나고 싶어도 벗어날 수 없는 볼모의 숙명. 자신의 위치와 이용당할 한계가 어디까지인지를 알게 되는 것은 몹시 고통스러운 일이었다.

그러나 이우는 자신이 조선 왕족이며, 조선인이란 사실을 단한 번도 잊어본 적이 없었다. 겉모습이야 일본이 원하는 대로 변한다 해도 그것은 결코 변하지 않는 사실이었다. 일본이 원하는 대로 순순히 일본인화될 것인가? 일본이 만들어준 왕공

* 요배(遙拜): 천황이 있는 곳을 향해 허리와 등을 숙여 인사하는 것

족이라는 신분에 기대 자신의 정체성을 잊어버리는 순간, 조선인과 조선 왕족이라는 긍지를 버리고 일본인화되는 순간, 모든 것은 일제가 원하는 방향대로 흘러가 버리리라. 여기까지 생각이 미치자 이우는 별을 만지던 손을 얼른 내렸다. 그리고 모자를 바로 썼다. 겉모습 따위는 문제가 아니다. 중요한 것은 자신의 마음속에 있다. 이 깨달음이 이우가 앞으로 일본이 결정한 자신의 미래를 틀어버리겠다고 결심하게 된 중대한 계기가 되었다.

"우공, 조선에 잘 다녀왔나?"

사열식이 끝난 후 기숙사 복도를 걷는데 다케히코가 어깨를 툭툭 건드리며 다가왔다. 이우는 시모노세키에서 오늘 도착해 사열식을 두 시간 남겨두고 빠듯하게 입소했다. 다케히코는 그 사실을 알고 묻는 것이었다. 둘은 황궁이나 공식적인 자리에서 만나면 서로 존댓말을 쓰지만 죽마고우 사이로 동기 중에서도 특별히 친했다.

"그래. 편히 쉬다 왔지."

다케히코와 이우는 방학 전에 치바현 다테야마에 다녀왔었다. 다테야마는 수양버들이 드리워진 고요한 풍취를 풍기는 곳으로, 그곳에서 생도들은 해마다 하계 유영 연습을 했다. 유영 연습 이후 다케히코는 피부가 까맣게 탔는데 방학이 끝나고도 그 흔적이 여전히 남아 있었다.

"자네가 방학을 게이조(경성)에서 보낼 때면 조선이란 곳은 얼마나 좋은 곳일까 상상해보고는 하지."

다케히코는 일전에도 이우가 조선에 다녀오면 이것저것 관심을 보이며 묻곤 했었다.

"가본 적은 없지만 나는 왠지 조선이 친근하다니까. 자네하고 친한 것도 그렇지만, 내 누님이 나베시마 가문으로 시집을 가게 됐으니 더 그렇지. 이제 우리는 촌수가 멀어도 친척이 될 거잖아."

한 번도 가본 적 없는 조선을 상상하며 다케히코가 말했다.

이우의 작은어머니인 마사코는 나베시마 후작의 외손녀였고, 다케히코의 누나 기쿠코는 나베시마 후작의 장손자와 결혼할 예정이었다. 다케히코의 말처럼 조선 왕공족들은 혼혈결혼 정책으로 일본 방계황실과 인척이 되었다.

"언젠가 가볼 기회가 있겠지."

이우가 형식적으로 말했지만 다케히코는 경성에 꼭 가보리라 마음먹은 듯했다. 지배하는 위치에 있는 일본의 왕족에게는 조선에 가는 게 유희 중 하나겠지만, 지배당하는 나라의 왕족인 이우로서는 불편한 이야기였다. 아주 사소한 대화임에도 서로의 입장이 갈리는 것이다.

다케히코는 내일 아침 검도 시간에 보자며 이우의 어깨를 두드리고는 자기 방으로 들어갔다. 이우는 자신의 방문에 붙은

'이우 공 전하'란 명패를 보았다. 일본은 조선 왕족에게 일본 황족 바로 아래인 왕공족 신분을 주고, 전하라고 칭하며 우대했다. 하지만 그것은 모두 허울일 뿐, 황궁에 가서 일본 황족들과 함께 서 있거나 사진 촬영을 한다고 해도 결코 그들과 같은 입장이 될 수는 없었다. 이우는 그런 왕공족들의 이면을 볼 때마다 자신의 위치가 어디까지나 일본의 볼모일 뿐이란 걸 재차 확인했다.

"이번에도 명중입니다. 전하."

철저히 계급을 세습하는 일본 사회에서 평민들이 출세할 수 있는 길은 육군이나 해군 장교가 되는 것뿐이었다. 일본 육군 사관학교에 다니는 예비 장교들 중에 시골 출신이나 중, 하층민들이 많은 이유도 그 때문이다. 어찌 보면 시장통처럼 어수선하고 같은 나잇대 남자애들이 한데 섞여 지내는 이곳에서 일본 황족과 조선 왕공족도 함께 교육받고 있었다. 대부분의 교과가 훈련이나 실습이어서 황족과 왕공족도 평민인 동기들과 같은 기숙사에서 지냈다.

"이대로만 하시면 무난히 통과하시겠습니다."

교관의 깍듯한 존댓말에 이우는 소총을 내려놓았다. 사격술은 실력 격차가 커서 실기시험을 볼 때마다 재시험을 보는 이들이 속출했다. 특히 사격은 실전에서 가장 필요한 기술로 통

신훈련이나 무기정비보다 더 중요하게 다뤄졌다.

이우가 가장 잘하는 과목은 사격과 승마였다. 승마는 원래 좋아했고, 사격은 아버지인 의친왕에게 물려받은 자질 덕분이었다. 의친왕은 이우가 어릴 적부터 사동궁 안에서 사격 연습을 자주 했었다. 당시 이우는 사격을 배우기에 너무 어려서 형과 함께 미술선생으로 지정된 정상호에게 수묵화를 배웠다. 이우가 수묵화를 배우고 있으면 종종 사동궁 뒤뜰에서 아버지가 사격 훈련을 하는 소리가 들렸다. 이우는 그때 들은 "타악타악" 하는 총소리가 지금까지도 생생히 기억에 남아 있었다.

"전하께선 유년학교에서도 사격에서 최고점을 받으셨는데, 저는 언제쯤 그리 될는지 모르겠습니다. 명중이 그렇게 많이 뜨는 건 처음 봐서……."

오이타에서 온 지 여러 해가 지났는데도 도쿄 말이 어색한 동기가 식판을 들고 쫄래쫄래 오더니 이우의 옆에 섰다. 본 수업이 끝난 점심시간, 단체 급식소에는 머리통을 빡빡 깎은 남학생들이 후덥지근한 기운과 땀 냄새를 뿜으며 점심을 먹고 있었다. 온갖 기수들이 모여 한솥밥을 먹는 곳에 이우도 끼어 식판을 들고 줄을 섰다.

"너무 극찬하는 것 같지만 듣기 싫은 말은 아닌데."

이우가 가볍게 대꾸해주자 동기의 얼굴이 해사해졌다. 아까 사격술 시간에 뒤에서 입을 벌리고 보고 있던 생도들 중 한 명이었다. 명중을 여러 번 시킨 게 어지간히 멋있게 보였던 모양이다. 줄이 줄어들면서 이우의 식판에도 튀김 우동 그릇이 올라왔다. 오늘 식사는 우동과 쌀밥, 일본식 장아찌 반찬을 가득 퍼주는 게 전부였다. 이우는 기름이 둥둥 떠 있는 우동 그릇을 보니 식전부터 입맛이 상했다. 이우는 아무리 허기가 져도 일본 음식은 입에 맞지 않았다. 차라리 야산훈련을 할 때 먹는 주먹밥이 나을 정도였다. 마지못해 밥을 받는 중에 누군가 구석에 앉아 있는 게 이우의 눈에 들어왔다. 아침부터 찾고 있었던 동기 형석이었다. 그런데 형석은 누군가의 눈치를 보는지 혼자 구석에 앉아 밥숟갈을 입에 가져다넣고 있었다. 같은 기수도 수업을 나눠서 들을 때가 있어서 오늘 이우는 형석과 한 번도 같이 수업을 듣지 못했다.

"어이, 형석이!"

이우가 식판을 내려놓으며 큰 소리로 동기의 이름을 불렀다. 그런데 갑자기 튀어나온 조선말이 시끌시끌했던 급식소를 일제히 정적으로 만들었다. 일본인 생도들이 젓가락질을 뚝 멈추고 조선말이 흘러나온 곳을 쳐다보았다. 이형석은 기수 내에서 이우의 유일한 조선인 동기였다. 조용히 구석에서 밥을 먹던 형석은 이우가 말을 걸자 놀란 눈치였다.

"아침부터 내내 자넬 찾았어. 어딜 갔던 거야?"

조선말을 거침없이 뱉는 이우를 모든 이가 주시했다. 그러나 그는 아랑곳하지 않았다.

"그것이, 저……. 배, 배가 아파서 숙소에서 쉬던 중이었습니다."

대답하는 형석의 목소리가 덜덜 떨렸다. 형석은 채 삼키지 못한 밥풀을 손등으로 닦아냈다. 쏟아지는 일본인 생도들의 시선에 심장이 쿵쿵거리고 삼켰던 밥마저 목구멍에 걸릴 지경이었다. 아무리 왕족이라도 식민 지배를 당하는 나라에서 왔으면 눈치를 볼 법도 한데 이우의 행동에는 거칠 것이 없었다. 자신은 조선 왕족이고 조선말을 쓰는 게 당연하다는 신념이 없었다면 일본 생도들이 득실한 이 육사에서 조선말을 뱉는 건 도저히 할 수 없는 행동이었다.

"그렇지? 어쩐지 검도시간에도 안 보이고 예배시간에도 안 들어온 거 같았어."

이우는 되레 피식 웃으며 군복 주머니에서 접힌 봉투 하나를 꺼냈다. 동기에게 전해주려고 오전 내내 주머니에 넣어뒀던 봉투는 구깃구깃해져 있었다.

"내 방으로 자네 편지가 잘못 전달되었나 봐. 그래서 내 것인 줄 알고 펴보았지 뭐야. 미안해."

이우가 편지를 건네자 형석이 자리에서 벌떡 일어나 두 손으로 받아들었다. 형석이 일어서며 떨어뜨린 나무젓가락 하나가 고요한 급식소에 유일하게 마찰음을 냈다.

"앞으로는 주의하라고 이르겠습니다. 전하."

"하하, 아냐. 형석이 자네한테 내 편지가 잘못 가도 나한테 가져다줄 거잖아. 너무 신경 쓰지 마."

이우는 소탈하게 말하고는 떨어진 형석의 젓가락을 천천히 주워 탁자에 올려주었다. 그리고 아무렇지 않게 다시 급식 줄로 돌아가 배식을 받기 시작했다. 그런데 급식소 안의 웅성거림은 점점 커져만 갔다. 갑자기 튀어나온 조선말에 감히 여기가 어딘 줄 알고, 같은 분위기가 형성된 것이다. 신분상으로는 왕공족이니 대놓고 말을 못 해도 '더러운 조선말' 같은 속삭임과 흘끔거림이 계속 되었다. 생도들의 안색도 좋지 않았다.

"에잇!"

멀찍이 앉은 네다섯 명의 생도가 불쾌하다는 듯 식판을 들고 박차고 일어섰다. 그중에는 이우의 동기인 마츠다도 있었다. 이우는 자신을 경멸하는 분위기를 알아차리지 못할 정도로 둔감한 편이 아니다. 하지만 그는 꿋꿋이 아무렇지도 않게 밥을 마저 받았다. 저들이 그럴수록 자신은 절대 주눅 들거나 위축되지 않으리라. 이우는 이를 악물었다.

2주 뒤. 정오를 알리려 쏘아 올린 공포 소리가 울렸다. 땡볕 아래 관사 운동장에는 마른 흙먼지가 날렸다. 한없이 넓어 보이는 이곳은 전 기수가 정기 훈련을 받는 날이나 기마전을 할 때면 생도들로 가득 찼다. 그런데 오늘은 자율시간으로 45기 생도들만 둥그렇게 모여 있었다. 자율시간은 말 그대로 생도들의 자율에 맡기는 시간으로, 검술 시합을 하거나 유도 따위를 겨루었다. 이우는 생도들이 빙 둘러서서 환호하는 중심에서 견습용 예도(鋭刀)를 쥐고 서 있었다. 겨루기 상대는 급식소에서 자리를 박차고 나간 동기, 마츠다였다. 마츠다는 칼날을 바닥에 질질 끌며 반대편에서 이우를 바라보았다. 신경 쓰이는 상대는 더 자주 만나는 법이다. 급식소 사건 이후로 별다른 마찰은 없었지만 드디어 둘 사이에 맞불이 놓인 셈이었다.

"오오! 오오!"

은근히 둘 사이에서 눈치를 보던 동기들은 두 사람이 검술 상대가 되자 흥분한 상태였다. 구경하는 이들은 대치상태가 계속되자 떼로 주먹을 쥐고 한목소리를 냈다. 동물 같은 함성은 열기를 돋우기에 적격이었다. 분위기가 무르익자 누가 먼저랄 것도 없었다. 기합소리와 함께 두 사람의 칼이 세게 부딪쳤다.

졸업할 때까지 기수가 바뀌지 않는 사관학교의 특성상 이우는 동기들 대부분과 두루 친하게 지냈다. 그래서 동기들 얼굴만 봐도 어느 현에서 왔는지, 뭘 좋아하고 싫어하는지 알 정도가 되었지만 유독 마츠다만큼은 가까워지지 않았다. 조선인에 대한 편견을 가진 마츠다가 곁을 내주지 않은 까닭이었다. "챙"하고 부딪치는 칼날의 마찰음이 통쾌하게 들릴 정도로 둘 사이는 이미 어긋나 있었다. 마츠다는 밀리지 않으려고 어금니를 꽉 물었다. 이우는 역시 만만치 않은 상대였다. 그래도 실력으로는 자신도 이우에게 뒤지지 않는다고 여겼다. 마츠다는 왜 열등한 조선인을 전하로 대우해야 하는지 이해할 수 없었다.

마찬가지로 마츠다가 불경하게 행동하는 이상 이우도 이 싸움에서 질 수 없었다. 먼 타국까지 끌려와 살아남기 위해, 정체성을 잃지 않기 위해 해온 다짐들은 이우를 혹독하게 채찍질했다. 그래서 두 사람의 단순한 검술 겨루기는 승패를 가리기 위한 치열한 싸움으로 번졌다.

몇 번이고 칼이 세게 부딪쳤다. 이를 지켜보는 동료들도 과연 결판이 어떻게 날지 궁금해하며 가슴을 졸였다. 두 사람 모두 한 발도 물러서지 않았고, 평시복 상의는 이미 땀에 흠뻑 젖었다. 이우의 칼을 겨우 받아내던 마츠다가 잠깐의 소강상태를 깨고 다시 거칠게 달려들어 검을 드밀었다.

"조선의 남아들은 기개가 없고 겁쟁이들이라, 뭘 뺏겨도 분노할 줄 모른다던데……."

두 칼날이 부딪힌 순간, 마츠다가 비열하게 둘만 들을 수 있을 정도의 목소리로 이우를 조롱했다.

"그게 사실입니까?"

마츠다는 그렇게 묻고는 픽 웃었다. 이우는 저도 모르게 입술을 씹으며 얼굴을 일그러뜨렸다. 피가 솟구칠 정도의 도발이었다. 어쩌나 세게 입술을 씹었는지 입속이 온통 비렸다. 이우는 힘을 실어 마츠다의 칼을 쳐냈다. 그러자 마츠다는 조롱 따윈 없었다는 듯 거리를 두고 여유만만하게 예의의 인사를 올렸다. 이우는 그 모습을 보며 오래전 흉터처럼 남아 있던 어떤 기억을 떠올렸다.

'이게 나라를 잃은 자가 겪는 수모입니다. 앞으로는 누구도 쉽게 믿지 마시고, 아무에게도 지셔서는 안 됩니다. 부디 여기서 살아남으시어 전하의 조선을 지켜주세요.'

천천히 정세를 보던 이우의 발걸음이 점점 빨라지더니 마츠다에게로 향했다. 이전과는 비교도 할 수 없는 기세였다. 흙먼지를 일으키며 밀려나는 마츠다를 보며 생도들은 드디어 승부가 나는 것인가 하고 주목했다. 이대로라면 마츠다는 선 밖으로 밀려날 것이었다. 이우를 강하게 도발한 마츠다는 싸움에서 질 것 같은 두려움에 칼날을 억지로 비틀어 뺐다.

"······!"

순간 무리에서 탄식이 흘렀다. 바닥에 검붉은 피가 뚝뚝 떨어졌다. 뭉툭하게 베어버린 느낌을 받고서야 마츠다는 자신이 무슨 짓을 했는지 알게 되었다. 전하의 팔에 검상을 내고 만 것이다. 상처를 쓸어보는 이우의 손에 피가 묻어났다. 그의 왼쪽 어깨 옆 찢겨진 옷 사이로 핏줄기가 선했다.

'전하에게 상처를······.'

그 모습을 본 생도들은 몹시 웅성거렸다. 시합은 여기서 종료된 것과 다름없었다. 전하인 이우에게 상처를 낸 건 엄연한 징계감이었다.

"다시 칼을 잡아라, 마츠다."

그런데 이우는 별일 아니라는 듯 피를 한 번 쓸어내고는 다시 시합을 시작할 때의 정자세를 취했다. 시합을 하다 보면 상처쯤은 날 수 있으니 승부를 계속 내겠다는 뜻이었다.

'……!'

평소 이우의 성품으로는 당연한 행동이었지만, 그 모습은 지켜보던 많은 생도들에게 무엇인가를 인식시켜주었다. 이우는 자신도 모르는 새 왕재의 자질을 보여줌으로써 다른 민족이라는 이질감과 신분의 간극을 좁혀낸 것이다. 이 사건으로 인해 겉으론 웃으며 대해도 마음속으로는 이우가 조선인이라며 은근히 무시하던 생도들의 마음도 바뀌었다. 하지만 마츠다는 그런 생도들의 술렁임이 고깝게만 느껴졌다. 마츠다는 제 분에 못 이겨 다시 이우에게 달려들었지만 기세는 이미 기울어 있었다. 상대의 눈에서 두려움을 본 이우는 거칠 것이 없었다. 마츠다가 내리꽂는 합 전부를 이우는 힘들이지 않게 받아냈다. 밀려나면서도 칼을 마구잡이로 휘두르던 마츠다에게 이우가 마지막으로 칼을 세게 내리치자 그대로 고꾸라졌다. 그럼에도 포기하지 않고 칼자루를 찾으러 모랫바닥을 더듬거리는 마츠다의 턱에 이우가 칼등을 드밀었다. 싸움의 승패는 처음부터 정해져 있었다.

"분노할 줄 모르는 게 아니라⋯⋯."

이우가 거친 숨을 내뱉으며 말을 이었다.

"단지 참고 있을 뿐이다."

실전이라면 칼을 놓친 마츠다는 목숨을 잃고도 남았을 것이다. 이우의 말을 듣는 마츠다의 얼굴이 잔뜩 일그러졌다. 모두가 인정한 패배였으나 마츠다는 손을 더듬거려 다시금 칼자루를 잡아냈다. 그리고 제 목에 드밀어진 이우의 칼을 거칠게 쳐냈다. 누가 보더라도 패배에 대한 분노와 치기가 뒤엉킨 행동이었다. 그 모습을 보고 생도들이 웅성거리자 마츠다는 더 이상 참지 못하겠다는 듯 운동장 밖으로 달려나갔다.

찢어진 살갗은 그 의미를 찾지 못했다. 실력으로는 이겼지만 정작 중요한 마음은 굴복시키지 못한 까닭이다. 이우는 수돗가에서 상처를 살펴보았다. 생각보다 상처가 꽤 깊었다. 실수라지만 이 정도 상처를 낼 정도면 이우에 대해 반발심이 얼마나 컸는지 짐작할 만했다. 마츠다는 친선 경기에서도 악의적인 말을 서슴없이 뱉었다. 이우는 그런 마츠다에게서 조센징은 냄새 난다며 비하하던 일본인의 단면을 보았다.

이우는 열한 살 무렵 조선에서 도쿄로 온 직후 산지옥을 경

험했다. 관동대지진 때였다. 지진 때문에 산지옥을 겪은 것이
아니었다. 일본 정부는 지진으로 피해가 극심해지자 사회의 불
안감을 해소하기 위해 조선인에게 화살을 돌렸다. 국민이 동요
해 무정부주의자나 사회주의자들을 중심으로 소요가 일어날
것을 염려한 처사였다. 정부 차원에서 퍼뜨린 조선인이 우물에
독약을 타고 방화한다는 소문은 삽시간에 번졌다.

"전하! 밖으로 나가시면 안 됩니다."

"어째서?"

"지금 나가시면 위험에 처하십니다!"

나가사키는 어린 전하를 꼭 붙들었다. 밖에서는 피비린내
나는 악행이 자행되고 있었다. 조선인 사냥이었다. 거리에는
정부의 묵인 아래 죽창에 찍혀 죽고 일본도로 찢겨 죽은 조선
인들의 시체가 낭자했다. 자신들이 겪은 분노와 상실감을 약자
에게 푸는 집단 광기가 일본이 말하는 내선일체의 실상이었다.
그걸 묵인하고 살인을 부추긴 일본 당국의 처사 또한 식민지
사람들은 버러지만도 못하다는 것을 말해주었다.

"어머니, 왜 조선인들을 자꾸 죽이지요?"

아들이 걱정되어 위험을 무릅쓰고 도쿄로 온 수인당 김씨를
붙들고 이우가 물었다. 수인당 김씨는 몰아치는 광기 속에서
무사한 아들을 품에 안고 나서야 비로소 눈물을 흘렸다.

"이게 나라를 잃은 자가 겪는 수모입니다. 앞으로는 누구도

쉽게 믿지 마시고, 아무에게도 지서서는 안 됩니다. 부디 여기서 살아남으시어 전하의 조선을 지켜주세요."

이우는 고개를 들어 보지는 못했지만 어머니가 울고 있다고 느꼈다. 그녀의 떨리는 흐느낌에는 한이 서려 있었다. 이우도 그제야 긴장이 풀려 어머니의 품을 더욱 파고들었다. 그때 이우는 그 나이에는 이해할 수 없는 것들을 배웠다. 학살이 무엇인지, 가슴속 울분과 무기력감이 무엇인지 너무 어린 나이에 깨달은 것이다. 옅게 흐느끼는 어머니의 어깨 너머로 "극악무도한 조선인들을 죽여라!"라는 외침과 부산한 그림자들이 지나갔다.

오늘 팔에 생긴 상처를 보고 있자니 이우는 그때의 끔찍했던 순간들이 기억 속에서 되살아났다. 잠시 눈을 감고 있다가 수돗가의 찬물을 정수리에 들이부었다. 흙먼지와 땀은 고루 씻겨 나갔지만 해결되지 못한 일들이 여전히 어깨를 무겁게 짓누르고 있었다.

예과에 복귀한 지 두 달여밖에 되지 않았지만 계절은 이미 가을로 들어섰다. 다갈색의 천 모자를 벗자 소나무 숲을 지나온 바람이 머리카락을 시원하게 스쳤다. 10월 중순의 오후는 따가운 햇볕과 서늘한 바람이 공존했다. 이맘때면 항상 도쿄 인근으로 야영실습을 가는 육사생도들은 미야기현에 와 있었다. 여기서도 기초체력을 다지는 일은 빠뜨릴 수 없어서 이우와 동기들은 산에서 도보훈련을 하고 하산했다.

"지금부터 전투훈련을 위한 예비 조를 나눌 예정이다. 각 조의 장을 맡을 생도들에게 조원 명단과 지도를 넘길 테니 앞으로는 조장이 직접 조원들을 통솔하고 작전회의도 진행하도록!"

도보훈련이 끝난 후 주먹밥으로 조촐한 저녁식사를 한 이우는 동기들과 함께 작은 관사가 딸린 운동장에 소집되었다. 이곳까지 야영을 온 이유는 전투훈련을 실전처럼 해보기 위해서였다. 생도들은 네 개 조로 나뉘었고, 별다른 이유가 없으면 조원이 바뀌는 일 없이 훈련이 진행되었다. 이번 기수는 조장을 빼고 나면 생도가 총 41명인데, 한 명이 상(喪)을 당해 도쿄에 남았기에 각 열 명씩 한 조가 되었다.

"B조 조장은 다케히코 전하께서 맡아주시겠습니다."

조장도 미리 내정되어 있는 것과 다름없었다. 한 명은 다케히코였고, 다른 한 명은 이우였다. 나머지 조장들도 기수 내에서 성적으로 1, 2등을 다투는 겐이치로와 나카노로 결정되었다. 신분과 성적으로 상하를 뚜렷하게 나눈 것이다. 한창때의 남자들을 통솔하려면 모두가 수긍할 만한 실력과 권위가 있어야 한다. 조원들의 반발을 줄이기 위해 신분과 성적을 기준으로 삼은 것이다. 정해진 네 명의 조장은 생도들의 박수를 받으며 조원 명단과 지도를 받았다.

"정상에 있는 깃발을 탈환하는 데 두 조가 투입된다. 경쟁하는 두 조는 자유롭게 작전을 짜서 대응할 수 있지만 깃발을 탈환할 때까지 많은 조원이 살아남는 것도 중요한 임무다. 이는 우리 기수를 후견해주시는 미치스게 중장님의 뜻이기도 하다."

미치스게는 어깨에 별 두 개를 단 중장으로, 생도들에게 설교하거나 기합을 주기 위해 가끔 방문하곤 했다. 그의 별명은 '메가네(안경) 콧수염'이었다. 동그란 안경과 말끔한 신사수염 때문에 붙은 별명인데 생도들은 '무서운 메가네'라고 줄여 부르기도 했다. 메가네 중장이 기숙사에 오는 날에는 햇병아리처럼 달달 떠는 생도가 있을 정도로 그는 육사의 엄격한 후견인이었다.

"이번 실습은 실탄만 사용하지 않을 뿐 실전과 같다. 오직 조원들만이 작전에 참여하고 따라야 하며 누구의 도움이나 조언을 얻어서도 안 된다. 작전을 짜고 연습할 시간은 내일부터 3일간, 시합은 연습 종료 직후에 열린다. 이의 있나?"

훈련교관이 말을 마치자 "없습니다!" 하는 대답 소리가 산등성을 울렸다. 사흘이라면 짧은 시간이다. 조장을 포함한 열한 명이 하나가 되어 작전에 대한 높은 수행력과 결속력을 발휘해야 하는 실습인 것이다. D조의 조장을 맡은 이우는 자유로이

해산한 생도들 사이에서 조원 명단을 살펴보았다.

"나카무라 미즈노! 저는 아무래도 전하의 조인 듯합니다!"

이우가 가장 앞에 적혀 있는 미즈노라는 이름을 읽고 있는데, 본인이 먼저 경례를 하며 나타났다. 잔뜩 기합이 든 그는 이우보다 한 살 많은 동기였다. 아까 임시 관사에 들렀다가 얼떨결에 자신이 D조로 결정됐다는 말을 들었다고 했다.

"그래. 잘 부탁한다."

이우가 말하자 미즈노는 흐뭇한 표정으로 첫 번째 자리에 섰다. 명단에는 실력이 다양한 생도들이 고루 섞여 있었다. 차례로 이름을 부르자 D조의 생도들이 하나 둘 모이기 시작했다.

"저는 코타로하고는 같이 못하겠습니다. 바꿔주십시오!"

이우가 호명하던 중간에 한 생도가 손을 번쩍 들고 말했다. 에이타였다. 에이타는 평소 친한 사이인 코타로가 같은 D조에 들어오자 같은 조를 할 수 없다며 딴죽을 걸었다.

"뭐야? 저도 에이타랑은 같이 못하겠으니 에이타를 C조로 보내주십시오! 거긴 겁쟁이들만 모였다고 들었습니다!"

코타로도 질 수 없다는 듯 일어나 에이타를 C조로 보내야 한다고 주장했다. 서로 티격태격하는 것만 보면 앙숙이라도 되는 것 같지만 둘은 기수 내에서 알아주는 우정을 과시했다. 나머지 조원들이 둘의 모습을 보고 "와하하" 하고 웃음을 터뜨렸다.

"나는 D조에 남을 거니까 갈 테면 네가 가!"

황급하게 바닥에 앉으며 자리를 잡는 에이타의 모습도 웃음을 자아냈다. 이우는 그런 조원들을 흐뭇하게 보면서 마지막에 적힌 이름을 불렀다.

"마츠다 츠요시!"

장난스럽던 분위기가 마츠다의 이름이 호명되자 일순 조용해졌다. 마츠다는 구석에서 천천히 일어나 조원들 사이로 걸어 들어왔다. 검술 시합 이후로 마츠다는 기수 내에서 은근히 겉돌고 있었다. 바뀐 것은 조금도 없었다. 이우는 여전히 전하였고 자신은 한낱 생도일 뿐이었다. 그런데다 이우는 동기들에게도 신임을 얻으며 예과 생활을 해나가고 있었다. 생도들끼리 이야기할 때면 그래도 우 전하는 다르지 하며 이우에 대해 높이 평가하는 게 대부분이었다. 마츠다는 그런 동기들과 속 편히 어울릴 수 없었다.

"에이타, 전부 모였다고 전달하고 무전기를 받아다 줘."

까불대던 에이타가 이우의 말에 "예!" 하고 답한 뒤 관사 쪽으로 달려갔다. 전원이 모여야 무전기와 지도, 보급품들을 받을 수 있었다. D조는 마츠다가 합류하자 열한 명 정원이 모두 채워졌다.

"어느 쪽으로 공략하는 게 좋을까요, 전하? 동쪽에 오솔길이 하나 나 있는 걸로 확인됩니다."

각 조는 조별로 마련된 막사 안에서 호롱불을 켜고 작전회의를 했다. 탁자 중심에 지도를 놓고 실전처럼 작전을 짜는 일이 가장 먼저 이루어졌다.

"그 길은 지도에 나와 있으니 매복 위험이 커. 나무 일부가 벌목된 상태여서 쉽게 모습이 노출되기도 할 거고."

이우가 분석적으로 말했다.

"내 조원들을 그렇게 쉽게 죽게 할 수야 없지."

이우가 농담으로 한마디 덧붙이자 조원들이 미소를 띠었다. 경직된 상태에서는 자유로운 의견이 오가기 어려운데 이우는 편안한 분위기를 만들 줄 알았다. 그래서 조원들은 자연스럽게 이우를 따르기 시작했다.

"맞습니다. 여기 소나무 숲도 쉽게 선택하고 싶은 길이지만 지도상에서 보니 지대가 낮습니다. 지대가 낮으면 오를 때 배로 힘이 들 테니 피해야 할 겁니다."

미즈노도 이우의 말에 동조했다.

"아아, 맞아. 그런데 오늘 보니 반대편 숲이 낙엽이 덜 지고 수목도 적당히 우거져 있었어. 그쪽이라면 굳이 위장하지 않아도 눈에 잘 띄지 않겠지. 지도상으로는 이쪽인데……."

이우가 지도의 한 곳을 짚으며 자신의 전략을 심도 있게 설명했다. 그런데 이우의 설명에는 지도만 보아서는 도저히 알 수 없는 정보들도 상당수 들어 있었다. 조원들은 이우가 언제 그런 걸 조사했나 싶어 두 눈을 반짝이며 탄복했다. 조원들의 반응에 자꾸만 집중력이 흐트러지자 이우가 잠시 설명을 멈추고 도보훈련을 할 때 미리 산세나 지형을 봐두었다고 말했다. 조원들은 더욱 이우를 동경하는 눈빛으로 바라보았다.

이우는 전략을 설명한 다음 양 날개에 정찰 두 명, 깃발을 탈환할 본대 두 명, 전방위와 매복 세 명, 후방위에 세 명을 배치해 총 열 명으로 이뤄진 편대를 짰다. 조원들의 위치는 각자의 장점이 발휘될 수 있는지 여부를 최우선으로 고려했다. 체력적인 면에서 특별히 높은 점수를 받은 생도들을 전후방위에 배치해 미즈노와 마츠다가 이우와 같은 후방위를 맡았다. 마츠다는 다른 생도들보다 달리기를 몇 바퀴씩 더 할 정도로 체력이 좋았고, 미즈노와 이우도 체력적인 면에선 그 못지않았다. 본대는 모든 면에서 두루 뛰어난 생도들을 배치하고, 날래고 판단력이 빠른 생도들은 정찰로 보냈다. 모두의 예상대로 정찰로 결정된 에이타는 "나는 이게 적성에 맞지" 하고 뒷머리를 긁적이며 웃었다.

"누구든 자기 손으로 깃발을 뽑고 싶을 테지만……."

편대 배치까지 완료되자 이우는 양쪽으로 죽 늘어선 생도들의 얼굴을 훑어보며 말했다. 이우가 잠시 말을 멈추자 호롱불이 일렁였다가 본모습을 되찾았다. 깃발을 뽑는 사람이 가장 주목을 받을 테니 내심 조원들은 어떻게든 본대가 되고 싶었다. 이우에게 속마음을 들킨 그들은 헛기침을 하며 시선을 돌렸다.

"이 작전에서 가장 중요한 건 각자 자신의 위치에서 최선을 다하는 것이다. 깃발을 탈환하기까지 한 명이라도 주어진 임무를 소홀히 하면 상대편에게 지고 말겠지. 그러니 우리가 깃발을 탈환한다면 모두가 깃발을 뽑은 것과 다름없어."

이우의 부드러운 지도력은 생도들에게 깊은 신뢰와 안정감을 주었다. 권위로 사람을 복종시키는 건 쉬운 일이다. 하지만 건전한 자존감과 자기 확신을 가진 사람은 의도하지 않아도 자연스럽게 사람이 따르기 마련이다. 본대를 지켜주는 역할에 불과한 후방위를 이우가 맡았다는 이유만으로도 조원들은 이우를 신뢰할 수밖에 없었다. 식민지의 왕손은 누구도 반박할 수 없을 만큼 인품과 실력이 모두 출중해야 비로소 육사에서 버틸 수 있었다.

"최선을 다한다는 건 결과에 승복하고도 후회하지 않는다는 뜻이겠지. 적어도 자기 자신에게는 부끄럽지 않도록 최선을 다하자!"

이우가 무조건 이기자고 하지 않았기에 조원들은 더욱 이기고 싶은 마음이 들었다. 조원들은 합심하기 위해 기꺼이 가운데로 손을 모았다. 단지 마츠다만이 마지못해 동조했다. 초저녁부터 막사 근처에서 태운 모닥불이 바스라지는 소리가 멀리서 들렸다.

마른 풀로는 풀피리가 잘 불어지지 않는다. 정찰 임무를 맡은 에이타는 풀피리를 불려고 풀잎을 비비다가 "후" 하고 털어 냈다. 전략이 노출되는 것을 막기 위해 각 조마다 연습시간을 각각 달리 했기 때문에 D조는 늦은 오후에 연습에 돌입했다. 가을의 차가운 날씨 탓에 에이타의 발치에는 뱀밥과 쇠뜨기가 초라하게 시들어 있었다. 시골에서 온 에이타는 어릴 때 곤충을 잡으러 들판을 나다니며 풀피리를 자주 불었다. 채집통을 허리춤에 달고 잠자리채를 쥔 채 마루로 뛰어 올라가면 그 위로 일본도가 장식처럼 걸려 있었다. 어린 에이타는 할아버지가 쓰던 저 칼을 자신이 쓸 일은 없을 것이라고 생각했다. 하지만 육사 생활을 시작한 에이타에게 일본도는 어떤 칼보다 익숙한 칼이 되었다. 에이타는 앞으로 제국의 육군으로 거듭나 천황폐하를 위해 죄 없는 사람들의 목을 베게 될 것이었다.

"여기는 이상 없습니다!"

무전기로 보고한 후 에이타는 회백암석에 한쪽 다리를 올리고 쌍안경으로 사방을 살폈다. 적이 없으니 당연히 아무 이상이 없을 수밖에. 에이타의 보고를 받고 나머지 조원들도 산속으로 들어와 있었다. 그들은 처음 오르는 산에서 실전에 대비해 익숙한 길을 만들거나 흔적을 남기는 중이었다. 그런데 아까부터 마츠다와 연락이 되는 조원이 하나도 없었다. 마츠다가

멋대로 조를 이탈한 것을 이우가 알게 된 것은 산 중턱에 도달했을 때였다.

"마츠다, 얼굴이라도 비치든지 아니면 연락을 받아."

이우가 무전기로 마츠다를 찾았다. 마츠다는 이우와 같은 후방위지만 이우나 조원들에게 자신의 위치를 보고한 적이 없었다. 이렇게 연락이 두절되면 실전에서 몹시 곤란한 일이 벌어질 것이 당연했다. 고요한 산길에는 이따금씩 조원들의 목소리가 메아리치는 것 빼고는 아무 소리도 들리지 않았다.

"마츠다!"

대답 없는 무전기에 대고 이우가 소리쳤다. 그래도 아무 대답이 없자 무전을 듣는 조원들은 모두 당황했다. 적어도 조가 결성되고 작전이 진행된 이상, 조장의 명령을 듣지 않는 것은 상관에 대한 명령거부인 셈이었다.

"저 여기 있습니다."

그때 이우 앞에 마츠다가 불쑥 나타났다. 근처에 있으면서도 이우에게 모습을 비치지 않은 마츠다는 불만 가득한 모습이었다.

"왜 내가 보낸 무전에 대답하지 않은 것이냐?"

이우가 물었다. 마츠다는 볼멘 표정으로 이우를 보았다. 마츠다는 어제부터 편대 배치를 받아들일 수 없었다. 자신도 충분히 본대가 될 수 있는데, 이우가 검술시합 때 일로 자신을 볼

품없는 자리에 배치했다고 여긴 것이다.

"전하께서 저한테 하찮은 자리를 주셔서 그런 게 아닙니까!"

마츠다가 분하다는 듯 주먹을 꽉 쥐며 말했다.

"저도 충분히 본대에 들어갈 수 있는 실력입니다. 그런데 전하는 잘난 척하시려고 후방위에 들어가시더니 저까지 후방위에 넣어버리셨습니다!"

마츠다의 악에 받친 말은 여태 어떻게 참았는지 모를 분노의 표출, 그 이상도 이하도 아니었다. 마츠다는 마구잡이로 칼을 휘둘러 이우에게 상처를 냈던 날 이후로도 변한 게 없었다.

"그게 사실이 아니라고 설명해도, 마츠다 넌 내 말을 믿지 않겠지?"

구제불능의 상대를 대하듯 이우가 말했다.

"전하께서는 비겁하십니다."

마츠다는 속에서 끓어오른 말을 마구 뱉어댔다. 예전부터 마츠다의 언행은 도를 넘어서고 있었는데 이우도 더는 참아줄 생각이 없었다.

"넌 항상 나한테 불만이 많아 보이는군."

이우가 한 발 다가가 마츠다 앞에 서서 말했다. 마츠다는 흠칫했지만, 시선을 피하지 않았다. 이우는 상대의 눈을 직시하며 여태 입에서만 맴돌던 말을 꺼냈다.

"그건 내가 조선인이기 때문인가?"

주변의 공기가 낮게 가라앉았다. 만약 마츠다가 곧이곧대로 대답한다면 오늘 일은 여기서 끝나지만은 않을 것이었다.

"그것 말고 다른 이유가 있겠습니까?"

마츠다가 뒤틀린 미소와 함께 대답했다. 상대를 매우 불쾌하게 만드는 비웃음이었다.

"마음 같아서는 당장에라도 주먹을 날리고 싶지만 평민 주제에 왕족에게 손을 댈 수 있겠습니까?"

마츠다는 냅다 달려들 것처럼 기세등등한 태도로 속에 있던 말들을 쏟아냈다.

"그딴 건 상관없다. 치고 싶으면 당장 쳐!"

너 따윈 거칠 것 없다는 이우의 외침이 결국 촉발제가 되었다. 마츠다는 이를 갈며 이우에게 달려들었다. 이우는 정당한 이유 없이 자신을 인정하지 않는 상대의 비겁함을 정석으로 받아주었다. 낙엽이 켜켜이 쌓여 있어 넘어질 때 다치진 않았지만 어떤 때보다 격렬한 몸싸움이 시작되었다. 조용하던 산에 뒤엉켜 싸우는 소리가 메아리쳤다. 정상 부근의 암벽 근처에 모여 있던 조원들은 일제히 산 중턱을 돌아보았다. 조원들 중에 보이지 않는 사람은 마츠다와 조장인 이우뿐이었다. 우발적인 싸움이 아니라 오랫동안 쌓여온 감정이 폭발한 것임을 알 수 있었다. 얼마나 낙엽에 구르고 주먹다짐을 했는지 두 사람 모두 턱과 얼굴이 성치 않았다. 한 명이 위에 설라치면 또 상대가 뒤집어엎으며 몇 번을 산비탈을 굴렀다. 생도들 몇몇이 이우와 마츠다를 부르며 찾아 나섰다. 나머지 조원들은 둘 사이의 일을 알리기 위해 급히 하산해 임시 관사로 뛰어 들어갔다.

이우는 입술이 터진 채 교관을 맡고 있는 중위 앞에 섰다. 그는 상처 치료가 끝난 후에 임시 관사로 불려온 상태였다. 전등불 아래 책상에 앉은 훈련 교관은 어지간히 골머리를 앓고 있었다. 먼저 교관실에 불려온 마츠다의 얼굴이 이우보다 더 부었다 해도, 전하의 얼굴에 상처를 냈으니 큰 사달이 날 것이었다. 야영훈련을 왔기에 망정이지 도쿄에서였으면 생도 관리를 잘못했다며 시말서를 써야 할 상황이었다. 생도들끼리의 자잘한 다툼이나 몸싸움은 징계를 내리면 그만이지만 이번엔 전하가 얽혀 있기에 조심스러웠다. 이 일이 윗선에 알려지면 누구에게든 하등 좋을 게 없었다.

"전하께서는 이만 돌아가셔도 좋습니다."

조원들에게 이야기를 들어보니 마츠다가 먼저 이우의 명령에 따르지 않은 것이 문제였다. 주먹다짐과는 별개로 상관에 대한 명령거부만으로도 마츠다는 벌을 받아야 했다. 또한 아무리 허락을 받았다 해도 전하의 얼굴에 상처를 낸 것은 징계감이었다. 그래서 마츠다의 체벌은 이우가 불려오기 훨씬 전부터 결정되어 있었다.

"같이 싸웠는데 벌을 받을 때만 다른 대우를 받을 수는 없습니다."

이우가 교관의 말에 반기를 들었다.

"무전을 받지 않은 것은 마츠다의 잘못입니다. 그러니 전하께서 벌을 받으실 이유는 없습니다. 이만 돌아가서 치료하십시오."

잘잘못이 명백한 일이었다. 교관은 자리에서 일어나 이우와 같은 눈높이에서 말했다. 여기서 끝낼 일이 자칫하면 교관들까지 상부에 불려가 질책받는 일로 번질 수 있었다.

"제가 허락한 싸움입니다."

이우도 물러서지 않고 교관과 눈을 맞추며 말했다. 하지만 교관은 어떻게 해서든 이우의 의견을 꺾어야 했다.

"그렇다 해도 전하를 처벌할 수는 없습니다."

"만약 제가 허락하지 않았다면 싸우는 상황까지는 벌어지지 않았을 것입니다. 형평성에 어긋나지 않는 판단을 내려주십시오."

항상 그랬던 사람은 어떤 상황이 와도 그런 행동을 하게 되어 있다. 이우는 처음 시작이야 어쨌든 싸움은 둘이 했으니 두 사람 모두 처벌받는 게 마땅하다고 여겼다.

"전하께서는 지금 D조의 조장이십니다."

조장으로서의 책임감을 들먹이는 교관의 말에 이우는 잠시 흔들린 기색이었지만 물러서지 않았다.

"이번 일이라면 조원들도 이해해줄 것입니다."

이런 사람의 뜻을 누르기란 여간 어려운 일이 아니다. 교관은 난색을 표했으나 결국 이우의 의지를 꺾을 수 없었다. 교관은 이우가 자신의 뜻을 관철하기 전까지는 결코 돌아가지 않을 것임을 알았다.

"정 그러시다면 벌을 받으실 수는 있습니다만……. 제 감독 하에 체벌을 집행한다는 조건을 달겠습니다."

교관은 어떻게 할지 고민하다가 겨우 신경전을 풀고 이우의 뜻을 받아주었다. 별 도리가 없어 허락한 일이지만 대신 더 이상 문제가 번지지 않도록 자신이 체벌을 감독할 요량이었다. 이우는 그제야 수긍하겠다는 뜻으로 목례를 하고 방을 나섰다. 교관도 이우가 방문을 나서고 나서야 한시름 놓았다. 이 일은 교관으로서도 조선인인 이우가 생도들에게 어떻게 인정받을 수 있었는지 알게 된 사건이었다. 행동이 자리를 만든다. 누구든 이우의 인품을 아는 사람이라면 조선인이거나 조선말을 쓴다는 게 흠이라고 여기지 못할 것이었다.

취침 전 하루를 마무리하는 운동장 소집이 있었다. 생도들은 낮에 관사에 들락거리던 D조원들을 빙 둘러싼 채 호기심 가득한 표정으로 무슨 일이냐며 캐물었다. 전원이 소집된 자리에서 생도들은 이우와 마츠다의 상처 난 얼굴을 몇 번이고 흘끔거렸다.

"오늘 낮에 있었던 불미스러운 일을 모르는 사람은 없을 것이다. 그 사건에 대해 합당한 징벌을 내리고 기수 내 기강을 잡으려 한다. 마츠다, 앞으로 나오도록!"

마츠다는 자신의 이름이 호명되자 단상 앞으로 걸어나갔다. 무려 전하와 주먹다짐을 한 것은 전 기수를 통틀어 다시 없을 일이었다. 그래서 다들 관심을 두고 있던 터라 공개적인 처벌이 불가피했다.

"공 전하께서도 앞으로 나오십시오."

교관은 이우의 이름도 같이 호명했다. 이우가 저벅저벅 걸어나오는 소리가 고요한 운동장에 가득 찼다. 마츠다 옆에 선이우는 뒤 허리춤에 손을 얹고 차렷 자세를 했다.

"조원들에게 자세한 전말을 듣고 교관들이 모여 합당한 의견을 모았다. 벌은 모래주머니를 차고 운동장을 도는 것이며 몇 바퀴인지는 정하지 않는다. 시간제한은 날이 샐 때까지, 벌은 두 사람이 함께 받을 것이다."

두 사람이 함께? 교관의 말에 마츠다만 당황한 것이 아니었다. 모두의 예상과 다른 처결이 나오자 생도들은 모두 어리둥절해했다.

"어째서입니까? 어째서 전하께서?"

마츠다가 다급히 물었다. 이게 어떻게 된 일인가? 마츠다는 이우가 전하이기에 당연히 벌에서 제외되고 자신만 체벌을 받을 것으로 예상하고 있었다.

"본 결정에는 전하의 의지가 크게 작용했다. 그러니 이 이상의 질문은 허락하지 않겠다."

전하의 의지가 크게 작용했다니. 마츠다는 자신과 나란히 서 있는 이우를 쳐다보았다. 자신처럼 똑같이 생채기가 난 얼굴이지만 무표정했다. 교관의 설명에도 소란은 좀처럼 잦아들지 않았다. 전하가 평민 생도와 함께 체벌을 받는다는 것은 이례적인 일이었다.

상황을 지켜보던 다케히코도 벌이 내려진 상황을 이해하지 못했다. 이우의 행동 중에 생도들 입에 오르내리지 않는 일이 있기는 할까? 군사학교에 다니면서 조선말을 거침없이 쓰는 것부터 일본인 생도들에게 뒤지지 않으려는 승부욕까지 항상 주목받는 일들뿐이다. 이번엔 잘잘못을 떠나 평민과 똑같은 처벌을 받았다. 이우의 행보는 하나같이 경외감을 주는 것들뿐이었다.

"모두 조용!"

마츠다는 주변의 소란이 커질수록 몸이 떨려왔다. 이우가 몸에 손대는 걸 허락한 것은 사실이지만, 벌까지 같이 받을 거라고는 생각하지 못한 탓이다. 주위에서 "마츠다 녀석, 이번엔 진짜로 정신 차려야 할 텐데" 같은 말들이 들려왔다. 이우는 진실로 비겁했던 마츠다 자신과 달리 공정함을 뛰어넘는 올곧은 선택을 했다. 이번 일마저 조선인이라서 벌 받는 걸 택했다고 우길 수는 없는 노릇이었다.

"모두 숙소로 복귀한다!"

교관의 지시에 따라 생도들은 각자 막사로 돌아갔다. 주변의 시선과 목소리가 잦아들었음에도 마츠다는 차마 옆을 돌아보지 못했다. 운동장을 돌고 발에 물집이 잡히는 것은 진정한 벌이 아니었다. 자신의 비겁함을 다른 이들이 알고 비난받는다는 것이 첫 번째 벌이고, 자신과는 정반대의 선택을 한 이우와 밤새 운동장에서 몇 번이고 마주해야 한다는 것이 두 번째 벌이었다.

D조원들은 다른 조들과 마찬가지로 잘 준비를 마치고 누워 취침 구호를 외쳤다. 물론 두 사람의 구호는 빠진 채였다. 이우는 마츠다보다도 먼저 발에 모래주머니를 찬 채 운동장을 돌기 시작했다. 마츠다는 불편한 마음으로 이우의 뒤를 따르는 모양새로 달리기 시작했다.

"헉헉……!"

밤 한 시를 넘긴 시각에도 두 사람은 모래주머니를 차고 운동장을 돌았다. 이우는 숨쉬기가 버겁고 폐부가 욱신거려 고통스러웠다. 연이은 훈련으로 노곤한데다 몸싸움의 후유증으로 한 발 한 발 떼는 것도 버거웠다. 잠이 밀려오는데 사방은 바로 앞도 가늠하기 어려울 정도로 어두웠다. 빛이라고는 막사 근처의 다 꺼져가는 모닥불과 방금까지 운동장에서 감시하다가 들어간 교관의 숙소에서 새어나오는 전등불이 전부였다. 동이 트려면 아직도 멀어서 부쩍 쌀쌀해진 밤에 땀을 흘리고 있으니 한기가 들었다. 마츠다는 여태 몇 번을 이우와 스쳤는지 모른다. 말없이 운동장만 돌기를 두 시간, 다리가 풀린 마츠다가 모랫바닥에 풀썩 엎어졌다. 바닥을 짚은 손에 잔모래가 잔뜩 박혔다. 그런 마츠다 앞에 자신과 똑같이 모래주머니를 찬 군화가 우뚝 섰다.

"일어나라, 마츠다."

이우였다. 조선인 조장의 명령을 따를 수 없다던 마츠다. 알 수 없는 적개심으로 가득 차 있는 그를 더는 용인할 수 없었다.

"여쭙고 싶은 게 있습니다."

마츠다는 이를 악문 채 제 앞에 보이는 이우의 군화에 시선을 두며 말했다.

"왜 벌을 받겠다고 하신 것입니까? 저를 부끄럽게 만들기 위해서? 아니면 무엇 때문에 저와 벌을 받겠다고 하셨는지 말씀해주십시오!"

그는 참아온 말을 터뜨렸다. 이 밤에 운동장을 달리고 있다는 사실보다 참을 수 없는 건, 벌을 받지 않아도 될 이우가 자신과 함께 벌을 받고 있다는 사실이었다.

"같이 잘못을 했으면 벌도 똑같이 받는 게 당연한 일. 내가 벌을 받겠다고 한 건 누굴 위해서가 아니다. 네가 아닌 누구였어도 나는 지금과 같은 선택을 했을 것이다."

이우가 답했다. 이번 일이라고 해서 마음가짐이 달라질 이유는 없었다. 마츠다가 아무리 마음에 들지 않아도, 그가 먼저 시비를 걸고 명령에 불복했어도, 이우가 벌을 받겠다고 결정한 것과는 상관이 없었다.

"나는 내 신념을 지키고 싶을 뿐이다."

네가 아무리 나를 조선인이라 무시한다 해도 나는 내 길을 걷는다는 의지. 마츠다는 이우가 신념이라고 말할 때 강한 자기 확신을 느꼈다. 그것을 깨닫자 마츠다는 이우의 얼굴을 올려다볼 자신조차 없었다.

"지금이라도 늦지 않았으니 조를 바꿔주지."

이우는 더 이상 아무 기대도 하지 않는다는 듯 돌아서며 말했다. 마츠다가 변하길 바라면서 그런 말을 하는 게 아니었다. 이미 관계가 틀어진 이상 졸업하기 전까지 어떻게 대하는 것이 좋은지 지혜롭게 판단한 것이다. 통솔하는 위치에 있는 이는 통솔 당하는 사람보다 더 큰 관용을 가져야 한다는 걸 이우는 알고 있었다.

"이렇게 소란이 났는데 안 바꿔주고 배길 수야……."

마지막 말을 남기고 멀어지는 이우의 뒷모습을 보면서 마츠다는 그동안 이우와 얽혔던 일들을 떠올렸다. 칼로 이우에게 상처를 냈던 일, 먼저 싸움을 걸었던 일, 속으로 멸시했던 일들이 스스로에 대한 모멸감으로 되돌아왔다. 부정했던 대상을 인정하기란 얼마나 어려운 일인가. 자신의 약점을 인정하고 상대를 인정하기까지 얼마나 긴 시간이 필요한가. 마츠다는 한동안 주저앉은 상태에서 다시 일어서지 못했다. 자신이 얼마나 상대를 일방적으로 경시했는지 비로소 깨닫게 된 것이다. 하지만 어리석었던 과거를 돌이킬 수 있는 기회는 오지 않았다. 마츠다는 날이 밝아올 때까지 그저 부끄러움을 안고 운동장을 달릴 수밖에 없었다.

　"몸은 좀 괜찮나?"
　다음날 오후. 이우의 임시 막사에 다케히코가 들렀다. 보통은 조원들과 함께 막사를 쓰지만 어젯밤의 일로 이우는 치료를 받기 위해 별도로 세워진 막사에 머물고 있었다. 그는 아까부터 조원들이 있는 곳으로 가보려고 했지만 밤새 벌로 혹사당한 몸이 쉽사리 움직여지지 않았다.
　"이 정도 일로 상할 체력은 아니지만 다리는 아직 불편해."
　"다른 곳은 심하지 않고? 사서 그 고생을 하다니 자네가 하는 일은 도통 가늠을 못하겠단 말이야."

다케히코가 고개를 절레절레 흔들며 간이의자를 빼서 앞에 앉았다.

"벌 받은 걸 고생이라고 할 수는 없지."

이우는 간이침대에서 호쾌하게 허리를 일으켰다.

"이걸 전해주려고 겸사겸사 들렀어. 모레 맞붙게 될 조가 정해졌거든."

다케히코는 안주머니에서 종이 한 장을 꺼냈다. 제비뽑기로 순서를 정했는데 이우가 참석하지 않아서 자기가 대신 뽑았다는 말도 잊지 않았다. 이우가 살펴보니 자신의 조는 A조와 상대가 되었다.

"어제 가장 빨리 깃발을 뽑은 게 A조였지? 조원 명단을 보니 A조는 정말 무서운걸."

"뭐, 그렇지. 조원들뿐 아니라 겐이치로는 우리 기수 중에서 성적이 1등이니까."

다케히코가 새삼스럽다는 듯 말했다.

"그런데 하필이면 내가 붙을 상대가 A조란 말이야? 자네는 날 A조와 붙게 하려고 일부러 이렇게 뽑은 모양이군."

이우가 한숨을 섞어 말했다. 다케히코는 멀뚱히 이우를 쳐다봤다. 이우가 속한 D조는 그 사달이 났어도 2위를 한 상황이었다.

"자네, 설마 진심은 아니지?"

"우리 조원들만 고생하겠네. 그건 다 자네 덕분이지만."

다케히코가 진짜로 받아들이려는 기색이 보이자 이우는 친구를 놀리는 데 박차를 가했다. 평소에도 자주 이우의 장난에 걸려드는 다케히코는 의심의 눈빛을 거두지 않았다. 이우는 이마에 손등을 대고 정말로 걱정스런 표정까지 지었다. 다케히코는 그것이 진심인가 하여 이우의 표정을 유심히 살폈다.

"푸하핫, 하하하!"

아니나 다를까 이우는 다케히코의 심각한 표정에 가까스로 참던 웃음을 터트리고 말았다. 다케히코를 놀리는 이우의 얼굴엔 장난기가 가득했다.

"다케히코, 자네는 그런 표정을 지으면 안 되겠어. 이마에 주름이 져서 표정이 볼 만하단 말이야."

"왜 안 그러겠나! 자네가 평소처럼 돌아온 걸 보니 다행이야. 정말이지 내가 괜한 걱정을 했어!"

다케히코는 완전히 당했다는 듯 말을 쏟아냈다. 놀림을 당했어도 다케히코는 이우의 장난에 악의가 없음을 알고 있었다. 어릴 적 처음 만났을 때부터 곧잘 보이던 이우의 장난기는 천성과도 같은 것이었다.

"그럼 걱정을 끼친 김에 부탁 하나만 들어주겠어?"

이우가 겨우 웃음을 멈추고 말했다.

"무슨 일인데 이렇게 진지하게 말하는 거야?"

친해도 서로 부탁이라고는 해본 적이 없는 사이였기에 다케히코가 궁금해하며 물었다.

"이걸 보니 자네 조와 내 조는 붙지 않잖아. 그럼 자네 조원 하나를 마츠다와 바꿔주면 좋겠는데."

"그게 갑자기 무슨 소리야?"

다케히코가 몸을 앞으로 당기며 말했다. 마츠다를 떠올리자 다케히코는 절로 인상이 찌푸려졌다. 기수 내 상하 분위기를 흐리는 생도였기 때문이었다. 거기다 유년학교 때부터 동기로 지낸 이우의 첫 부탁이 고작 조원 교체라니.

"내가 먼저 바꿔주겠다고 약속했어. 그런데 조가 많은 것도 아니고, 마침 자네가 들렀으니 부탁해보는 거지."

실망한 표정의 다케히코를 보며 이우가 말했다.

"마츠다는? 순순히 바꾸겠다고 하던가?"

"사유서를 쓰라고 했지. 자네만 괜찮다면 그걸 들고 자네한테 가장 먼저 가보라고 하겠어."

이우는 이제 마츠다가 어떤 생각을 갖고 있든 그런 것은 상관없어진 지 오래였다. 이우가 일어나려고 담요를 치우자 바짓단 아래로 정강이에 모래주머니를 찼던 흔적이 진하게 남아 있었다. 발은 다 터졌고 상처투성이였다.

"그런 거라면 만나보겠지만……."

"마츠다를 아무나와 바꿔주면 우리는 A조랑 붙어서 지고 말

거야. 적당한 친구로 맞바꿔주면 고맙겠어. 이번엔 농담이 아니라 진심이야."

다케히코의 마지 못한 대답에 이우는 씩 웃으며 한마디 덧붙이고는 상의를 챙겨 입었다.

"어차피 가기 싫어도 금방 훈련하러 가야 할 텐데 벌써 일어나게?"

다케히코가 이우를 보며 걱정스럽게 말했다. 방금 본 상처들만 해도 회복하려면 시간이 꽤 걸릴 것이었다. 하지만 어제 벌을 받은 일로 일정에 차질이 생긴 상황이라 이우는 더 지체할 여유가 없었다.

이우가 다케히코와 함께 막사의 천을 열고 나오자 생도들이 걱정스러운 시선으로 쳐다보았다. 적어도 오후 세 시까지는 쉬어도 된다고 했지만 이우는 그새 자리를 털고 일어났다. 두 번째 연습시간이 금방인데 조원들을 내버려둘 수 없었던 것이다.

그 시각, 마츠다는 철제 책상에 앉아 있었다. 마츠다는 이상하게도 사유서라는 세 글자가 적힌 백지가 한없이 넓게만 보여 연필을 쥐었다놓기만 몇 번을 반복했다.

'네가 아닌 누구였어도 나는 지금과 같은 선택을 했을 것이다.'

마츠다는 어제 들은 이우의 말이 자꾸만 머릿속에서 맴돌았다.

'나는 내 신념을 지키고 싶을 뿐이다.'

이우는 벌을 받는 것조차 자신의 신념을 지키기 위해서라고 했다. 그리고 자신의 신념을 위해서 왕공족의 특권을 내려놓고 평민인 마츠다와 똑같은 위치에 나란히 섰다. 처음 몸싸움을 허락했을 때에도 이우는 확신이 있었다. 전하가 아니라 평민과 똑같은 위치에 서더라도 마츠다를 이길 수 있다는 확신. 그런 이우에게 마츠다는 실력으로도 인격적으로도 지고 말았다. 어떻게 해도 그를 이길 수 없었다는 걸 인정해야만 하는 상황이었다.

'지금이라도 늦지 않았으니 조를 바꿔주지.'

조를 바꿔준다는 말은 마츠다를 용서한다는 뜻이 아니었다. 네게는 사과도 용서도 필요 없다는 뜻이다. 그것이 자신이 바라던 결과였음에도 마츠다는 좀처럼 사유서에 한 글자도 쓰지 못하고 도로 연필을 내려놓았다. 자기반성이 없는 삶은 퇴보만이 있을 뿐이다. 마츠다가 선택할 수 있는 것은 오직 하나뿐이었다. 잘못을 인정하고 책임지는 걸 선택할 수 있는 유일한 기회. 마츠다는 뭔가 결심한 듯 사유서를 접어 쥐고 이우가 있을 막사로 향했다.

이우는 조원들이 나간 막사에 혼자 남아 있었다. 간이책상 앞에 서서 습관처럼 지도를 들여다보며 조원들의 위치를 재정

비해둔 참이었다. 오후부터는 본격적인 두 번째 연습이 시작될 예정이어서 그 전에 만전을 기하고자 했다. 다른 조원이 들어오면 마츠다가 맡았던 위치에서 한 번은 성공적으로 연습을 마쳐야 했다. 이번 훈련은 실전과 같았고 성적에까지 영향을 미치니 신중을 기할 수밖에 없었다.

"임시 막사에 갔는데 안 계셔서 여기로 오게 되었습니다."

인기척이 느껴져 보니 입구에 마츠다가 서 있었다. 마츠다는 이우가 있는 쪽으로 걸어오더니 간이책상을 사이에 두고 접힌 종이 한 장을 건넸다. 다른 조로 가야 할 사유가 적혀 있을 종이였다. 이우는 마츠다가 건넨 종이를 펴들었다.

"이게 뭐지?"

이우가 종이를 펼쳐 지도 위에 놓으며 물었다. 종이에는 아무것도 적혀 있지 않았다.

"사유서입니다. 전하."

"어째서 백지냐 물은 것이다."

답을 하지 못하던 마츠다가 겨우 용기를 내어 입을 열었다.

"전하의 조에, 이곳에……, 남고 싶습니다."

어젯밤 운동장에서 자리에 주저앉은 마츠다는 한참 동안 일어나지 못했다. 그런 마츠다를 지나쳐 운동장을 도는 이우의 속도 편했던 것은 아니었다.

"왜지? 내 명령에 따르지 못하겠다고 하지 않았나?"

이우로서는 더 이상 자신의 권위에 흠집을 낼 수 없었고 조원들의 결속도 깰 수 없었다. 마츠다의 조원 교체는 그런 이유에서라도 꼭 진행되어야 할 일이었다.

"감히 저의 무례했던 행동을 용서해달라고 말씀드릴 수도 없습니다. 그렇기에 저에 대한 처분을 전하게 맡기고 싶습니다!"

마츠다는 말을 마치고는 갑자기 허리를 앞으로 확 숙였다. 그는 이우에게 최경례를 했다. 최경례는 일본식의 간곡함의 표현이다. 마츠다는 자신이 할 수 있는 최대한으로 허리를 숙이며 이우에게 예를 표했다.

"다른 조로 보내신다 해도 그게 전하의 뜻이라면 받아들이겠습니다."

이우는 허리를 깊이 숙이고 있는 마츠다를 가만히 내려다보았다. 그가 고민하며 한 자도 적지 못한 백지(白紙)는, 어떤 처분을 내려도 받아들이겠다는 엄연한 항복의 백기(白旗)와도 같았다.

"내가 어떤 처분을 내려도 받아들이겠다?"

이우는 한참 동안 침묵을 지키다 마츠다에게 말했다.

"예, 그렇습니다."

마츠다가 이우를 올려다보며 대답했다. 마츠다의 시선에 조선인에 대한 경멸은 더 이상 없었다. 그는 오직 자신의 잘못을 구하러 여기에 와 있었다.

"난 널 다른 조로 보낼 예정이었다."

이우가 지도를 접으며 천천히 말했다. 실제로 지도상에 표시된 조원들의 동선에는 마츠다의 이름이 공란으로 비어져 있었다.

"지금도 그 생각은 변하지 않았어."

이제 두 번째 연습시간이 다가오고 있었다. 이우는 천천히 옷걸이에서 다갈색의 망토를 꺼내 두르며 말을 이었다.

"다케히코에게 진작 너를 받아달라고 이야기해두었다."

이우는 사유서를 책상 위에 그대로 둔 채 약모와 지도만 들고 마츠다 옆을 지나쳤다. 당연한 결과였다. 어떤 처결이든 겸허하게 받아들일 준비가 되어 있다던 마츠다는 눈을 꼭 감았다. 용서받을 수 없다는 것을 이미 예상하지 않았던가.

"그렇지만……."

막사를 나서려고 천을 걷던 이우가 잠시 행동을 멈추고 말했다. 이제 와서 마츠다를 믿는 건 모험이었다. 조선인이라고 자신을 경멸하던 마츠다의 모습이 잊힌 것도 아니었다.

"저 형편없는 사유서로는 어느 조에서도 널 받아주지 않겠지."

이우는 이 한마디로 마츠다의 모든 잘못을 덮었다. 이우는 그 나이에서는 결코 가질 수 없는 관용과 배포를 보여주었다.

"조원들이 기다리고 있을 테니까 준비하고 나오도록."

그제야 말의 의미를 이해한 마츠다는 순간 뭔가가 속에서 욱하고 올라오는 것을 느꼈다. 마츠다가 얼른 입구 쪽을 돌아보았지만 이우의 망토 자락만이 눈에 보였다가 사라졌다. 이우는 외면받아도 마땅한 자신을 받아주었다. 마츠다는 차오르는 감정을 추스르며 잠시 자리에 우두커니 서 있다 이우가 사라진 곳을 향하여 다시 최경례를 했다. 그리고도 한참을 그대로 있었다. 이우가 보지 않는 곳에서까지 공경을 다한 것이다. 이우는 언제나 그랬듯 자신의 위치에 걸맞은 인품을 보여주었다. 그리고 그때마다 그의 인품에 탄복하는 이가 있고 따르는 이가 생기곤 했다. 오늘 이우가 보여준 아량은 후일 마츠다의 진로에까지 큰 영향을 미쳤다. 본과를 선택할 때가 오자 마츠다가 이우와 같은 포병연대를 지망하고 나선 것이다. 그런 마츠다의 행동이 두고두고 기수 내 큰 화젯거리가 된 것은 당연한 일이었다.

야영장에는 이제 막 해가 지고 있었다. 한창 타오르는 모닥불이 야영훈련의 종료를 알렸다. 모닥불을 가운데 두고 빙 둘러앉은 조원들은 고된 훈련을 끝내고 모닥불에 감자를 구워 먹으며 회포를 푸는 중이었다. 세 번의 훈련에서 줄곧 2위만 했던 D조는 한 번의 실전에서 간발의 차로 1위를 차지했다. 간발의 차이라고는 해도 조원 두 명이 벌까지 받은 상황에서 승리했으니 더욱 값어치가 있었다. 훈련이야 어쨌든 실전이 가장 중요하지 않은가. 포상으로 술을 마셔도 된다는 교관들의 특별 허락도 떨어졌다. 조원들이 유난히 즐거워한 것에는 그 이유도 포함되어 있었다.

"……."

조원들이 흥겨운 분위기 속에서 정종 병과 딸려온 사기잔을 돌리고 있을 무렵, 누군가 그들 곁으로 다가왔다. 쭈뼛쭈뼛 약모를 손에 꼭 쥔 마츠다였다. 술잔을 나누던 조원들이 이우의 눈치를 살폈다.

"마츠다, 너는 매번 늦는구나."

이우는 그를 쳐다보지 않은 채 잔에 입을 대며 가볍게 말했다. 마츠다를 합석시켜도 좋다는 뜻이었다.

"앞으로는 절대, 절대 늦지 않겠습니다."

이우의 허락이 떨어지자 마츠다의 얼굴은 금세 환해졌다. 막사에서의 일 이후 마츠다는 누가 보더라도 열성적으로 훈련에 임했다. 이우가 믿고 용서해준 것에 대한 답을 말이 아닌 행동으로 보인 것이다.

"아까부터 한 자리가 비었더라니. 얼른 와 앉으라구!"

"일단 잔부터 받으시고."

조원들 몇 명이 일어나 마츠다를 반갑게 맞았다. 조를 승리로 이끄는 데는 마츠다의 눈에 띄는 열정도 한몫했기에 조원들도 환영하는 분위기였다. 둘 사이에 무슨 일이 있었기에 마츠다가 용서를 받았는지는 아무도 몰랐다. 다만 이우가 자진해서 미즈다와 함께 벌을 받았기 때문일 거라고 미루어 짐작할 뿐이었다.

"자작하지 말고 서로 한 잔씩들 따라주자고."

들뜬 분위기 속에서 정종 병이 조원들의 손에서 손으로 돌았다. 술을 많이 마셔본 적이 없는 생도들은 금방 취기가 올랐다. 고된 훈련을 마치고 모닥불 앞에서 한 잔할 때 노래만 한 것이 없을 것이다. 모두 약속이라도 한 듯 한 명씩 노래를 부르기 시작했다. 생도들이 부르는 노래는 군가나 딱딱한 창가가 전부였다. 그 모습이 마치 상이군인같이 애처롭기도 하고, 노래 실력이 별로여서 듣기 힘들 때도 있었지만 그런 것을 신경 쓰는 사람은 아무도 없었다.

이우는 왼쪽 상석에 앉아 가만히 조원들을 둘러보았다. 모닥불에 비춰져 벌겋게 그을린 듯 보이는 얼굴들이 꽤나 즐거워 보였다. 그러나 그는 마음 한구석이 텅 빈 것 같았다. 한참 집중했던 일이 끝나고 나면 왠지 모를 허무함이 밀려오기 마련이다. 이우는 자신의 잔에 술을 한 잔 더 따랐다. 마츠다는 지금까지 동기들의 힐난을 받았지만 그들 사이에 앉자 금방 동화되어 하나로 섞였다. 어쨌든 그들은 같은 민족이고, 같은 곳을 향해 갈 수 있었다. 그러나 이우 자신은 아니었다. 군중 속의 고독.
이우는 묻지 않을 수 없었다. 자신이 있을 곳은 어디인가? 결국
이곳밖에 없는가? 이우는 겉으로는 함께 어울려 술을 마셔도
그들과 온전히 섞일 수는 없었다.

"자자, 우리 기수에서 제일 음치까지 노래를 불렀으니 이번
엔 전하 차롑니다!"

생도들의 시선이 일제히 이우에게로 향했다. 음치라는 말에
방금까지 서서 노래를 부르던 조원이 부끄러운 듯 자리에 앉았
다. 여기저기서 웃음이 터졌지만 음치 생도는 그리 기분 나쁜
기색은 아니었다.

"조선에도 좋은 곡이 많을 텐데 한 곡 불러주십시오!"

초반에는 어깨동무하며 시끄럽고 호기에 찬 노래들을 불렀
다면, 시간이 갈수록 조용하고 고즈넉한 곡이 주를 이루었다.
술에 취하고 모닥불까지 가까이 있으니 모두 점차 감상적으로
변한 것이다.

"다들 박수, 박수!"

누군가 일어나 마구 바람을 잡았다. 이우는 영 그럴 기분이
나질 않았는데 모두 기대감에 찬 눈빛으로 자신을 보고 있었
다. 다른 훈련 때 이우의 노래를 들었던 생도들이 그 사실을 잊
지 않은 모양이었다. 잠시 상실감, 고독감, 무력감을 떨쳐야 할
시간이 왔다. 이우는 술잔을 놓고 조용한 분위기에 맞춰 한 곡

부르기 시작했다.

　　황성 옛터에 밤이 되니 월색만 고요해
　　폐허에 서린 회포를 말하여 주노나
　　아 가엾다 이내 몸은 그 무엇 찾으려고
　　끝없는 꿈의 거리를 헤매어 왔노라

　　성은 허물어져 빈터인데 방초만 푸르러
　　세상이 허무한 것을 말하여 주노라
　　아 외로운 저 나그네 홀로 잠 못 이루고
　　구슬픈 벌레 소리에 말없이 눈물겨요

　잘 부른 노래였음에도 왜인지 분위기가 엄숙하고 차분해지기 시작했다. 생도들은 조선말이었기에 가사를 알아들을 수 없었지만 만국공통어인 음악의 느낌만은 읽을 수 있었다. 깊은 슬픔이 내재된 곡조와 가사가 이우의 가슴속 깊은 곳에 있던 감정을 대신 전해주고 있었다. 덧없는 꿈의 거리를 헤매는 사람은 다름 아닌 이우 자신이었다.

　식민지의 왕손이 어릴 적부터 지배국에서 생활하며 느꼈을 외로움과 상실감을 어떻게 다 이해할 수 있을까? 그의 삶은 일본에 의해 만들어진 사상누각과도 같았다. 일본은 가장 먼저 조선 민중을 뿌리 없는 민족으로 만드는 일부터 시작했다. 그들은 왕족들을 죄다 유학을 명목으로 일본으로 보내 조선 민중과 분리시켰다. 조선 왕족들은 겉으로는 왕공족의 신분을 갖고 전하라며 예우를 받지만 예우받는 만큼 심한 감시에 시달렸다. 그토록 가고 싶은 조선에 일본의 허락 없이는 갈 수 없는 현실이 그러했다. 일본은 조선 왕실이 완벽히 해체되는 것과 동시에 왕족이 전부 일본인화되길 원했다. 그렇게만 된다면 조선이 스스로 일본의 지배를 원했다는 명분을 세울 수 있을 것이었다. 이우는 그런 일본의 속셈을 꿰뚫고 있었기에 끝없이 마찰을 일으켰다. 그가 '황성옛터'를 자주 부른 이유는 거기에 있었다. '황성옛터'는 조선인이 작사, 작곡하고 부른 곡으로 이우는 이 노래에 자신을 투영하며 위로받고자 했다.

"조선말이라 뜻은 모르겠지만 슬픈 곡인 건 확실히 알겠어. 그렇지?"

"그래. 듣다 보면 무슨 뜻인지 정말 궁금해진단 말이야."

뜻을 알려달라는 동기들의 말에 이우는 그저 미소로 답했다. 이우의 노래를 들은 동기들은 박수를 쳐주었다. 그것은 노래를 잘 부른 사람에게 주는 박수가 아닌 위로의 박수였다. 가까이에 고국을 두고 타국에서 기약없이 머물러야 하는 이우. 어딘지 서글퍼 보이는 그의 노래는 듣는 사람에게도 애수를 느끼게 했다. 모닥불이 식어갈 때까지 그들은 노래와 이야기를 멈추지 않았다. 남은 시간 동안 이우도 기꺼이 자리를 지켰다. 예과 졸업이 채 몇 달 남지 않은 1930년의 가을밤이었다.

해마다 찾아오는 동계휴업기가 돌아왔다. 일본의 최대 연휴인 신정(1월 1일을 전후로 하는 일본 명절) 연휴가 막 끝난 도쿄에는 곳곳에 밤새 내린 하얀 눈이 쌓여 있었다. 이우가 커튼을 확 걷어내자 눈에 반사된 빛이 어두운 실내를 밝혔다. 현관 앞은 아침 일찍부터 가종(家從)들이 정강이까지 쌓인 눈을 치우느라 여념이 없었다. 이우는 신년 인사차 진완이 보내온 전보를 펴서 읽기 시작했다. 운현궁의 어른들은 모두 건강하시고, 자신은 학년 말에 부내 피아노 콩쿠르에 나가서 우수상을 탔다는 내용이었다. 전보는 꼭 진완이 옆에서 재잘대는 것처럼 귀여운 구석이 있어서 이우는 몇 번이고 다시 읽었다.

그리고 약속대로 장충단에서 만났던 날 이후부터 찬주에게서 편지들이 도착했다. 여자애답게 아기자기하게 쓴 편지를 보고 있으면 허전함이 조금 가시기도 했다. 그런데 얼마 전부터 편지가 끊겼다. 찬주의 아버지가 폐병이 심해 크게 고생하고 있었기 때문이었다. 찬주는 속마음을 잘 내비치지 않는 성격임에도 아버지에 대한 걱정이 편지 전반에 드러났다. 그래서 다른 때보다 답장을 적어 보낼 때 신경을 썼지만 찬주는 답장을 해올 형편도 아니었는지 먼젓번에 이우가 보낸 편지가 마지막이 되었다.

오늘 참석할 스케이트 모임까지는 아직 시간이 남아 있었다. 이우는 잠시 음악이나 들을까 하고 창가 옆에 있는 레코드 쪽으로 갔다. 제목 하나가 눈에 들어왔다. 레코드에 판을 올리자 약간의 잡음이 나다가 피아노곡이 흘러나왔다. '안단테 칸타빌레'였다. 곡을 듣고 있자니 지난해 여름의 기억이 떠올랐다. 혼마치에서 도둑 누명을 쓴 정희를 구했던 일, 정희가 자신의 서재에 들어와 책을 읽던 일, 거리에서 우산을 씌워준 정희의 모습까지 떠올랐다. 사관학교 생활에 지쳐 잠시 잊고 있던 작년의 기억들이었다.

'돌아가지 말고 돌아오십시오. 전하께서 돌아오실 곳은 오직 조선 하나뿐입니다.'

물안개가 핀 경성 거리에서 정희는 그렇게 말했다. 짧게 스치면서 한 말이었음에도 이우에게는 깊은 잔상을 남겼다. 하지만 이우가 정말 물어보고 싶은 게 있다면 단연 '그 책'에 관한 것이었다. 정희는 '그 책'을 읽은 것 같았다. 그런데 그 뒤로 운현궁에 몇 번 피아노 연습을 하러 와서도 별다른 기색이 없었다. 왜일까? 놀랄 일이 아니어서? 아니면 자신에게 물을 수 없는 문제라 여기는 것일까? 그 책에 대한 상념이 순식간에 이우의 머릿속을 정희에 대한 생각으로 가득 차게 만들었다. 음악은 한참 전에 다른 곡으로 바뀌어 있었다.

"전하, 식사가 준비되었으니 내려가십시오. 이른 오후에 일정이 잡혀 있습니다."

나가사키가 허락 없이 방문을 여는 소리에 이우가 레코드판에서 바늘을 떼고 돌아보았다.

"하나밖에 없는 일정인데도 나가사키는 늘 바쁘군."

"죄송합니다. 음악이 끝나도 대답이 없으시기에……."

이우의 가벼운 질책에 나가사키가 변명하듯 흐렸다.

"쉬이 생각이 멈춰지질 않으니까."

"무슨 생각을 그리 하셨습니까?"

나가사키가 궁금하다는 듯 되물었다.

"갑자기 경성에 가고 싶어지는 그런 생각?"

이우는 가볍게 답하고 다이닝룸으로 들어섰지만 나가사키는 그 자리에서 가만히 이우의 뒷모습을 바라보았다. 신정을 조선에서 보내고 싶다는 이우의 요구는 올해도 거절당했다. 이우가 진완이의 전보를 몇 번이고 그렇게 읽은 이유는 그 때문이었다. 일본의 명절인 1월 1일은 조선에 갈 수 있는 좋은 기회였지만 여태 이우가 조선으로 가는 것이 쉽게 허락된 적은 한 번도 없었다.

현관문의 굴절유리 사이로 가종들이 옷의 눈을 털어내는 모습이 보였다. 새해임에도 이우의 별저는 조용하기만 해서 간혹 아랫사람들의 움직임만이 있을 뿐이다. 숙부님과 시부야의 형님 별저에는 인사를 다녀왔고, 몇 안 되는 친분 있는 사람들도 다녀갔다. 그러자 별저는 모든 것이 둔해진 사람처럼 고요해졌다. 만약 경성에 있었다면 진완이와 사동궁 동생들을 불러 외롭지 않게 지낼 수 있었을 것이다. 하지만 이우는 오늘도 일본에서 혼자였다. 어렸을 때부터 그를 모셨던 나가사키만이 조선으로 돌아가고자 하는 그의 바람이 이뤄지길 묵도했다.

도쿄의 닛코마치에 위치한 아이스링크에도 함박눈이 내렸다. 전일본빙상선수권 대회가 열릴 정도로 큰 링크장은 양옆으로 치워낸 눈도 상당했다. 그런데 한겨울 사람들로 가득 차야 할 아이스링크가 한산했다. 황족인 다케다궁(宮)의 츠네요시가 오늘 하루 링크장을 자신의 개인 모임을 위해 비워달라고 요청했기 때문이었다. 이렇게 넓은 링크장을 독점적으로 사용할 수 있는 것은 신분적 우위를 가진 사람만의 특권이었다. 링크장에는 아직도 눈을 치우고 있는 아랫사람 몇몇과 10대, 20대 초반의 황족과 화족 열댓 명뿐이었다.

"우공, 왔어? 신정은 잘 보냈고?"

링크장에 스케이트 날을 대자마자 양장을 한 작은 몸집의 다케히코가 스케이트를 탄 채 바람처럼 이우 근처로 다가왔다. 오랜 연습으로 황족들 중에서도 괜찮은 스케이트 실력을 가진 다케히코는 작은 체구이나 링크장에서 날아다니듯 자유로웠다. 이번 모임엔 11궁가(일본 황실의 11개의 방계 황족 집안)의 황족 중에서도 이우의 동기인 아사카궁의 다케히코, 연장자인 다케다궁의 츠네요시, 히가시구니궁(宮)의 모리히로, 기타시라가와궁(宮)의 나가히사가 참석했다. 로우 웨이스트 코트를 입고 클로슈를 쓴 여자애 두 명은 츠네요시의 여동생 레이코와 나가히사의 여동생 유리코였다.

"나야 숙부님과 형님에게 다녀왔지. 자네는?"

"다른 명절보다 훨씬 좋았어. 현관 앞에 커다란 카도마츠(소나무, 대나무로 만든 장식물)도 세우고, 이번엔 서민식으로 오조니(우동찹쌀떡국)도 먹어보고 말이야. 그런데 오조니를 먹는 중에 식탁에 아주 큰 도미가 구워져 올라와서 놀랐지."

잔뜩 자랑거리를 늘어놓은 다케히코는 신이 나 보였다.

"즐거웠겠네."

이우는 예전에 자신도 조선에서 설날을 재밌게 보냈던 것을 떠올리며 적당히 받아주었다.

"여기 오기 싫을 정도였다니까. 그래도 자네도 보고 다른 친척들도 봤으니 됐지, 뭐."

다케히코는 간단히 인사를 하고 다시 스케이트를 타러 갔다. 이우도 스케이트를 타기 시작하면서 다른 황족들과도 가벼운 인사를 나눴다. 다케히코만큼 친하진 않아도 다들 사관학교나 궁성에서 모일 때 일면식 정도는 있었다. 모임을 주관한 츠네요시는 본인의 불같은 성격만큼이나 전투적으로 스케이트를 타고 있었다. 그런 츠네요시를 바짝 붙어 따라잡은 나가히사는 츠네요시와 형제 같은 사이였다.

이우는 링크장을 길게 달려보았다. 겨울의 찬바람이 스칠 땐 어쩐지 시원한 맛이 있었다. 한참 바람을 가르던 그는 잠시 자리에 서서 주위를 둘러보았다. 큰 링크장을 독차지한 몇 안 되는 사람들은 서로 떨어졌다 붙었다 하며 스케이트를 즐기는 데 여념이 없었다. 확실히 별저에 혼자 갇혀 있는 것보다는 나았다. 하늘도 구름 한 점 없이 맑아 기분전환을 하기에는 적격이었다.

"잘생겼다. 그치?"

그런데 먼발치서 이우를 지켜보던 시선들이 있었다. 황녀 유리코와 레이코는 오빠들을 따라 오늘 처음 스케이트 모임에 참석했다. 그녀들은 친형제 같은 오빠들처럼 서로 가깝게 지내는 동갑내기였다. 링크장에서도 서로 붙어 다니며 수다를 떨기 바빴는데 이번엔 수다의 주제가 이우였다.

"그래. 잘생기긴 했지."

유리코가 이우를 보면서 미적지근하게 말했다. 유리코의 반응이 이런 것은 본인들의 관심에 비해 상대방인 이우의 알 수 없는 무심함 때문이었다. 그녀는 궁성에서든 이런 식의 모임에서든 이우와 벌써 서너 번째 마주쳤다. 그런데도 서로 말을 섞

어본 적이 한 번도 없었다. 황족들끼리는 남녀 구분 없이 대화
나 교류를 나눴지만 이우와는 잦은 만남에도 말조차 나눠보지
못한 것이다. 그런데도 어쩔 수 없이 관심을 가질 수밖에 없는
것은 역시 시선을 확 끄는 이우의 외모 때문이었다. 비단 유리
코뿐만이 아니다. 이우가 도착하고 다케히코가 아는 척을 하러
갈 때부터 이우는 뭇시선을 받았다. 모두 똑같이 양장과 베레
모 차림이었으나 이우에게 가장 잘 어울리고 걸맞아 보였기 때
문이었다.

"말도 되게 잘 탄다는데……."

"그렇겠지."

"너 말 잘 타는 사람 좋다고 하지 않았어?"

관심 없다는 듯 짧게 대꾸하는 유리코에게 레이코가 물었
다.

"그러니까 내 말은, 그래 봐야 뭘 하냔 말이야. 어차피 조선
남자……."

퉁명스레 끝말을 붙이려던 유리코가 말을 뚝 끊었다. 자신
을 바라보는 시선을 느낀 이우와 정면으로 눈이 마주친 것이
다. 유리코는 순간 할 말을 잃어버리고 말았다. 정말 조선 남자
인 것만 빼면 나무랄 데가 없었다. 그런데 이우는 유리코에게
관심조차 없는 듯 금방 다른 데로 시선을 옮겼다.

'칫…….'

유리코는 내심 이우가 너무한다고 여겼다. 얼굴을 모르는 사이도 아니고 눈까지 마주쳤는데 인사조차 없다니. 유리코가 할 수 있는 일이라곤 그저 입을 삐죽이며 돌아서는 것밖에 없었다. 더는 조선 왕족에게 관심 두지 않으리라. 유리코는 심통이 난 채로 이우와 반대 방향으로 스케이트를 타기 시작했다.

이우는 다케히코에게 가려고 몸을 틀었다. 그런데 문득 유리코의 뒷모습을 보다 마음에 걸리는 게 있었다. 유리코의 스케이트 날 뒤쪽에 흠집이 나 있었다. 저 정도의 흠집이라면 진작 금이 갔을 것이다. 이우는 유리코 스스로 이상함을 느끼고 갈아 신지 않을까 하다가, 아무래도 안 되겠다 싶어 유리코 쪽으로 향했다. 스케이트의 날이 부러지거나 금이 가는 건 흔히 있는 일이지만 낙상한다면 소동이 벌어질 것이었다. 간만에 기분전환을 하러 나왔는데 그런 일이 벌어지는 것은 원치 않았다. 이우는 유리코를 빠른 속도로 따라잡았다. 약간 뒤쳐져 있던 레이코는 이우가 제 옆을 지나치자 무슨 일인가 싶어 그 자리에 섰다. 이우는 유리코보다 조금 앞선 상태에서 그녀의 팔을 잡아 세웠다. 두 사람의 무게를 받은 이우의 스케이트 날이 얼음을 갈아내며 멈춰 섰다.

"......?"

유리코가 깜짝 놀라 눈을 깜빡였다. 방금 자신을 외면했던 남자가 자기를 잡아 세운 것이다. 무슨 할 말이라도 있는 것일까? 가까이서 보니 더욱 잘생긴 이우의 모습에 유리코는 가슴이 뛰는 걸 꾹 참았다. 그리고 기대감이 가득한 얼굴로 이우를 바라보았다.

"왼쪽 스케이트 날에 금이 간 것 같으니 갈아 신는 게 좋겠소."

유리코의 바람과 달리 이우는 유리코의 스케이트에만 시선을 두며 짧게 말했다. 그 말에 유리코는 자신의 왼쪽 스케이트 날을 살폈다. 이우의 말처럼 스케이트에 흠집 난 곳부터 시작해 금이 가 있었다.

"……."

유리코는 실망감을 감출 수 없었다. 고작 이것뿐인가? 스케이트가 부러질 걸 알려준 건 고맙지만, 괜히 기대했던 마음을 들킨 것만 같았다. 그녀는 고개만 까딱했고 이우는 인사를 생략한 채 원래 가려던 쪽으로 돌아섰다.

"유리코, 뭐야? 무슨 일인데?"

레이코가 한껏 들떠서 유리코에게 물었다. 할 말이 있으면 불러 세우면 될 걸 굳이 팔을 잡은 이유가 있을 거라고 여긴 것이다. 이우는 단지 이름을 불러 거리감을 좁히는 것이 싫었던 것뿐이지만, 그들은 그걸 알 리 없었다.

"잠깐 실내관에 좀 다녀올게."

스케이트에 금이 갔다는 시시한 이야기나 들었다고 하기가 싫어 유리코는 휙 뒤돌아 실내관으로 향했다. 얼음판 링크장에서 빠져나와 실내관으로 들어오자 따뜻한 공기가 유리코를 맞았다. 일본식 건물인 실내관은 밖과는 달리 큰 난로가 있어 푸근하고 조용했다.

"유리 미야사마(일본 황족·왕족을 경애하며 부르는 호칭)! 무슨 일 있으세요?"

문이 열리는 소리에 기모노에 두툼한 코트를 입은 기타시라가와궁의 여관이 뛰어나왔다.

"세상에, 금이! 다치신 곳은 없으세요?"

유리코가 스케이트 날을 보여주자 여관이 놀라서 물었다.

"보다시피 멀쩡하니 새 스케이트나 가져다주세요."

여관으로서는 천만 다행으로 평소 자기가 모시던 아가씨의 태도는 변함이 없었다. 그녀는 유리코가 다치지 않은 걸 확인하고 새 스케이트를 가지러 사라졌다. 여관을 기다리는 동안 유리코는 긴 나무의자에 앉아 스케이트를 벗었다. 내친김에 장갑도 벗었다. 유리코는 이우가 잡았던 팔을 조심스럽게 쓸어보았다. 이우가 자신의 팔을 꼬옥 잡아 붙들었던 느낌은 좀처럼 사라지지 않았다. 유리코는 아무렇지 않은 척 창문 밖도 한 번 살폈다. 사람이 많지 않은 링크장에서 이우의 얼굴을 찾는 건 금방이었다. 사진 기사가 도착해 기념촬영을 할 모양이었다. 이우가 촬영할 자리로 가며 다른 사람들과 어울려 살짝 미소를 짓자 청량감이 느껴졌다. 그러나 곧 레이코가 뒤따라 들어온 바람에 유리코는 이우를 쳐다보는 것도 관둬야 했다. 유리코는 오늘 일 때문에 괜히 이우를 더 신경 쓰게 되어버렸다.

"이렇게 날이 좋을 줄 알았으면 승마구락부에서 볼 걸 그랬나?"

기념사진 촬영이 끝나자 연장자인 츠네요시가 말했다. 지금은 바쁜 황족들이 모여서 활동하기엔 적격인 시기였다. 여름과 겨울엔 방학과 연휴가 끼어 있어 그들은 자주 모임을 가져왔다.

"승마라면 저는 참석을 반려했을지도 모릅니다. 츠네요시 상."

다케히코가 나지막이 말했다.

"왜? 승마가 얼마나 좋은 운동인데?"

"츠네요시상은 승마를 그냥 좋아하는 게 아니지 않습니까? 거의 광적이라고 해야 할까요……."

츠네요시는 승마를 가장 좋아해서 기병과를 선택했을 정도였다. 나머지도 동의한다는 듯 피식댔다.

"광적이라니 말이 심한걸."

츠네요시가 억울하다는 듯 팔자눈썹을 한 채 대꾸했다.

"심하기는. 자네는 일전에 백화점 준공식을 참관할 때도 승마가 먼저라며 빠지지 않았나. 기껏 초대를 받아놓고서 말이야."

나가히사도 일전의 일을 들먹이며 다케히코를 거들었다. 그러자 츠네요시는 "내가 그랬던 적이 있나" 하며 골똘한 표정을 지었다.

　"그땐 츠네요시상만 빼고 전부 참석했던 걸로 기억합니다. 여기 우공도 같이 참석했고요. 그렇지?"

　다케히코가 이우에게 되물었다. 지어진 지 2년 된 긴자의 마츠자카야백화점이 개관했을 때의 이야기였다. 그때 이우와 몇몇 황족들은 개관식에 초대되었다. 큰 노보리(장대에 세로로 끼운 긴 형태의 기)로 장식된 축하 자리도 마련됐는데 그곳에 츠네요시만 빼고 이우와 다케히코, 나가히사는 참석했다.

　"다른 건 몰라도 승마라면 빠질 만도 할 것 같은데. 승마는 나도 꽤 좋아하니까."

　이우가 말했다. 그러자 나가히사와 다케히코가 서로 쳐다보더니 고개를 절레절레 흔들었다. 세상에 스키며 테니스며 즐길 운동이 얼마나 많은데 말 타는 게 1순위일 수 있단 말인가?

　"우공도 곧 예과 졸업이지? 그럼 말 타는 걸 좋아하니 기병과를 선택할 건가?"

　아군이 생겼다 싶은 츠네요시가 옳거니 하며 물었다. 작년 봄, 이우의 형 이건과 동기로 기병과를 졸업한 그는 후배가 생기는 게 아닌가 싶어 기대하는 눈초리였다.

　"아직 정하지 못했습니다."

"왜? 승마를 좋아하면 당연히 기병과지."

육사를 그만두지 못하고 본과를 선택해야 한다면 이우는 기병이 아닌 다른 과를 염두에 두고 있었다. 승마를 좋아하니 당연히 말을 탈 수 있는 과를 선택하고 싶기도 했지만, 이우에게는 나름의 이유가 있었다.

"고민 중입니다."

"후회하지 않을 선택을 하자고. 어차피 어느 과를 가나 승진은 제일 빠르겠지만 말이야."

츠네요시가 아쉽다는 듯 입맛을 다시며 말했다. 황족과 왕공족들은 임관되면 승진이 무척 빨랐다. 능력이나 공적과 상관없이 신분에 따라 승진시켰기 때문이다. 하지만 이우는 승진 같은 것에는 관심이 없었다. 그는 할 수만 있다면 언제든 일본군과 관련된 모든 일에서 벗어나고 싶었다.

"아, 얼마 전엔가 도쿠에히메가 곧 결혼한단 소릴 들었는데……."

그런데 대화가 갑자기 덕혜옹주 쪽으로 흘렀다. 덕혜옹주는 워낙 남편감이 여러 번 바뀌어서 호사가들의 입에 자주 오르내리곤 했다. 악의 없이 꺼낸 이야기겠지만 이우는 이런 곳에서까지 고모님의 이야길 들어야 하나 싶어 얼굴이 굳어졌다.

"그 일은 나도 들었지. 소 다케유키 백작으로 결정 났지? 이름이 익숙지 않아서 기억이 나. 대마도 쪽이라고 했던 것 같은데."

나가히사도 궁내성 소식통에게 들은 것을 대강 읊었다. 동갑이지만 이우에게 고모가 되는 덕혜옹주는 작년 여름부터 여자학습원에도 나가지 않았다. 아니, 나가지 못할 정도로 혼사 문제로 고통받고 있었다는 게 옳을 것이다. 일제는 조선 왕족들을 왕공족으로 묶어놓고 일거수일투족을 통제했다. 때문에 덕혜옹주는 생모인 양귀인이 돌아가셨을 때도 상복조차 입지 못했다. 그런 상황에서 덕혜옹주가 일본 남자와 혼인하는 것은 당연한 일이었다. 이우는 순종이 승하했을 당시 귀선해서 잠깐 만났던, 눈물이 많았던 고모님의 얼굴을 떠올렸다.

"그래도 태후폐하께서 신경을 많이 쓰셨지. 조선에서는 왕녀였으니 백작 부인이 되긴 조금 아쉽지만 말이야!"

츠네요시는 혼혈결혼이 당연하다는 태도로 말했다. 일본 황족에게는 조선통치를 견고하게 해줄 혼혈결혼이 당연히 축하해야 할 일이었다. 그동안 감정절제를 잘 해왔다고 여겼는데 이우도 이럴 땐 표정관리가 되지 않았다. 강제로 결혼을 밀어붙이는 마당에 신경을 썼으니 하는 말이 다 무슨 소용이란 말인가. 다케히코가 이우의 안색을 살피더니 급히 덧붙였다.

"너무 신경 쓰지는 마. 우리 여동생이나 누나들도 다들 결혼을 잘하는 건 아니니까."

다케히코는 단순히 백작가에 시집간 것은 부끄러운 게 아니라는 뜻으로 말했다. 이우는 그들의 어떤 말에도 대답하지 않았다.

"그런데 우공, 아까 내 여동생한텐 무슨 일이 있었어?"

불편한 분위기가 이어지자 나가히사가 화제를 바꿔 궁금했던 걸 물었다. 유리코의 이야기다. 이우는 세 황족들이 자신만 보며 대답을 기다리는 것을 보니 괜한 오해를 샀다 싶었다.

"스케이트 날에 금이 간 걸 말해줬습니다."

오해를 받는 것은 정말이지 싫었기에 이우는 있는 대로 이야기했다. 반응은 둘로 나뉘었다. 그와 오래 알아온 다케히코를 빼고 나머지 두 사람은 당황해하는 눈치였다. 츠네요시와 나가히사는 당연히 이우가 유리코에게 관심을 보인 거라고 생각하고 있었다.

"그래서 유리코가 사진 촬영할 때도 안 나온 건가?"

아까부터 줄곧 여자애들의 모습은 보이지 않았다. 아마 실내관에 있을 것이었다. 걱정이 된 나가히사는 잠시 다녀온다는 말을 남기고 여동생을 챙기러 실내관으로 향했다.

"역시 그렇지. 자네가 그런 이유가 아니면 여자애를 붙잡을 이유가 없었겠지. 그럼 츠네요시상의 추측은 틀린 겁니다."

다케히코가 의기양양하게 말했다. 남자 황족들은 멀찌감치서 이우가 유리코를 따라가 붙잡는 모습을 보고는 무슨 이야기를 했는지 내기를 했었다. 유리코가 이우와 이야기한 뒤 급히 실내관으로 들어가버린 것에 대해서 의견이 갈린 것이다.

"유리코는 미인인데 관심이 없다니, 보는 눈이 없구만."

츠네요시가 아쉽다는 듯 말했다. 이우는 관심이란 말에 찬주를 떠올렸다. 경회루에서 스케이트를 타던 찬주를 잡아 돌아세우게 했던 기억이다. 이우가 떠올릴 수 있는 여자들이란 조선 여인들에 한정되어 있었다. 찬주를 떠올린 것은 사랑이라고 할 수는 없지만 찬주가 그에게 꼭 필요한 존재라는 걸 인정한 것이기도 했다.

"이런 날 누가 다치면 안 되지 않겠습니까?"

이우는 유리코에게 전혀 다른 뜻이 없었다는 뜻으로 다시 한 번 강조해 말했다.

"나가히사가 없으니 솔직히 답해도 돼. 유리코가 별로면 우리 레이코는 어때?"

츠네요시가 아직 미련을 못 버린 듯 이우에게 말했다.

"보시다시피 낯을 가리는 편입니다."

"그거 참 아쉽군. 낯을 좀 덜 가리게 되면 꼭 말해달라구."

이우가 요령껏 대답하며 넘어가자 츠네요시가 피식 웃으며 말했다. 그가 여동생을 두고 한 농담에도 실은 뼈가 있었다. 그래서 이우도 가볍게 받아들이지 못했다. 다케히코의 말대로 황족 여자들이라 해서 모두 결혼을 잘하는 것은 아니었다. 가난한 화족에게 시집을 가기도 하고, 적령기의 황족 남자와 근친

혼을 하지 않는 이상 황족이라는 신분이 박탈되었다. 아무리 황녀들이어도 혼인 후엔 남편의 신분을 따르기 때문이다. 덕혜옹주가 그나마 허울이라도 있던 왕공족에서 남편을 따라 화족으로 신분이 낮아질 예정인 것처럼. 하지만 나가히사나 츠네요시의 여동생들이 이우와 혼인한다면 왕공족이 되어 최소 전하의 신분은 유지가 된다. 궁내성의 방침을 떼고 봐도 이우의 부인은 언제든지 일본 여자가 되어도 어색하지 않은 상황이었다. 그걸 잘 알고 있는 이우는 일녀(日女)들과는 일절 얽히지 않았다. 그에게 일녀란 구녀(仇女. 원수의 여자)와도 같았고, 누구도 이우의 그런 결심을 바꿀 수는 없을 것이었다.

이화우 李花雨

꽃 장식

"껴안고 싶도록 부드러운 봄밤! 혼자 보기에는 너무도 아까운 눈물 나오는 애타는 봄밤! 노자영 글은 언제 봐도 좋지 않니? 자유로운 연애, 자유로운 사랑."

여학교의 1학기는 온통 춘성(春城. 시인 노자영의 호) 바람으로 시작된다 해도 과언이 아니다. 4월부터 봄바람이 부니 자연스럽게 여학생들 사이에서는 노자영의 연애소설이 인기를 끌었다. 『사랑의 불꽃』이나 『처녀의 화환』은 언제나 인기 있는 책이었다. 오죽하면 춘원(春園) 이광수는 몰라도 춘성 노자영은 안다는 말이 돌 정도일까. 누가 춘성의 책을 들고 오는 날이면 반 전체가 돌려보곤 했다. 책에 나오는 연애편지 덕분에 일반 사람들 사이에도 연애편지가 수년간 유행했다. 신문마다 편지

를 잘 쓰는 법이란 책 광고가 넘치고 전국에 엽서는 물론 러브
레터 열풍이 일었다. 그런데 딱 한 여인만이 그런 세태에서 벗
어나 재미없는 책만 보고 있었다.

"너도 좀 읽어봐, 정희야. 이 부분은 진짜 읽기만 해도 가슴
이 설렌다구."

아까까지 친구들 사이에서 몇 번이나 돌던 책은 진완의 것이
었다. 진완은 분홍빛이 감도는 얄따란 표지를 정희가 공부하던
책 위에다 펼쳐놓았다. 마치 진짜 사랑에 빠진 여자처럼 귀엽
게 구는 진완의 행동에 정희는 연필을 내려놓았다. 어쨌거나
정희의 연필을 놓게 하는 건 진완이뿐이다.

"봄은 봄이다. 또 노자영이야?"

"또 노자영이라니! 문학계에서야 다들 노자영 잘되는 걸 못
봐줘서 신문에다 이러쿵저러쿵 하는 거라지만 너까지 그럴 줄
은 몰랐는데?"

연문(戀文)을 무시하는 건 아니지만 정희는 노자영의 책을
읽어본 적이 없었다. 하지만 그의 글이 학교에서 유행하는 것
은 이해할 만하다고 생각했다. 학교에 다닌 신여성들은 연애를
세속을 탈피한 진정성 있는 행동으로 여기곤 했던 것이다.

"문학계가 시샘할 정도로 인기 있는 책이니까 나한테 읽어
보라는 말인 거지?"

정희가 책을 몇 쪽 넘겨보며 말했다.

"아니. 그게 아니라, 책을 읽어보고 너도 적당한 상대가 없는지 찾아보란 소리지."

어쩐지 관심 없어 보이는 정희의 행동에 진완이 일부러 더 열을 올리며 말했다.

"읽은 것도 중요하지만, 그다음이 더 중요한 거라구."

진완이 두 번씩 말하며 강조하는데도 정희는 그냥 책을 덮어버렸다.

"그런 거면 더 못 읽겠는걸……."

"흐—음."

진완이 자꾸 거절하는 정희를 턱을 괸 채 쳐다보았다.

"왜 그렇게 보는데?"

진완은 대답도 하지 않고 여전히 정희를 빤히 쳐다보았다. 눈이 크고 맑은 정희는 누가 봐도 예쁜 얼굴이었다. 진완은 제 친구라 그런 게 아니라 일자로 자른 앞머리와 귀를 살짝 가린 옆머리에 고스란히 드러난 정희의 고운 얼굴선과 이목구미의 미태를 보고 있자니 안타까운 느낌이 들었다. 교복 외에 개량한복을 입은 모습은 본 적이 있지만 양장을 해도 예쁠 것이었다. 그런데 뭘 해도 좋을 이때 정희는 러브레터든 연애소설이든 관심이 없었다.

"너에게 좋아하는 사람이 생길지도 모르잖아. 빌려줄 테니까 읽고 줘. 알았지?"

진완은 자신의 연문집을 접어 정희한테 밀었다. 정희는 졸업하면 바로 결혼한다는 다른 생도들과 달리 공부에만 열의를 쏟고 있었다. 학교를 마치면 아버지를 따라서 꼭 해야 할 일이 있어서였다. 사실 정희는 『사랑의 불꽃』이라는 제목만 봐도 낯간지러웠다. 하지만 진완의 호의를 쉽게 무시하기 어려워서 마지못해 책을 가방에 집어넣었다.

학교가 파하자 정희는 집으로 향하는 전차를 탔다. 그런데 제 가방 속에 『사랑의 불꽃』이라는 책이 있다는 것을 깨닫고는 조금 우스웠다. 겪어보지 못한 것에 대한 생소함은 누구에게나 있지만, 정희는 연애 같은 것에 신경 쓸 여유가 없었다. 정희에게 봄밤 같은 연애를 꿈꾸는 것은 사치나 다름없었다. 집안 사정도 그렇지만 자신은 가슴에 더 원대한 꿈을 품고 있었다. 더군다나 그 상대가 될 사람도 없다. 정희는 책을 적당히 가지고 있다가 진완이에게 돌려줘야겠다고 생각했다.

전차 밖 풍경은 어느새 조선호텔과 부민관을 지나치고 있었다. 정희는 가끔 일부러 시가지 쪽으로 돌아가는 차를 탔는데 오늘이 그런 날이었다. 정희는 차창 밖으로 시내 일대의 서양 건물들을 구경하는 것을 좋아했다. 한때 정희는 저런 부유한 곳과 자신이 사는 허름한 단칸방이 공존하는 것이 가능한가 하는 의문을 가지기도 했었다. 경성의 도시계획은 일본의 입맛에 맞춰 자로 긋듯이 도로를 내고, 부촌과 그렇지 못한 곳을 구분해 발전시켰다. 그런 정책이 주민들의 상대적 박탈감을 강화하면서 세계를 반으로 양분시켰다. 친일한 자와 그렇지 않은 자, 잘사는 자와 못사는 자는 흔히 그렇게 나뉘었다. 경성에 이름 있는 사람들 중에는 친일파가 아닌 자가 없었으며 문사, 화가, 음악가 같은 예술과 문예를 사랑하는 이들 중에서도 변절하지 않은 이가 없었다. 경복궁을 가로막은 조선총독부의 근엄한 모습은 정희에게 이렇게 말하는 것만 같았다.

'보아라! 이 땅에서 친일을 선택한 자들이 얼마나 잘사는지! 후손들에게까지 그 피와 재산을 물려줘 언제까지 이 땅에서 부귀영화를 누리며 살아가는지!'

정희는 실제보다 몇 배는 커진 조선총독부 앞에서 갈기갈기 찢긴 아버지의 피 묻은 편지를 받는 꿈을 자주 꾸었다. 악몽에 진저리치며 깨어나면 한밤중이었다. 그럴 때마다 정희는 방 귀퉁이에 무릎을 세운 채 앉아 있고는 했다. 고단한 일상에 지친 어머니는 잠에서 깰 생각을 하지 않았다. 정희의 어머니는 독립운동을 위해 떠난 남편의 부재를 식민지 조선에서 혼자 견뎌야 했다. 만일 아버지가 독립운동을 하러 떠나지 않았다면 어머니도 손발이 부르트는 고생은 하지 않았을 것이다. 아버지의 친구들은 대한제국 육군무관학교를 졸업한 후 조선에 남아 친일파로 살아갈 것인지 아니면 독립운동에 뛰어들 것인지를 두고 고민했다. 그런데 아버지만큼은 독립운동에 헌신하는 것을 망설인 적이 없었다고 했다.

아버지가 목숨을 걸고 해온 독립운동이 그리고 민족의 독립이 대체 무엇이기에 어머니를 저리 힘들게 하나 싶어 정희는 울기도 많이 울었다. 하지만 원망보다 앞서는 것은 역시 그리움이었다. 아버지의 편지가 도착하면 그것만으로도 감사해서 정희는 아버지를 미워할 수 없었다. 편지가 도착한다는 것은 아버지가 아직은 살아 있다는 증거였다. 그런데 얼마 전 편지가 끊겨버린 후부터 정희는 아버지를 만나보기도 전에 돌아가시면 어쩌나 하고 항상 마음을 졸였다. 정희에게 아버지란 그런 존재였다. 정희는 그날 밤도 좀처럼 다시 잠들지 못했다.

"오빠! 제가 보낸 전보에 답신도 안 해주시더니, 이렇게 갑자기!"

진완이 노락당 문을 열고 나오며 이우에게 한걸음에 달려왔다. 4월경에 오라비의 내선 날짜가 잡혔다고 들었는데 도대체 언제인지 궁금했던 진완이 도쿄로 전보를 쳤다. 하지만 답신이 오지 않아서 섭섭해하던 차에 며칠도 안 되어 이우가 조선에 도착한 것이다. 운현궁 안의 오얏꽃들은 곧 필 것처럼 담장 너머로 봉오리를 내밀고 있었다.

"이렇게 갑자기 보니 더 반갑지는 않고?"

"반갑지 않으면 제가 왜 당의까지 입고 기다렸게요."

진완은 작년 이맘때쯤 입었던 당의를 꺼내 입고 있었다. 너무 덥지도 않고 춥지도 않은 이 시기는 한복을 입기에 적격이다. 사박한 천에 소매 끝과 동정에 금박 꽃문양을 넣은 새하얀 당의는 화려하지는 않아도 맵시가 있었다. 진완은 수혜(꽃수를 놓은 운혜)를 신고 돌계단을 내려와 오라비 앞에 섰다.

"이 스란치마(단에 스란무늬가 들어간 한복치마)가 발목 근처까지 오는 걸 보니 그새 자랐구나."

"오라버니도 군복 팔이 짧아진 걸 보니 그새 많이 자라셨는데요?"

서로 많이 자랐다고 칭찬하며 남매 사이에는 웃음이 터졌다. 진완이와 얼굴을 보고 이야기할 때면 이우는 조선에 온 것이 실감났다. 남매는 설에 풀었어야 했을 회포를 이제야 풀기 시작했다.

"예전에는 오빠랑 같이 호떡도 사먹으러 가고 찹쌀떡 사러 나갔는데. 요즘은 그런 것에 관심이 없으시죠?"

어릴 적 사동궁 동생들이 오면 이우는 운현궁 밖에서 감시하는 경찰들의 눈을 피해 호떡 같은 주전부리를 사주고는 했다. 그때 이우는 순사들의 눈을 피하려고 상궁들이 쓰는 장옷을 두르는 것도 불사했던 개구쟁이 소년이었다. 결국 한두 번 하다가 외출 금지를 당했지만 동생들은 물론 이우에게도 추억으로 남은 일이었다.

"왜 관심이 없겠느냐? 먹으러 가고 싶으면 언제든지 말하거라. 어릴 때처럼 변장은 못해도 이제는 점잖게 사줄 수 있지."

오라비가 태연하게 말하자 진완은 "푸하하" 웃음을 터뜨리고 말았다. 함께 공유했던 시간을 추억하는 것은 즐거운 일이다. 남매는 도란도란 옛 일들에 대해 이야기하며 양관으로 정답게 걸어갔다.

다음날. 이우는 대궐의 큰 어른인 윤 대비를 간만에 찾아뵈었다. 윤 대비는 조카인 이우를 따뜻하게 맞아주었다. 한일 강제합병 당시 윤 대비는 합병문서에 찍힐 옥새를 치마폭에 숨기고 내주지 않았던 강단 있는 여인이기도 하다. 하지만 남편 순종을 잃은 그녀는 이제 궐 안에서 있는 듯 없는 듯 조용히 살아가고 있었다. 그녀는 덕혜옹주의 결혼에 대해서 이우에게 물으며 몹시 애달파하기도 했다. 그녀가 막을 수 있는 일이 아닌 것이다.

이우가 윤 대비에게 인사를 올리고 전각 밖으로 나오자 궁 안은 벚꽃이 만개할 준비를 하고 있었다. 이제 궁에는 오얏꽃이 아닌 벚꽃이 흐드러졌다. 정통한 법궁(경복궁)에서 쫓겨나서 옮겨오게 된 창덕궁마저 이제 생기를 잃었다. 왕족이 모두 죽거나 존재가 완전히 없어져야만 민족의 구심점이 사라지는 것은 아니다. 사라진 것에 대한 향수는 더욱 짙어지고 그리워진다. 그래서 일본은 왕족을 완전히 없애는 것보다 일본 체제

내로 흡수하는 방법을 택했다. 창덕궁의 이름뿐인 주인 영친왕마저 마음대로 돌아올 수 없는 빈 궁궐을 나와 이우는 운현궁으로 향했다.

운현궁에서 이우를 맞이한 것은 누군가의 피아노 선율이었다. 이우는 피아노 연주를 듣자마자 반가운 느낌이 들었다. '안단테 칸타빌레'. 외로운 도쿄의 별저에서 경성을 그리워하며 들었던 음악. 이우는 진완이에게서 오늘 정희가 피아노를 배우러 온다는 말을 들은 적이 없었다. 그런데 이우는 어쩐지 이 곡을 연주하고 있는 사람이 정희라는 확신이 들었다. 마루 밑에는 검은색 메리제인이 가지런히 놓여 있었다.

이우는 진완이의 방을 향해 이로당 복도를 천천히 걸었다. 내딛는 걸음걸음마다 피아노 선율이 함께했고 방이 가까워질수록 이우의 기대도 점점 더 커졌다. 이우는 연주가 한결 섬세해졌다는 걸 느낄 수 있었다. 복도 끝에 위치한 방 근처까지 오자 피아노 소리가 점차 크게 들렸다. 정말 정희가 치고 있는 것일까? 이우는 잠시 머뭇거리다 비스듬히 방문을 열어 안쪽을 들여다보았다.

그곳엔 거짓말처럼 정희가 교복을 입은 채 단정히 피아노를 치고 있었다. 이우는 그 모습을 잠시 지켜보았다. 춘추복의 긴 블라우스 소매 사이로 가느다란 손목이 바삐 움직이며 곡을 이끌고 있었다. 허리까지 오는 땋은 머리는 조선 여인의 상징이었다. 정희는 이우가 지켜보는 것도 모른 채 연주에 집중하고 있었다. 곡은 마지막 장만 남은 상태였다. 곡을 마무리 지으려던 정희가 무심결에 문 쪽을 보았다.

"……!"

정희는 그만 놀라 자리에서 벌떡 일어났다. 이우는 계속 치라는 뜻으로 손을 올렸다가 다시 내려놓았다. 하지만 이미 연주는 끊어졌다. 이우는 작년에도 정희의 연주를 완곡으로 듣지 못했다는 것을 기억했다.

"실력이 많이 늘었구나."

이우가 먼저 정희에게 부드럽게 말을 건넸다.

"진완이가 열심히 가르쳐주었거든요."

그제야 정희도 편안한 마음으로 이우를 바라보았다. 정희의 실력이 이렇게 비약적으로 는 것은 진완의 도움 덕분이었다. 좋은 피아노를 칠 수 있게 해주고 자신이 가정교사한테 배운 기술도 전부 가르쳐준 것이다. 기본기가 있던 정희는 본격적으로 배우기 시작하자 속도가 붙었다.

"도쿄에는 잘 다녀오셨나요?"

정희가 어색하게 안부 인사를 건넸다. 몇 번 보았으니 이 정도 인사는 할 수 있는 사이라고 생각했다.

"그래. 돌아가지 말고 돌아오라던, 네 말대로."

그런데 이우는 말장난 같았던 비 내리던 날의 대화를 꺼냈다. 그리고 어쩐지 정희를 놀리는 것처럼 완하게 웃었다. 정희는 설마 이우가 그 일을 기억하고 있을 줄은 몰랐다.

"그땐 전하께 감사하다는 인사도 못 드렸습니다."

정희는 부끄러움에 양 입술을 안쪽으로 말며 말했다. 이우가 정희를 빤히 보았다. 정희는 이우의 반응에 당황했다. 사실 이우는 감사 인사보다 정희에게 듣고 싶은 말이 있었다. 아마 그가 직접 묻지 않는다면 '그 책'에 관해서는 평생 들을 수 없을 것이었다. 어쩌면 정희는 그 책을 완전히 잊어버린 것인지도 몰랐다.

"그보다, 내 너에게 물을 것이……."

"오라버니?"

이우가 말을 멈췄다. 진완이 악보 몇 개를 품에 낀 채 복도를 걸어오며 이우를 불렀다.

"여기까지 어쩐 일이세요?"

진완이 궁금증이 그득한 표정으로 물었다.

"창덕궁에 다녀오는 길인데 피아노 소리가 들리더구나."

진완이는 이우의 말에 고개를 갸웃했다. 피아노 소리가 들린다고 찾아오시다니. 격 없이 지내는 사이지만 항상 자신이 오라비를 보러 양관으로 갔지 오라비가 제 방까지 찾아온 적은 거의 없었다.

"이만 가볼 테니 마저 연습하거라."

이우는 더 말해봐야 여동생에게 추궁만 당할 것이라고 여겨 얼른 복도를 빠져나갔다. 정희는 급히 돌아서는 이우의 뒷모습을 바라보았다. 무엇을 물어보려고 하셨을까? 아마 진완이가 오지 않았다면 그 얘길 들을 수 있었을 것이었다.

"너 우리 오빠 만났니?"

진완이 정희에게 물었다. 진완이는 정희에게 챙겨줄 악보를 가지러 다른 전각에 다녀오는 길이었다.

"만난 게 아니라, 여기로 오셨어."

"왜?"

진완이 정희 옆에 바짝 붙어 앉으며 물었다. 진완이는 아까 오라비가 방 안쪽을 보며 미소 짓고 있었던 것 같아 의아했다. 진완이가 아는 오라비는 여자애들에게 미소를 지을 성격도 아니거니와 친절하게 대한 적도 거의 없었다. 정희는 잘 모르겠다는 뜻으로 고개를 가로저었다. 누이인 진완이도 모를 일인데 자신이 어찌 알겠는가?

"아, 혹시 네가 치는 줄 알고 오신 게 아닐까?"

정희가 생각났다는 듯 말했다.

"그런가? 그런 거면 더 이상한데……."

악보 몇 개를 펼쳐놓고 살피던 진완이 말했다.

"우리 오빠는 아주 어릴 때 빼고는 내 방에 오신 적이 없는걸. 내가 여기서 피아노를 그렇게 많이 쳤는데 한 번도 들르시지 않았어."

진완이가 무심하게 말했다. 정희는 문 앞에서 자신을 바라보던 이우를 떠올렸다. 왜 그리 바라보고 계셨을까? 그 모습을 떠올리니 갑자기 가슴께가 다시 뛰는 것도 같았다. 정희는 심호흡을 하고 다시 피아노를 치려고 했지만, 왜인지 한번 뛰기 시작한 가슴은 쉽게 가라앉지 않았다.

호롱불을 켜면 희미하게 방 한쪽이 밝아진다. 전기가 보편화되었다고는 하지만 전등불은 그리 밝지 않아서 정희는 습관적으로 호롱불을 켰다. 작은 쪽방을 채우기에는 이게 더 어울렸다. 정희가 사는 곳은 경성 시가지에서 제법 떨어진 곳이었다. 이런 곳에 사는 여자애가 경성여고보를 다닌다는 사실을 웬만해서는 믿기 어려울 것이다.

"안 자니?"

어머니가 이부자리를 정리하며 물었다.

"공부 조금 하고 자려고요. 먼저 주무세요."

어머니는 딸의 등을 한 번 쓸어주고는 피곤한 몸을 이불에 뉘었다. 어머니는 온종일 남의 집 일을 해주고 돌아온 길이었다. 정희는 운현궁에서 돌아와 잠시 눈을 붙였다가 다시 교과서를 뺐다. 자신이 세운 졸업 후의 계획과 관계없이 이런 상황에서 할 수 있는 건 공부뿐이었다. 책상 아래에서 책을 하나둘 꺼내기 시작하는데 물리책 옆으로 분홍빛 색지로 감싼 책이 보였다. 진완이가 품에 안겨주다시피 한 『사랑의 불꽃』이었다. 세상에, 이게 여기 끼워져 있었다니. 정희는 이 책을 빌렸다는 사실조차 까맣게 잊어버리고 있었다. 도로 책가방에 넣으려는데 무슨 조화인지 자꾸 책에 눈길이 쏠렸다. 이상하게 분홍빛 표지가 사람의 마음을 동하게 하는 재주가 있었다. 어떤 내용이기에 진완이 그리 감탄하며 좋아했을까? 잠깐 열어보는 것 정도는 괜찮지 않을까? 정희는 옥편을 옆으로 밀어놓고 조심스럽게 겉표지를 넘겼다.

연서 모음으로 구성된 책은 남자가 보내는 편지들에 여자의 연애편지가 서너 편 끼어 있는 게 전부였다. 그래도 어찌나 많이 돌려봤는지 너덜너덜할 정도였다. 개중에는 '독약을 마신 후에'라든지 '아이코에게 보내는 최후의 편지' 같은 비극적인 제목도 있었다. 사랑에 빠져 자살하는 것이 흠이 아닌 세상이었다. 일제강점기 내내 극심한 허무주의를 자양분으로 한 죽음에 대한 미화가 유행했다.

실제 연인들의 사랑이 죽음으로 끝맺은 경우도 있었다. 강명화 사건이나 의대생을 사랑했던 카페 여급의 자살 사건이 유명했고, '사의 찬미'를 부른 윤심덕과 김우진은 현해탄에 몸을 던졌다. 『사랑의 불꽃』에 수록된 편지들에도 모든 것을 버린 열정적인 사랑은 결국 자살로 구원된다는 사상이 여실히 반영

되어 있었다. 많은 비극적 편지들 뒤에 정희의 눈길을 사로잡은 편지 하나가 나왔다. 어떤 남생도가 여생도에게 보내는 열렬한 러브레터였다.

오, 나는 그대의 모든 것을 영원히 기억하고 싶소. 그대는 나의 처음 사랑이요, 첫 사랑이오. 그래서 설령 그대가 나를 버리고 떠난다 해도 나는 그대를 보낼 수 없는 숙명이오. 그대가 이 세상에서 사라지거나, 죽는다 해도 (그것은 생각만으로도 고통스러운 일이지만) 나는 그대의 숨결과 그대와 함께했던 시간과 그대가 내게 보여주었던 희망이라는 무형을 내 가슴속에 새겨 영원의 시간 동안 붙잡아 놓을 것이오. 나는 세상의 허락 따위 받지 않고 그대의 곁에서 숨 쉬고, 그대의 곁에서 잠들고 싶소. 이것은 조금도 거짓 없는 그대에게만 하는 나의 고백이오.

세상의 허락 따위 받지 않고 사랑할 것이라는 청년 학도의 벅찬 고백에는 보내는 사람의 이름도, 받는 사람의 이름도 없었다. 마지막에 'J에게, K가'라는 짧은 이니셜뿐이었다. 그럼에도 자주 펴보고 접힌 흔적까지 있는 걸로 보아 돌려본 생도들 사이에서 가장 인기 있는 편지인 듯했다. 정희도 실제로 자신이 서간을 받은 것처럼 떨리기도 하고 애틋함이 절절히 느껴질 정도였다.

진완이가 좋아하는 것도 이해는 가는걸. 공부할 시간에 다른 책을 편 건 처음이라 정희는 금방 책을 덮었다. 그런데 문득 자신이 이런 비슷한 두근거림을 느낀 적이 있음을 깨달았다. 어렴풋이 떠오른 기억 끝에는 이우와의 일들이 자리 잡고 있었다. 혼마치에서 이우를 처음 본 일부터 거리에서 우산을 씌워준 일, 그리고 오늘 운현궁에서 피아노 칠 때 만난 일까지. 정희는 자신의 이름 모를 감정을 깨닫고 당황했다. 상대는 전하가 아닌가. 한참 피아노를 치다가 누군가 자신을 바라보고 있음을 느꼈을 때, 그리고 그가 이우라는 것을 알았을 때, 정희는 놀란 것 이상의 어떤 감정을 느꼈다. 그가 왜 자신을 그렇게 바라보고 있었는지는 여전히 알 수 없었지만 적어도 자신의 감정은 무엇인지 알 수 있었다. 정희는 『사랑의 불꽃』이라는 제목을 빤히 쳐다보았다.

"여기 보시오."

다음날. 점심때쯤이었다. 학교를 쉬는 일요일이라 정희는 교복을 빨아 마당에 널고 있었다. 그런데 문밖에서 자꾸만 서성이는 이가 있었다. 왜 서성이는 것일까? 정희가 불안감에 방으로 들어가려 하자 사내가 그 인기척을 알아채고 말했다.

"편지요."

그는 재빨리 대문 밑으로 흰 봉투 하나를 밀어넣고는 사라졌다. 편지봉투는 아버지가 보낸 것과 똑같이 생긴 것이었다. 하지만 아버지는 줄곧 우편으로만 편지를 보냈고, 이렇게 사람을 시켜 직접 보낸 적은 없었다. 정희는 반신반의하며 문앞으로 다가가 편지를 열어보았다.

내 딸 정희야.

너는 잘 있느냐. 아비는 잘 있다. 아비는 ○○에 복귀했고 이렇게 경성에 오게 되었다. 내가 너무 오랫동안 편지를 쓰지 않은 것 같아 이리 적는다. 아버지는 걱정 말거라. 오늘 의친왕 전하께 들렀다 바로 돌아갈 예정이다. 네가, 네 어미가 나는 늘 보고 싶구나.

아버지가

다행히 글씨체와 내용은 숨길 수 없는 아버지의 것이었다. 정희가 급히 대문을 열고 나갔지만 밖에는 아무도 없었다. 편지는 어느 때보다 간결했지만 중요한 내용은 다 들어 있었다. 혹시 발각될까 ○○으로 생략한 단어는 임정(臨政)일 것이다. 작년에 보낸 편지에 대한민국 임시정부로 돌아갈 것 같다고 했는데 무사히 복귀했다는 것을 알 수 있었다. 정희는 아버지가 조선에 와 있다는 한 줄에서 시선을 뗄 수가 없었다.

아버지께서 경성에! 그것도 오늘이었다. 뱃부에 머물던 의친왕은 이우가 내선하기 전부터 조선에 잠시 들어와 있었다. 의친왕 전하를 아버지가 직접 뵈어야 할 일은 무엇일까? 정희는 아버지가 이역만리 상해가 아닌 같은 경성에 있다는 것만으로도 어찌할 바를 몰랐다. 얼마나 그리웠던가! 얼마나 보고 싶었던가! 어떻게 해야 아버지를 만날 수 있을까?

의친왕 전하……. 한 가지 접점이 있었다. 의친왕 전하가 계신 곳에 가면 그리운 아버지를 만날 수 있을지도 모른다. 거기까지 생각이 미치자 정희는 운현궁으로 진완이를 찾아갔다. 진완이라면 의친왕 전하가 어디 계신지 알 수 있을 것이었다. 보통 여자애들처럼 흰 저고리에 검은 치마를 입은 정희는 초조함에 발을 톡톡 땅에 차며 진완이가 나오기만을 기다렸다.

"아휴, 이거 주려고 여기까지 온 거야? 내일 줘도 되는데. 얼른 들어가자!"

진완은 친구가 와서 기다린다는 말에 밖으로 급하게 뛰어나왔다. 정희는 핑계 삼아 들고 온 책부터 건넸다. 그리고 안으로 들어가자고 성화인 진완이의 팔을 잡아당기고는 누가 들을 새라 조용히 물었다.

"진완아, 너는 의친왕 전하께서 지금 어디 계신지 알고 있지?"

"그건 갑자기 왜? 그런 건 들어가서도 알려줄 수 있는걸. 꼭 여기서…….”

“내가 지금 급해서 그래. 일본에서 오신 뒤에 사동궁에는 잘 안 가신다면서?”

정희가 심각하게 묻자 진완이도 더는 들어오라고 권하지 못하고 정희처럼 목소리를 낮춰 이야기했다.

“지금은 별장에 계셔. 석파정이라구, 자하문 밖에 있는 곳. 알지? 그 꽃 많이 피는…….”

자하문 밖이라면 더 듣지 않아도 어딘지 알고 있었다. 경성 내에서도 풍경이 좋아 유명한 곳이 아니던가.

“별장 이름이 석파정이라고 했지? 진완아, 정말 고마워!”

더 시간을 지체하다가는 아버지를 못 볼 수도 있다는 생각에 정희는 진완을 뒤로하고 급히 뛰어갔다.

“어어? 정희야!”

정희가 어찌나 빨리 달려가는지 진완은 친구를 잡지 못했다. 지금 의친왕 전하가 계시긴 하지만 그곳은 자기 집, 즉 운현궁의 별장이라고 말해주려 했던 것이다. 뭐가 저리 급한 건지? 진완은 걱정스럽게 정희의 뒷모습을 바라보다가 그녀가 자신의 손에 쥐어준 책을 보았다. 설마, 책 때문이 아니라 의친왕이 어디 있는지 물으러 온 것일까? 거기에 대해 답이라도 해주듯 책은 아무 의미 없이 진완의 손에 덩그러니 들려 있었다.

신분을 숨긴 두 남자는 진작 석파정에 도착해 있었다. 낡은 중절모에 둥근 안경을 낀 이가 정희의 아버지 윤익환이고 왕진 가방을 든 아랫사람이 그 뒤를 따랐다.

"절 뵙자고 하신 분께서는 오지 않으셨습니까?"

그런데 석파정 안채에는 익환을 기다리고 있어야 할 의친왕이 없었다. 뜻밖에 흰 셔츠에 가벼운 양장 차림의 청년 하나가 둥근 테이블을 앞에 두고 공손히 일어났다.

"아버님의 친우시라고 들었습니다."

의친왕을 아버님이라 부른다면 저 청년은 그의 많은 아들들 중 한 명일 것이다. 연배를 보건대 반듯한 느낌의 이 청년은 아마 차남인 이우일 것이라고 익환은 추측했다. 그러나 어째서 이 중한 일에 본인이 아니라 아들이 나와 있는 것인가? 익환은 낙심하여 우두커니 문밖에 선 채 들어가지 않았다.

"아버님께서 '유붕자원방래면 불역낙호아'라 전하면 친우께서 알아들으실 거라고 하셨습니다."

이우가 전한 말은 『논어』의 첫 장의 구절로, 먼 곳에서 벗이 찾아왔으니 어찌 즐겁지 않겠느냐는 뜻이다. 익환은 의친왕과 서로 정해두었던 암호를 듣고 나서야 비로소 마음을 풀고 아랫사람과 함께 방에 들어섰다. 익환은 이우 앞에 서서 그 옛날 자신이 사동궁을 드나들 때 스치듯 보았던 어린 날의 그를 기억했다. 그때의 앳된 얼굴은 사라지고 이우는 못 본 세월만큼 자라서 수려한 청년이 되어 있었다.

"시간이 많지 않습니다. 중간에 계획을 틀어 이곳에 들르지 않았다면 오늘의 만남은 없었을 것입니다. 두어 시간 후면 여기도 경찰들이 올 테니 되도록 빨리 빠져나가셔야 합니다."

이우는 감시받는 일상을 당연히 받아들이며 익환에게 짧게 사정을 설명했다.

"의친왕 전하께서는 왜 나오지 못하셨습니까?"

사실 임시정부의 중책을 맡고 있는 윤익환이 조선행을 결정한 것은 의친왕을 만나기 위해서였다.

"아버님께선 막 조선으로 돌아오셨는데 미와 경부가 안방 옆까지 붙어 감시하고 있습니다. 그러니 친우분을 뵙는 게 쉽지 않은 상황이라 제가 대신 나온 것입니다. 이해해주십시오."

미와 경부가……. 익환은 서늘한 눈매를 가진 미와 경부를 떠올리며 인상을 찌푸렸다. 미와는 경찰부장이 직접 의친왕에게 붙인 노련한 사복 경찰이었다. 워낙 집요한 인간이라 익환도 예전에 활동할 당시 그의 눈에 띄지 않기 위해 상당히 주의를 기울였다.

"이것은……."

이우가 앞에 내놓은 봉투를 보며 익환이 말을 줄였다. 무엇인가가 든 백색 봉투였다.

"확인해보십시오."

그리 두툼해 보이진 않았으나 실제로 익환이 확인한 봉투 속에는 어마어마한 액수의 돈이 들어 있었다. 고액권일수록 봉투가 얇아지는 것이 당연한 이치였다.

"아버님께서 급히 운현궁의 전답과 미술품을 처분해 만들어놓으라 하셨습니다."

"전하, 그렇다 해도 너무 큰 액수가 아닌지요?"

익환은 얇지만 엄청난 금액이 담긴 봉투를 내려놓으며 당혹감을 감추지 못했다. 하지만 이우는 무표정한 채였다. 만일 자신이 운현궁을 잇지 않거나 공 지위를 갖지 않았다면 애초에 불가능했을 금액이었다. 이우는 일본이 준 공 지위는 언제라도 내려놓고 싶었으나, 그래 봐야 좋아할 것은 일본뿐이었다. 설령 전하의 지위를 내려놓는다 해도 감시는 끝나지 않을 것이다. 의친왕만 해도 이우의 형인 이건에게 지위를 넘겼으나 감시가 여전하지 않은가? 일본이 좋아할 짓은 결코 하지 않겠다는 것이 이우의 생각이었다. 또한 그는 어떻게든 지위를 유지해서 독립운동에 필요한 자금을 지원하겠다는 확고한 의지를 갖고 있었다.

"지금이 아니면 우리가 언제 또 만날지 알 수 없습니다. 그러니 나라를 위해 자유롭게 쓰시되 자금의 출처는 되도록 상부에도 불문에 붙여주십시오."

"상부에까지도 출처를 밝히지 않는 것은……. 재무부가 있는 이상은 불가합니다."

봉투 속에 든 금액은 몇 년 전 임정에 자금을 대던 백산상회가 일본 경찰에 의해 해산된 이후 처음으로 쥐어보는 거액이었다. 이 정도라면 반드시 상부에 보고해야 했는데 이우는 그마저도 거부했다.

"논어에 '인부지이불온이니 불역군자호아'란 말이 있습니다."

이우는 아버지와 친우가 한 것처럼 논어의 구절로 답을 대신하며 웃어 보였다. 사람들이 알아주지 않아도 화내지 아니 하니, 그 또한 군자가 아닌가. 독립자금을 대는 일은 왕족으로서 당연한 것으로, 그 일을 사람들이 몰라도 괜찮다는 뜻이었다. 익환은 이우를 보며 더할 나위 없는 든든함을 느꼈다.

"갑자기 이런 큰 액수를 운현궁 이름으로 지출하신다면 의심을 살 텐데 걱정입니다. 만에 하나라도 발각될 시에는 전하께 누가 될 것이고, 그러면 자금을 지원하신 일을 후회하실 수도 있습니다."

익환의 뒤에 서 있던 아랫사람이 조금 우려스럽다는 듯 말했다. 누구든 만일 조선의 독립과 관련 있는 일을 한다면 스스로를 위험에 빠뜨릴 수밖에 없었기 때문이다.

"내게 후회는 없소. 신념만 있을 뿐."

이우는 앉은 채로 맞은편에 서 있는 그를 올려다보았다. 상대는 그런 이우의 시선이 한없이 강직하다고 느꼈다.

"······발각되는 게 두렵지 않으십니까?"

사실상 어떤 질문을 던진다 해도 돌아올 대답은 한결같을 것이었다. 하지만 두렵지 않느냐는 질문에 이우는 잠시 생각에 빠졌다.

"아무것도 하지 않고 이대로 빈껍데기인 삶을 이어가는 것이 나는 가장 두렵소."

한참 후에 돌아온 말에 그들은 차마 대꾸하지 못했다. 이우가 가장 두려워하는 것은 이대로 독립이 오지 않는 조선이었다. 이우는 그런 상상을 하는 것조차 끔찍했다. 그가 감정을 추스르는 동안 대화가 잠시 멈췄다. 대화가 멈춘 사이 창문 너머로 유치원생들이 재잘대며 지나가는 소리가 아득히 들려왔다.

"말씀드렸다시피 시간이 많지 않습니다. 지금은 한창 꽃놀이 철이니 자하문 근처까지 가서 인파 속에 섞이십시오."

이우가 결곡하게 입을 열자 익환도 나갈 채비를 했다.

"의친왕 전하께 안부 전해주시지요."

"예, 그러겠습니다. 조심히 돌아가십시오."

만남만큼이나 짧은 서로의 송별사에는 다음을 기약하는 말이 없었다. 시대 상황과 만나는 사람들의 처지가 그렇게 만들었다. 이우는 자리에서 일어나 공손히 아버지의 친구를 보냈고 익환도 마땅히 그 인사를 받으며 밖으로 나왔다. 인력거가 놓인 담장 아래까지 내려오는 길에는 빼앗긴 나라의 상황도 모른 채 향기로운 봄 내음이 그득했다.

"잘 자라셨구나. 저런 분이 의친왕 전하와 함께 왕실의 중심을 잡아주어야 할 텐데."

잠깐이지만 이우를 면전에서 만난 익환의 목소리에는 아쉬움이 가득했다.

"참으로 아까운 분이기도 합니다. 양자로 가지만 않으셨어도 각하의 사위가 되셨을 텐데……."

사위라는 말에 윤익환은 옛날 잠시나마 오갔던 혼약을 떠올렸다. 익환이 상해로 떠나기 직전에 의친왕은 익환에게 만일 태어날 아이가 딸이라면 자신의 가장 아끼는 아들을 주겠다고 약속했다. 하지만 얼마 뒤 고종은 이우를 운현궁에 양자로 보내기로 결정했고 의친왕은 받아들일 수박에 없었다. 운현궁에 양자로 가서 조선의 세 명의 '전하' 중 한 명이 된다는 것은 큰 의미가 있는 일이었다. 하지만 일제는 그들을 조선의 상징으로 여겼고 그 상징성을 훼손할 계획들을 차근차근 실현해나가고 있었다. 영친왕이 일본 황녀를 부인으로 맞았고, 이우의 형 이건과 덕혜옹주도 일본인과 혼혈결혼을 앞두고 있었다.

"서로 모르는 인연인 채 살아가는 것이 더 나은 경우도 있는 법이지."

윤익환은 걸음을 옮기며 다 끝난 일이라는 듯 말했다.

"각하께서도 따님 얼굴을 못 뵙는 마당에 제가 괜한 말씀을 드렸습니다."

그는 상관에게 송구스럽다는 듯 말했다. 모르는 인연이어야 한다는 말에 담긴 깊은 의미를 알기에 그는 그저 조용히 익환의 뒤를 따랐다.

"자네한테 인력거꾼을 맡기려니 미안하네."

"그런 말씀 마십시오, 각하. 일전엔 각하께서 직접 끌지 않으셨습니까? 그때 제가 얼마나 죄송스러웠는지……."

"그럼 이번만 신세를 짐세."

윤익환은 인력거에 올라타기 전에 석파정을 한 번 돌아보았다. 이우가 앞으로 자신의 뜻대로 살기 위해서는 더욱 치열하게 싸워야만 할 것이다. 그는 현재의 왕실에도 난사람이 하나 있다면 이우일 것이라고 여기며 인력거에 몸을 실었다.

정희를 태운 전차가 경성 시내를 벗어나 효자정 종점에서 멈췄다. 모랫길을 걸어 올라가 성문을 빠져나오자 세상은 온통 백색 천지였다. 봄의 백석동천(白石洞天)은 유독 하얀 꽃들이 많이 피는 곳으로 유명했다. 통칭 '자하문 밖'이라고 불리는 이곳은 봄만 되면 젊은 남녀가 꽃구경을 오거나 먼 곳에서 아이들이 원족(소풍)을 왔다.

"셋셋세," 아침 바람 찬 바람에, 울고 가는 저 기러기, 우리 선생 계실 적에, 엽서 한 장 써주세요. 한 장 말고, 두 장이요. 두 장 말고 세 장이요. 구리구리(빙글빙글) 구리구리, 가위, 바위, 보!"

원족을 온 아이들은 즐겁게 놀이에 빠져 있었다. 어린아이들의 놀이에도 세상의 물정이 반영되어 있었다. 정희는 그 아이들 사이에서 석파정으로 가는 길을 찾기 시작했다.

"우리 집에 왜 왔니, 왜 왔니, 왜 왔니? 꽃 찾으러 왔단다, 왔단다, 왔단다! 무슨 꽃을 찾으러 왔느냐, 왔느냐? 계순이 꽃을 찾으러 왔단다, 왔단다!"

정희는 삼삼오오 손을 잡고 노래를 부르는 여자아이들을 지나쳤다. 꽃 앞에 자신들의 이름을 넣어 노래를 부르는 여자아이들은 말 그대로 꽃다운 모습들이었다. 그들 하나하나가 여리고 소중한 조선의 소녀들이었다.

"다루마상가 고론다!"*

술래를 맡은 남자아이가 등을 돌린 채 주문을 외친 다음 확 뒤로 돌았다. 그러면 아이들은 움직임을 멈추고 굳은 듯 자리에 멈춰 섰다가 술래가 다시 "다루마상가 고론다"라고 하면 살금살금 움직였다. 그리고 술래 가까이에 와서는 새끼손가락을

* 셋셋세(せっせっせ): 놀이의 준비동작을 이르는 일본말
* '달마상이 보고 계신다'는 뜻으로 우리나라의 '무궁화 꽃이 피었습니다' 놀이의 유래이다.

건 채 잡혀 있던 아이를 구했다. 술래에게서 도망가는 아이들이 개구지게 웃으며 정희 옆으로 스쳐 흩어졌다. 산으로 올라가 좁은 길에 들어서자 개나리꽃이 흐드러지게 핀 길 하나가 나왔다.

"천황폐하 궁성으로 요배!"

그 길을 내려오던 유치원생들이 보육 여교사의 간드러진 말에 오른쪽으로 허리를 푹 숙였다. 정희는 일본 천황에게 인사를 올리는 조선 아이들을 지나쳤다. 유명한 곳이지만 초행길이라 낯설고 어색했다. 이 길이 맞는지 반신반의하며 길을 오르니 얼마 못 가서 산 중턱에 가옥의 형체가 나타났다. 정희는 의친왕 전하의 별장이라면 저 정도는 될 것이라고 생각하고 그쪽으로 향했다. 개나리꽃이 가득 피어 있는 샛길에서 정희는 내려오던 인력거와 스쳤다. 아버지와 딸은 그렇게 서로를 알아보지 못하고 지나치고 말았다. 인력거는 금세 사라지고, 갈라진 길을 따라 정희가 가옥 쪽으로 향하자 아이들의 재잘거리는 소리도 멀어졌다.

정희는 방금까지 아버지가 있던 별장 앞에 섰다. 별장은 한옥인데도 타국의 영향을 받은 듯 담장에 색색의 돌들이 무늬로 들어가 있었다. 세월도 함께 머금어 고풍스러운 담장의 그늘에 포드 한 대가 세워져 있었고, 대문 위 현판에는 정희가 제대로 찾아왔다는 듯 석파정이라고 적혀 있었다.

짙은 색의 단단한 나무로 만들어진 대문 한쪽이 마치 정희를 맞이하기라도 하듯 활짝 열려 있었다. 정희는 조심스럽게 대문 앞에 서 보았다. 인기척은 없었지만 누군가 길을 깨끗하게 빗질하고 빗자루를 옆에 세워둔 것이 보였다. 안쪽으로 언덕길이 보이고, 그 위에 가옥이 하얀 꽃에 은은히 묻혀 있었다. 바람이 불자 꽃잎이 파사하게 흩날렸다. 이 별장은 자하문 밖에서도 넋을 잃을 정도로 가장 아름다운 곳이었다.

여기까지 온 이상 그냥 돌아갈 수는 없었다. 정희는 흰 저고리의 매듭을 단정하게 묶고 별장 안으로 발을 들였다. 아버지에 대한 그리움이 정희를 별장 안으로 끌어당기고 있었다. 언덕길을 밟고 올라서니 세상에서 이 별장만 따로 떼어놓은 듯 주위가 조용해졌다. 한 걸음 디딜 때마다 흙길을 자그락자그락 밟는 소리가 났다. 점차 가까이 다가가자 별장은 꽃나무에 파묻혀 한 폭의 그림처럼 보였다. 길옆에는 커다란 암석이 하나 있었는데 이렇게 음각되어 있었다.

巢水雲簾菴 (소수운렴암)
(물을 품고 구름이 발을 치는 곳)

귀를 기울이자 졸졸거리는 냇물 소리, 벌이 윙윙거리며 꽃을 찾아다니는 소리들이 들려왔다. 높다란 별당채는 구름이 잡힐 듯 하늘과 맞닿아 있었다. 물을 품고, 구름이 발을 치는 곳이란 뜻이 완벽하게 들어맞는 곳이었다. 정희는 그 아름다움에 이끌려 어느새 별장 깊숙이 들어와 있었다. 가지를 길게 늘어뜨린 늙은 소나무와 그 옆에 자리한 사랑채가 은은한 풍경을 자아냈다. 정희는 흩날리는 하얀 꽃비를 어깨에 맞으며 사랑채와 안채 사이의 홍예문(虹霓門)으로 걸어갔다. 팔랑팔랑 떨어진 꽃잎들이 정희의 머리 위에도, 한복 어깨 위에도, 발치에도 떨어졌다. 징검다리처럼 납작한 돌들을 밟으며 문에 도착하자 그 옆에는 새순이 돋기 시작한 단풍나무가 문지기처럼 서 있었다. 조용한 별장에는 사람의 기척이 없었는데 위쪽 별당채에서 문이 열리는 소리가 어렴풋이 들려왔다. 설마 아버지? 정희는 들려오는 인기척에 그리움 반, 기대감 반으로 계단을 올랐다. 그리고는 두 번째로 만난 홍예문 사이로 고개를 조심스레 내밀었다.

"……!"

정희는 순간 발을 헛디딜 뻔했다. 그곳엔 책을 든 채 흰 셔츠의 소매를 걷으며 마루를 내려오는 이우가 있었다. 댓돌을 밟으려던 이우는 살며시 문 사이로 고개를 내민 정희를 보았다. 어떻게 이곳에? 순간 둘 다 그렇게 생각했다. 고개를 기울이고 있는 정희의 머리에서 하얀 꽃잎들이 스러져 떨어졌다. 어젯밤 전하에 대해 떠올렸었는데 이런 곳에서 만나다니. 놀란 것도 잠시, 정희는 그만 뒤돌아 달려나가고 말았다.

"잠깐!"

이우가 채 잡기도 전이었다. 그는 정희가 있던 자리로 가 섰지만 정희의 뒷모습만이 눈에 들어왔다. 양장이 없는 여자애들은 대개 흰 저고리에 검은색 치마를 입었는데 오늘 정희는 교복이 아니라 경성 거리에서 흔히 볼 수 있는 그런 차림이었다. 무슨 연유로 여기까지 왔는지는 모르지만 중요한 것은 정희가 자신의 별장에 들어와 있다는 사실이다. 이우는 정희를 잡기 위해 별당채의 반대쪽 계단으로 빠르게 걸음을 옮겼다.

정희는 도망갈 곳이 없어서 안채 옆으로 돌아왔다. 마구 달려가는 모습이 보일까 봐 대문 쪽으로 가지 못하고 모퉁이로 숨은 것이다.

'……'

정희는 떨리는 가슴을 진정시키느라 애를 먹었다. 달음박질 좀 했다고 이렇게 가슴이 뛰진 않을 것이다. 정희는 자신이 도망쳐온 길을 살짝 내다보았다. 그곳엔 하얀 꽃잎들만 날리고 있을 뿐 아무도 없었다. 다행이라고 여긴 정희는 대문 쪽으로 살금살금 걸음을 옮겼다.

"어떻게 여기에 온 것이냐?"

그때 뒤에서 이우의 다정한 목소리가 들렸다. 정희는 깜짝 놀라 뒤를 돌아보았다. 정희의 놀란 표정을 보며 이우는 머쓱

한 듯 자신 뒤의 계단을 손가락으로 가리켰다. 별당채는 마치 미로같이 얽혀 있어서 익숙하지 않은 사람들은 구조를 파악하기 어려웠다. 정희는 급하게 숨느라 미처 그 계단을 보지 못했던 것이다.

"전 이곳이 의친왕 전하의 별장이라고 알고 왔는데……. 어째서 전하께서……."

"여기는 아버지 별장이 아니라, 내 별장인데."

이우가 의아하다는 듯 말했다. 자신의 아버지 별장인 줄 알았다고 하더라도 정희가 여기까지 올 이유가 무엇이란 말인가.

"전하의 별장이요? 의친왕 전하께서 이곳에 계신 게 아니었나요?"

정희가 놀라 물었다. 당연히 누구라도 자신의 별장에 머물지, 아들의 별장에 있을 것이란 생각은 하지 못할 것이다.

"아버님께서도 여기 계시긴 하셨지. 오늘부로 다른 곳으로 가셨지만."

아버지가 비밀리에 한 부탁을 받고 이우는 조금 쉰다는 핑계로 별장에서 머물다가 곧 본궁으로 돌아갈 참이었다.

"그런데 내 아버님은 왜 찾는 것이냐?"

이번엔 이우가 궁금한 것을 물었다. 보통의 일로는 경성 밖인 이곳까지 오지 않았을 것이었다. 정희는 잠시 주위를 둘러보았다. 사람이라고는 이우와 자신밖에 없는 고즈넉하고 조용한 곳이었다. 역시 아버지는 의친왕이 계신 곳으로 가버리셨으리라.

"의친왕 전하가 아니라, 사실 만나고 싶은 분이 따로 있었습니다."

그 말을 하는 정희는 몹시 쓸쓸해 보였다. 여기까지 왔는데 아버지를 만날 수 없다고 생각하자 정희는 가슴이 먹먹해졌다.

"하지만 얼굴도 모르고 서로 만나기로 약속한 것도 아니라서요."

얼굴도 모르고 기약도 하지 않은 이를 보러 왔다니. 그렇다면 만날 확률이 거의 없지 않은가. 이우는 정희에게 그런 이가 누구일까 궁금했지만 물을 수 없었다. 고개를 떨군 정희의 작은 얼굴이 한없이 가엾어 보였기 때문이었다.

"허락 없이 들어와서 죄송합니다."

잠시 침울해하던 정희가 이우에게 사과했다. 정희의 아버지를 만나기 위해 활짝 열어둔 석파정의 문은 지금까지도 닫히지 않은 채였다.

"아니, 문을 열어둔 내 탓이 더 크다고 해두마."

이우는 왠지 정희가 들어올 수 있게 지금까지 문을 열어둔 것만 같았다.

"아름다운 곳이니 한번 들어와 보고 싶은 것도 당연하니까."

"정말로 그래요. 사실 저는 이런 곳은 처음 와 보았거든요."

정희는 잠시 주변을 둘러보았다. 이우가 여기서 지내겠다고 하면 이곳에도 경찰들이 진을 치겠지만 오늘은 예고 없이 머물렀다 가는 것이라 조용했다. 그 고요함이 별장을 한층 더 아름답게 만들었다.

"그럼 여기까지 왔는데 조금 구경하다가 가겠느냐?"

이우가 주위 풍경에서 시선을 떼지 못하는 정희를 눈에 담고 있다가 말했다. 정희는 잠시 머뭇거렸다. 방학에도 공부를 하거나 남의 집 부엌에서 일하는 것 빼곤 여유가 없는 고단한 삶이었다. 그러니 한량들이나 하는 꽃구경을 해봤을 리 만무했다. 이런 제안을 처음 받아보았기에 정희도 차마 돌아가겠다는 말이 나오지 않았다. 정희가 살짝 고개를 끄덕이자 이우가 빙긋 웃었다. 이우의 아름다운 별장이 정희를 붙잡은 것은 예전에 정희의 피아노 선율이 이우를 붙잡았던 것과 비슷했다.

다양한 꽃잎이 분분하게 흩날리는 봄의 석파정은 그 누구라도 매혹시키고 말 절경이었다. 일본에서 오래 살았기에 이우도 이렇게 여유롭게 자신의 별장을 거닌 적이 없었다. 그래서 정희를 구경시켜준다고 해놓고 도리어 자신이 별장 풍경에 경탄하고 있었다. 그런 이우를 따르는 정희 또한 꽃구경에 여념이 없어서, 둘 사이의 긴장감도 서서히 녹아내렸다. 정희는 아까 자신이 도망쳤던 곳의 담벼락에서 흘러나오는 물길을 내려다보았다. 물길은 홍예문 입구 쪽에 있는 작은 연못 옆으로 이어져 있었다. 여름에 비라도 오면 더 시원하게 쏟아질 물줄기를 상상하며 정희는 별장 옆 암석에 음각되어 있던 '물을 품었다'는 표현이 꼭 들어맞는다고 생각했다. 정희는 이우를 따라 별채 안으로 둥글게 담장을 따라서 걸었다. 짧은 길이지만 이우가 앞서 걸은 길을 정희가 뒤따라 걸었다.

"잘 따라오고 있는 것이냐?"

이우가 의아한 듯 물었다. 이상하게 뒤에서 따라오는 발소리가 조금 전부터 들리지 않았던 것이다. 기다려보아도 대답이 들리지 않았다. 이우가 조심스럽게 뒤를 돌아보니 정희는 석파정 담장 위의 하얀 꽃가지에 시선이 팔려 있었다. 한복을 입은 채 살짝 발뒤꿈치를 들어 꽃을 자세히 들여다보는 것이, 예전에 양관 서재에서 보았던 모습 그대로였다. 분분히 날리는 꽃잎을 배경으로 이 청초한 소녀를 담은 정경(靜境)에서 이우는 눈을 뗄 수 없었다.

"꽃이 너무 예뻐서……."

이우의 시선을 느낀 정희가 그제야 머뭇대며 말했다. 멀리서 볼 땐 그냥 예쁜 꽃이겠거니 했는데 자세히 보니 애잔한 느낌이 있었다. 꽃잎이 제 계절을 잊고 금방이라도 시들 것처럼 창백했던 것이다. 정희는 그걸 들여다보느라 자신이 이우를 따라가고 있던 것도 깜빡한 것이었다.

"전하께서는 이 꽃 이름을 알고 계신가요? 오는 길에서도 계속 보았는데."

이우가 말없이 지켜보고만 있자 정희가 민망한 듯 이우에게 물었다.

"……네가 나에게 궁금한 것은 그런 것뿐인가 보구나."

결국 이우가 먼저 얘길 꺼냈다. 이우는 그날 서재에서 정희가 '그 책'을 봤다는 걸 알게 된 이후로 줄곧 자신의 속을 들켰다고 여겼다. 그런데 정작 그걸 들여다본 정희는 없던 일인 양, 아무것도 묻지 않는 것이 궁금하고 마음에 걸렸다.

"제가 전하께 궁금해해야 할 것이 무엇인지 모르겠습니다."

어제 피아노 치는 것을 보러 왔을 때도 이우는 자신에게 뭔가 할 말이 있는 듯했다. 그런데도 정희는 이우에게 아무것도 묻지 않았다.

"내 서재에서 봤던 책은 아주 잊어버린 것이더냐?"

못 다한 이야기의 완주. 이우는 줄곧 하고 싶었던 말을 털어냈다. 서재에 있던 책을 부정하지 않은 것이다.

"전하, 그 얘길 왜 저에게 꺼내시는지?"

정희는 서둘러 주변을 살폈지만 다행히 아무도 없었다. 정희는 설마 그 이야기를 이우가 먼저 물어올 것이라고는 전혀 상상하지 못했다. 그 책에 관한 이야기는 독립에 관한 이야기와 다름없었고, 서로 입 밖으로 꺼내서 좋을 것이 없었다. 정희도 이우도 자신의 처지를 말할 상황이 아니었다.

"알고 싶었다."

이우는 정희에게 묻고 싶었다. 이우가 그 책을 가지고 있는 걸 알고 있는 사람은 나가사키뿐이었다. 그런데 어느 날 갑자기 자신의 서재에 불쑥 들어와 그 책을 펴서 읽어버린 유일한 사람에게.

"그 책을 읽고 네가 무엇을 느꼈는지."

이우는 그동안 너무도 알고 싶었으나 묻지 못한 말을 꺼냈다.

"너는 무슨 생각을 했더냐? 아무것도 할 수 없다는 무기력감? 지배당하는 것에 대한 분노?"

심각한 내용임에도 이우의 목소리는 조금도 격앙되지 않았다. 오히려 감정을 전혀 담지 않은 것처럼 보였다.

"아니면 한낱 희망조차 보이지 않는…… 절망?"

그래서일까. 정희는 이우의 내면에 있는 비통함을 더욱 깊이 느낄 수 있었다. 이우가 조선이 반드시 독립되어야 한다는 강한 열망을 가지고 있다 해도 현실에서 할 수 있는 일은 없었다. 그는 도쿄에서 인질 생활을 하며 독립에 대한 바람과 현실 사이의 괴리에서 오는 무기력감을 처절히 느꼈을 것이다. 독립을 갈망하는 왕족과 독립운동가의 딸. 외로운 싸움을 홀로 감당해온 것은 둘 다 마찬가지였다.

"그게 전하께서 책을 읽고 느끼신 감정들인가요?"

감정의 전이는 어째서 이토록 쉬운 것일까? 이우의 말이 끝나고 되묻는 정희의 목소리가 떨리고 있었다. 정희는 이우의 진의를 오늘에서야 비로소 알게 되었다. 그는 하얀 꽃잎이 흩날리는 사이로 정희를 굳게 바라보며 서 있었다. 정희는 자신만큼이나 깊은 고독 속에서 헤매었을 이우를 어떻게 위로해야 할까 생각하다가 말을 이었다.

"그런 거라면 정말 다행입니다, 전하."

정희는 이우의 물음에 대해 자신의 진심을 말하고 싶었다.

"우리가 일본의 식민지가 될 수밖에 없었던 건 어쩌면 당연한 일이었는지도 모릅니다. 일본이 문호를 개방하고 조선을 넘볼 동안 전혀 대비하지 못했으니까요."

정희가 차근차근 내뱉는 말들은 사실이었다. 조금만 더 서구에 대해 관심을 갖고 이해했다면 아마 속수무책으로 식민지가 되는 일은 막을 수 있었을지도 모른다.

"그런데 지금의 상황들이 어떻게 전하의 탓일 수만 있겠습니까? 전하께서는 이미 이 땅에 자유가 사라진 뒤에 태어나셨습니다."

그럼에도 이우가 독립에 대한 의지를 버릴 수 없는 것은 왕족으로 태어났기에 짊어져야 할 사명이었다. 비탄에 빠진 조선이라는 나라를 구하고, 민중을 구해야 하는 왕족이기 때문이었다. 그렇기에 일본에 발이 묶여 있는 지금 이우를 가장 괴롭히는 것은 민중을 구하지 못하고 있다는 깊은 자책이었다.

"일제가 진정으로 두려워하는 것이 무엇이겠습니까? 조선이 왕실을 중심으로 모여 독립국가가 될 희망을 품으면 어쩌나 하는 것입니다. 그래서 왕족들을 대우해주며 감시 하에 두는 것이겠지요. 하지만 전하께서는 이런 상황에 대해 무기력감과 분노와 절망을 느끼고 있다고 하십니다. 그것은 전하께서 일본이 바라는 대로 일본인이 되지 않았다는 증거입니다. 그러니 어찌 다행이 아닐 수 있겠습니까?"

이우는 정희의 말을 들으며 처음으로 갑갑했던 세상을 뛰쳐나온 듯 통렬한 느낌을 받았다. 일제의 굴레를 벗어나고 싶었던 그는 일제의 눈 밖에 날지언정 일본이 원하는 대로 일본인이 되지는 않았다.

'……발각되는 게 두렵지 않으십니까?'

아까 그 질문을 받았을 때 이우는 차마 강하게 속마음을 내비칠 수 없었다. 발각되는 것이, 발각되는 것 따위가 두려울까! 독립자금을 지원한 사실이 밝혀진다면 위험에 처할 수도 있었다. 육사에서 보인 행동들을 비롯해 지금도 충분히 요주의 인물이었지만 독립운동을 지원했다는 것이 드러나면 일본이 독살이든 뭐든 수를 쓰리라는 건 누구라도 예측 가능한 일이었다. 어쩌면 오늘 일도 진작 알려졌을지 모른다. 그럼에도 불구하고 일본이 두려웠다면 애초에 독립운동을 지원할 생각조차 하지 않았을 것이다.

"독립은 반드시 옵니다, 전하. 누가 뭐라고 해도요."

정희가 이우에게 말했다. 꽤나 간곡한 어조였다.

"너는 독립이 될 거라고 어떻게 그리 확신하지?"

"그건……."

"꼭 독립된 세상에 살아보기라도 한 사람 같구나."

정희는 차마 자신이 독립운동가의 딸이기 때문에 그렇다고 답하지 못한 채 머뭇댔다.

"하지만 그렇게 말해줘서 고맙다. 지금까지 살아오며 누구한테도 그렇게 확신에 찬 말은 듣지 못했으니."

이우는 말 없는 정희를 응시하다 겨우 번민을 털어내듯 웃어보였다. 그는 조선독립이 반드시 이루어질 것이라는 말을 아버지 말고 다른 어떤 사람에게서도 들어본 적이 없었다. 이런 강한 확신은 이우로서는 처음 느끼는 감정이었다.

"나는 지금까지 아무에게도 진심을 내비친 적이 없었다. 아주 어릴 적부터 몸에 밴 습관이지. 정확히는 일본에 가면서부터. 하지만 오늘 너에게 내 진심을 처음 내비쳤다. 어쩌면 나는 앞으로 조선이 아니라 일본을 위해 살아가야 할지도 모른다. 내가 이토록 괴로워하는 것을 누가 이해할 수 있을까?"

정희는 이우를 바라보다 고개를 넌지시 저었다.

'다른 사람은 몰라도 저는 전하를 이해할 수 있을 것 같습니다.'

정희는 차마 이 말을 내뱉지 못한 채 삼켰다. 서로를 이해해 줄 같은 뜻을 가진 사람을 만난 것은 한 치 앞도 보이지 않는 심연 속에서 유일한 빛줄기를 찾은 것과 같지 않을까?

"군복을 입고 계신다 한들 그게 무슨 의미가 있습니까? 그저 겉모습일 뿐입니다. 전하."

정희가 말하는 동안 바람이 불어와 주위의 나뭇가지를 흔들었다.

"아무리 전하를 감시하는 눈이 많다 해도 전하의 마음까지는 감시할 수 없습니다."

정희는 이우가 꼭 듣고 싶었던 말까지 마저 해주었다. 정희의 하얀 저고리의 어깨선 너머로 땋은 머리가 너울졌다. 꽃잎들도 바람에 실려 멀리 흩어졌다. 정희는 그 꽃잎들을 배경으로 이우에게 은은하게 미소 지으며 서 있었다. 후에 깨달았지만 그 모습은 이우가 잊고 싶어도 평생 잊을 수 없는 모습으로 각인되었다.

"그러니 앞으로 전하께 어떤 시련이 오더라도 그리 느끼셨던 바를 잊지 않으셨으면 좋겠습니다."

독립에 대한 희망으로 가득한 연대감이 두 사람 사이에 흘렀다. 두 남녀의 가슴 속에서 치밀어오르는 그것은, 어쩌면 항간에 떠도는 사랑이니 연애편지니 하는 것들보다 찬란한 것이었다. 이우는 정희에게로 다가가 섰다.

"아까 내게 이 꽃의 이름을 물었더냐?"

정희는 순순히 고개를 끄덕였다.

"오얏꽃, 다른 말로는 이화(李花)라고 한다."

석파정을 뒤덮은 이름 모를 하얀 꽃은 자두꽃인 이화였다. 자하문 밖 백석동천의 하얀 꽃들은 대부분 자두꽃과 사과꽃이었다. 철이 되면 경성 사람들이 여기로 넘어와 자두와 사과를 사갈 정도로 두 나무가 지천으로 있는 이곳, 봄만 되면 하얀 이파리가 날리는 한복판에 이우의 별장이 있었다.

"이화의 이(李)는 내 성씨이자, 조선 황실의 상징이다."

이우는 꽃가지를 꺾어내어 기꺼이 정희에게 건네며 말했다.

"내 이름을 걸고 약속하마. 네 말들을 절대 잊지 않을 것을."

정희는 그 꽃가지를 기쁘게 받아들었다. 그러자 갈 길을 못 찾던 오얏꽃이 둘 사이에 차분히 떨어지기 시작했다. 꽃비가 되어 내린 이화우(李花雨)였다.

우연도 필연도 결국 운명이라는 한 줄기에서 태어난다. 운명은 마땅히 만나야 할 인연을 이어주고 결과를 지켜볼 뿐이다. 그날 밤, 정희는 수신서를 펴놓고 호롱불 밑에서 미뤄둔 공부를 하기 시작했다. 호롱불 옆에는 이우가 건넨 꽃가지가 작은 유리병에 꽂혀 있었다. 예쁜 화병이 없어 이렇게 꽂아둘 수밖에 없었지만 꽃가지를 보면 자꾸만 집중력이 흐트러졌다. 교과서를 보고 있어도 역시 공부가 되질 않았다. 정희는 한손으로 턱을 괴고 꽃을 바라보았다. 은은한 불빛을 받고 있는 이화를 보니 석파정에서 본 이우의 모습이 떠올랐다. 자신의 이름을 걸고 약속한다던 이우의 말은 그 어떤 러브레터의 맹세보다 두근거리는 것이었다. 정희는 꽃가지를 지켜보다 호롱불을 켜둔 채로 스르륵 잠이 들었다. 하얀 꽃가지는 밤새 정희 곁을 지키며 꽃잎을 느리게 떨어뜨리고 있었다.

'앞으로 전하께 어떤 시련이 오더라도 그리 느끼셨던 바를 잊지 않으셨으면 좋겠습니다.'

양관의 밤, 이우도 쉽게 잠들지 못한 채 서재의 2층 창문가에 서 있었다. 눈을 감으면 정희의 목소리가 더 선명히 떠올랐다. 정희가 어떻게 그런 마음을 갖게 되었는지 이우로서는 알 수 없었지만, 그는 살면서 반드시 독립이 된다는 확신을 가진 사람을 처음 만난 것이었다. 꽃비가 내리는 석파정. 그 사이에서 결국 만나고야 말았던 인연. 그날의 만남은 그들에게 평생 잊히지 않을 기억으로 남았다.

있어야 할 곳

❀

    초여름의 비가 내렸다. 그 빗속에서 덕혜옹주가 혼례를 치렀다. 화족회관에서 약 60명 정도 참석한 가운데 피로연이 진행되었는데 이우도 하객으로 참석했다. 조선과 일본, 양국의 초미의 관심 속에서 치러진 결혼이었다. 아니, 그것을 단순히 관심이라고만 표현할 수 있을까? 조선 민중들은 고종의 외동딸이 일본 백작의 부인으로 전락하는 모습을 지켜보았다. 조선 신문들은 덕혜옹주의 결혼을 보도하며 그녀 옆의 소 다케유키의 모습을 사진에서 지우기도 했다. 전날 너무 울어서 퉁퉁 부은 덕혜옹주의 얼굴을 보고 있노라면, 원래는 야마시나궁(宮)의 황족과 결혼해 황족 비가 될 수도 있었다는 말은 위로조차 되지 않았다. 그것은 애초에 황태후가 잠시나마 내세웠던 회유

책이었을 뿐, 조선 왕실의 피로 일본 황실의 순수성을 훼손하는 것은 일본이 원하는 결과가 아니었다. 오로지 일본 피를 섞어 훼손해야 할 것은 조선 왕실의 정통성뿐이었다. 이우는 그날 이후 별저로 돌아와서도 언제나처럼 책만 읽었다. 허한 속이 채워지질 않았다. 앞으로 자신에게 주어진 시간은 얼마나 남은 것일까? 이우는 덕혜옹주의 결혼식 이후로 답답해질 때면 영친왕을 자주 찾았다.

"앞으로 관동군 쪽에서 문제가 꾸준히 불거질 테니 걱정입니다."

오늘도 그런 날들 중 하나였다. 군대에 몸담고 있는 그들은 이런저런 이야기를 나누다가 갈수록 흉흉해지는 관동군 문제로 화두를 옮겼다. 어젯밤 이우는 정확히 알 수는 없으나 큰일이 벌어졌다는 소식을 전해 듣고 잠에서 깼다. 그리고 오늘 아침 조간신문 1면에서 남만주 폭파사건을 마주하게 되었다.

"참으로 간계한 일이 아닙니까?"

이우는 불안한 듯 찻잔을 계속 만졌다. 그는 예전부터 만주와 관련해 일이 터질 것을 예상해왔지만, 어제 남만주 폭파사건은 예상을 뛰어넘는 일이었다. 신문은 만철(일본이 러시아로부터 양도받은 철도 및 부속지)을 폭파한 것이 폭도한 지나인(중국인)들이라고 보도했으나 실상은 달랐다. 일본이 스스로 철도를 폭파하고 중국에 죄를 뒤집어씌운 것이었다. 일본은 이 자작극을 빌미삼아 만주를 침략할 명분을 세웠다. 만주가 있어야만 일본이 경제난을 헤쳐나갈 수 있다는 것을 모르는 이들은 없었다. 〈아사히신문〉과 〈니치니치신문〉도 '만주는 일본의 생명선'이라며 군부를 지지하고 나선 상황이었다.

"나도 동감이다. 그런데 우리로서는 이런 일들을 두고 봐야만 하는 입장이니……."

영친왕도 말을 흐렸다. 관동군의 분위기가 심상치 않은 것은 어제오늘 일이 아니었다. 두 사람은 정세 이야기를 나누느라 차에는 입도 대지 않았다.

"하필 이런 때에 네가 본과에 올라가게 되었구나."

이우는 육사 본과 진학을 보름 정도 앞두고 있었다. 사관학교를 다니면서도 이렇게 회의감이 드는데 앞으로 임관하게 되면 얼마나 더 심해질까?

"내달 1일에 입소식을 합니다."

이우가 암담한 듯 답했다.

"과는 뭘 선택했느냐? 진작 정했겠지?"

그래도 영친왕은 조카의 병과에 대한 화제로 넘어오자 한시름 놓고 편히 이야기를 꺼냈다. 아무래도 세태 이야기를 하지 않을 때에야 비로소 조카와 숙부다워지는 것이다.

"포병입니다."

이우도 한결 편하게 답했다.

"포병이라…… 선택한 이유가 있느냐?"

황족이나 왕족들 대부분이 보병이나 기병을 선택하는 것에 반해 이우는 특이한 선택을 했다. 그는 숙부님의 질문에 한 인물을 떠올렸다.

"나폴레옹이 포병 소위 출신인데, 어릴 때부터 그를 존경해 왔습니다."

이우는 평소 나폴레옹을 존경해왔고 포병을 선택한 것도 순전히 존경하는 인물을 따르고자 한 것이었다.

"'전투를 결정짓는 것은 포병대'라는 말을 자주 쓰던 인물이지요."

나폴레옹은 지중해에 위치한 코르시카 섬의 보잘것없는 가문에서 태어났다. 코르시카 섬 사람들은 프랑스 점령에 강하게 저항했기에 나폴레옹은 아홉 살에 유학을 간 파리에서 스스로를 외국인이라 여겼다. 그는 나중에 홀로 외로이 왕립군사학교를 졸업하고 포병장교로 근무하며 전쟁에도 참여했다. 전장에 나서면서도 책을 놓지 않은 독서광이던 그는, 후일 여러 전쟁에서 승리를 거머쥐고 스스로 황제의 자리까지 올랐다. 이우는 그런 나폴레옹의 일생을 들여다보며 무슨 생각을 했던 것일까?

"그래? 확실히 나폴레옹이라면 대단한 인물이지."

"숙부님께서도 혹 존경하는 인물이 있습니까?"

이우는 영친왕에게도 그런 이가 있는지 물었다. 그러자 영친왕이 잠시 망설이다 대답했다.

"나는 깊게 생각해본 적은 없다만, 존경할 인물이 있다면 제갈공명을 대고 싶구나."

제갈공명……. 제갈공명은 무너진 옛 한나라 황실의 유비를 보좌하며 충직하게 섬겼던 인물이다. 그는 만고의 충신으로 보잘것없던 유비를 황제에까지 올렸다. 언젠가 제갈공명과 같은 충신이 나타나 무너진 왕조를 재건하게 되기를 바라는 염원이 깃든 말이었다. 이우는 영친왕이 제갈공명을 말한 이유를 이해했지만, 그런 충신을 기다리기에는 망해버린 나라가 너무 오랫동안 고통받게 될 것이라 생각했다. 의친왕의 아들 이우와 영친왕 이은. 조선 왕족인 두 사람은 존경하는 인물과 방향도 이처럼 서로 달랐다.

"축하드려요! 두 분 양 전하, 정말로 잘 어울리세요."

본과에 입학하고 며칠 후 이우는 또다시 가족의 혼사를 맞았다. 마사코는 영친왕과 함께 참석해 정식으로 부부가 된 이건과 세이코를 축하했다. 이우의 형 이건은 키가 컸고 세이코도 여성치고는 키가 컸기에 둘은 겉으로는 잘 어울리는 한 쌍처럼 보였다. 이우는 결혼식을 지켜보며 식전에 형을 따로 만났을 때의 일을 떠올렸다. 결혼식 전에 이건은 방에 혼자 우두커니 앉아 있었다. 그는 자신을 보러 온 아우에게 말했다.

"성길아, 세상에 순응하며 살아라. 거스를수록 너만 힘들어질 뿐이야."

형은 유약한 사람이었다. 그렇게 자라게 된 일면에는 아버지의 편애가 있었다. 이건은 장자였지만 아버지의 관심과 애정은 전부 이우에게 쏠렸다. 그래서인지 이건의 말에는 허탈함이 묻어 있었다.

"부인과의 결혼은 내가 선택한 거야. 세이코는 좋은 여자지."

세이코는 일본에 의해 철저하게 정략적으로 결정된 가문의 일본 여자였다. 그런데 그녀가 좋은 여자인지 아닌지 어떻게 안단 말인가. 그럼에도 이건은 스스로 선택한 결혼이라고 말하고 싶어 했다.

이제 부부가 된 이건과 세이코는 일본 혼례의 술 마시기 의례인 삼삼구도의 잔을 나누었다. 세이코는 신부임에도 음식들에 구미가 당기는지 뭐든 이것저것 집어먹었다. 두 사람은 결혼식을 마치고 조선에 가기로 되어 있었다. 이우는 결혼식이 끝나기 전에 화족회관을 빠져나왔다. 자신도 언젠가 이런 억지 결혼을 해야만 한다고 생각하니 더는 참고 앉아 있을 수가 없었다. 그리고 얼마 뒤, 박영효의 집에서 도착한 전보를 보고 이우는 가혹한 현실을 다시 한 번 깨닫게 되었다. 찬주의 아버지가 병상에서 영영 일어나지 못한 것이다.

이우는 도쿄에서 박영효의 집으로 조문할 사람을 직접 보냈다. 이는 궁내성의 눈치를 전혀 보지 않는 대범한 행동이었다. 역풍을 맞은 것처럼 상황이 그를 도와주지 않았다. 앞으로 찬주는 아버지의 삼년상을 치러야 했다. 상을 당한다는 것이 무엇인가. 예전처럼 삼 년 내내 상갓집 분위기는 아니었지만 지금도 암묵적인 예절은 남아 있었다. 상을 치르는 사이에는 혼담도 오가기 어렵고 만남도 쉽지 않았다. 지금 이우 주변에는 이우의 편이 하나도 없었다. 나가사키는 오랫동안 이우를 모셔왔기에 사정을 잘 알지만 사무관에 오를 만한 신분은 아니었다. 때문에 이우는 고민에 빠져 있었다.

"전하께서 직접 저를 찾으셨다 들었습니다. 왜 부르셨는지……."

이우는 이왕직에서 사무총장을 맡고 있는 이이타카를 별저로 따로 불렀다. 그는 이왕직에 들어온 후 사무총장만 오래도록 맡아온 관리였다.

"내가 그대를 부른 건 날 좀 도와줬으면 해서네."

이우가 이이타카를 보며 말했다.

"구체적으로 어떤 도움을 말씀하시는지요?"

이이타카가 의아하다는 듯 이우를 보며 물었다. 이우에게는 그를 도울 사무관이 얼마든지 있었다. 내년에 사무관으로 승급

될 일본인도 있고 지금 사무관인 스에마츠도 있다. 그런데 무엇을 도와달라는 것인지, 이우가 왜 자신을 불렀는지 이이타카는 알 수 없었다.

"내가 조선 여인과 혼인할 수 있도록 도와줬으면 하네."

이이타카는 순간 말을 잃었다. 이런 중차대한 이야기를 털어놓을 정도로 자신은 이우와 가까운 사이가 아니었다. 그런데 갑자기 조선 여인과 혼인하게 도와달라니. 무슨 말도 안 되는, 그런…….

"황공하오나 방금 말씀은 듣지 못한 것으로 하겠습니다. 전하."

이이타카는 놀란 가슴을 쓸어내리며 거절했다. 이우가 어째서 이러한 희망을 품게 되었는지는 모르겠으나 그것은 누가 보아도 이루어질 수 없는 소망이었다.

"그럼 다시 말하지. 내가 조선 여인과 혼인할 수 있도록 도와주게."

재차 그 소리를 듣자 이이타카는 이우가 가볍게 말하는 것이 아님을 알게 되었다. 그런데 왜 자신에게 도움을 청하는지도 의문이었다. 방금 이우가 꺼낸 이야기는 이이타카를 신뢰하지 않으면 도저히 할 수 없는 것이었다. 이이타카는 지금까지 이왕직에서 그저 자신의 일만 충실하게 해온 일본 관리일 뿐이었다. 왕실 사람들과 친근하게 지낸 적도 없었다. 그런 자신이 이우의 말을 남에게 발설이라도 하는 날에는 어떡할 것인가?

"이런 중대한 일을 제 무엇을 보시고 털어놓으신 것인지 여쭤도 되겠습니까?"

이이타카는 이왕직에서 오래 일했으나 그리 눈에 띄는 사람이 아니었다. 그것은 이우가 이이타카를 선택해 도움을 청한 이유가 되기 충분했다. 이이타카는 다른 사무관들처럼 적당히 사무관직을 수행하다 요직으로 승진하기를 바라는 속물적인 인간이 아니었다. 속물적일수록 권력욕을 탐하는 것이 당연하고 그 중심에는 이왕직 장관 자리가 있었다. 때문에 이우는 친일 관리든 일본 관리든 모두가 이왕직 장관 자리에 앉으려 혈안이 되는 것을 보아왔다. 만약에 이이타카도 그런 사람이었다면 이토록 오래 사무총장직에만 있지는 않았을 것이다. 이우는 주변에 일본인뿐이니 그중에서 조금이라도 나은 일본인을 찾아내고자 했다.

"내 사무관들은 다른 곳의 지시를 받고 내 아래에서 일하는 사람들이지. 그 말은, 여차하면 내 말을 무시하고 다른 곳에서 지시한 대로 움직일 수 있다는 소리네."

"그렇지만 저 역시 어떤 면에서는 '다른 곳'의 지시를 받고 일하는 사람입니다."

이번에도 이이타카는 정중히 거절하려 들었다. 사실 그도 이우가 조선 여인 누구를 만나고 있단 소문을 들어 알고 있었다. 그런데 만나는 것에 그치지 않고 조선 여인과 혼인까지 염두에 두고 있을 줄은……. 게다가 자신 또한 이우 밑에서 일하게 된다면 궁내성의 지시에 따라 이우를 감시해야만 할 것이 뻔했다.

"그럼에도 불구하고, 자네를 믿고 싶다면?"

"허락해주신다면 이만 돌아가 보겠습니다. 전하."

이우는 그가 당장 방을 나선다 해도 이 일을 발설하지 않을 것을 알고 있었다. 그래서 이우는 더더욱 이이타카가 자신을 돕길 바랐다. 다만 인격으로 사람을 얻고자 했기에 즉석에서 원하는 대답을 듣기는 어려운 일이었다.

"내가 사람 보는 눈이 틀려 창피를 당했군."

이우의 자조적인 말이 이이타카의 발을 잡았다. 이우는 그를 믿었는데 이이타카가 뜻을 져버렸다는 소리였다. 지금껏 물 흐르는 대로 살아온 이이타카에게 이우의 제안은 어울리지 않는 것이었다. 또한 이 일은 이우 자신을 위험에 빠뜨릴 수 있는 중차대한 일이기도 했다.

"왕족의 혼인은 칙허가 떨어져야 하는데 조선 여인에게는……. 아뢰기 송구하오나 조선 여인에게는 칙허가 떨어진 전례가 없습니다. 만약 제가 돕는다 해도 이루실 수 없는 소망입니다."

이이타카가 돌아서더니 간곡한 어조로 말했다.

"그런 말은 해본 다음에 해도 늦지 않을 텐데."

이우는 그가 나가지 못하고 돌아서는 걸 보고 살짝 웃으며 답했다. 이이타카는 이우의 미소에 당황하고 말았다. 궁내성을 적으로 돌리겠다면서 저렇게 웃을 수 있는 것인가? 사실 이우는 여유를 부릴 만한 부분이 조금도 없었다. 믿을 만한 사람의 도움이 절실했다. 그러나 궁지에 몰릴수록 잃지 말아야 할 것이 정도다. 밑바닥을 보여서는 끌려다니기만 할 뿐 사람을 따르게 할 수 없다. 이우는 정도와 품위를 잃지 않으면서도 이이타카를 집요하게 회유했다.

"전하께서 계획하신 일은 전하께도 큰 위험을 불러올 것입니다. 그런데다 궁내성은 전하께서 어떤 분을 데려와도 흠을 잡아 불허할 게 자명합니다."

이우도 이이타카가 우려하는 바를 잘 알고 있었다. 하지만 그 때문에 포기할 것이었다면 그를 부르지도 않았을 것이다.

"그러니 자네의 도움이 필요해."

이우가 그에게 다시 한 번 도움을 청했다.

"나를 도와주겠나?"

이이타카는 일본인이었지만 그나마 됨됨이가 반듯한 자였고 그런 이이타카를 알아본 이우의 눈은 정확했다. 이우가 세 번이나 그에게 도와달라 청했을 때, 이이타카는 부탁을 수락할 수밖에 없었다. 살면서 사람을 얻는 일이 가장 어려운 법. 반드시 이뤄내고 말 것이라는 이우의 굳은 결의가 마침내 이이타카의 마음을 움직였다. 이이타카는 어떤 일에도 일절 나서지 않던 태도를 버리고 이우의 혼사를 살피기 시작했다. 또 그 후년에는 이우의 사무관으로서 가장 가까이에서 이우를 도왔다. 그리고 해방이 올 때까지 이우의 사무관이 다시 바뀌는 일은 없었다.

크리스마스 다음날 이우는 차를 타고 신바시역으로 향했다. 겨울 아침의 맑은 햇살은 밤의 흥청거리는 연말 분위기를 사그라지게 하기에 충분했다. 트리와 전구, 네온사인이 밤새 활약했을 시부야 거리는 아침을 맞아 한적하기만 했다. 올해도 이렇게 저물어가고 있었다. 신정 연휴가 끝날 때까지 도쿄는 쭉 이런 상태일 것이다. 하지만 이우는 올 신정에는 혼자 도쿄에 있지 않아도 되었다. 이우는 지금 궁내성의 허락을 받아내 경성으로 가는 중이었다. 궁내성은 이우의 혼인과 관련해 여러 가지 계책을 세우고 있었는데, 그 계획을 실현시키려면 이우의 마음을 다소 풀어줄 필요가 있었다. 그래서 이번에는 이우의 귀선 요청을 거절하지 않고 연휴 기간만이라는 단서를 붙여 그를 조선으로 보내기로 한 것이다.

이우 공 전하가 도착하면 박 후작의 손녀딸 박찬주와의 관계에 대해 이번에는 더 상세히 예의시찰(銳意視察)하라는 공문이 경무국장 등에게 전달되었다. 이에 더해 창덕궁경찰서장도 궁내성의 특별 연락을 받았다. 부산에서 경성으로 올라오는 이우를 어떻게 감시할 것인가에 대한 별도의 교육이 들어간 것이다. 궁내성은 예과 시절 이우와 찬주의 만남을 상기하고 대비하고자 했다. 이런 특별 교육은 그들의 만남이 혼담으로 번질 것을 극히 염려한 처사였다.

"특히 박영효 후작 손녀딸과의 문제가 걸려 있으니 두 사람과의 만남에 각별히 주의를 요하라는 지시다."

창덕궁경찰서장은 이우가 오기 전에 만반의 준비를 하며 부하들에게 명을 전했다. 이우도 철저히 감시를 받는데다 찬주의 상황을 고려하면 두 사람은 만날 처지가 아니었다. 그런데 정작 사건은 다른 곳에서 터졌다.

"이 사람들아, 여기까지 와서 이러면 안 되네!"

이우가 조선으로 와 신정을 지낸 지 이틀이 지난 후였다. 정초부터 남루한 모습의 농민 무리가 운현궁에 몰려왔다. 경찰이 연행한다고 으름장을 놓았으나 그들은 공 전하를 뵙지 못하면 차라리 예서 죽겠다며 돌아가지 않고 있었다.

"어디 읍소할 곳이 없어 이러질 않는가? 이보게 서현이, 이우 공 전하께서 일본에서 돌아오셨다는데 한 번만 뵙게 해주게!"

농민들 앞에 선 최서현은 이 상황이 난감하기만 했다. 그는 이우 공가의 토지 관리인으로 18년 넘게 공가의 토지를 관리해

왔는데, 씀씀이가 넉넉해 틈틈이 교외 경작인들의 상황을 나서서 살폈다. 그래서 자작농이든 소작농이든 알음알이로 그를 아는 농민이 많았다. 그런데 그렇게 아는 이들이 떼로 몰려와 붙들고 사정을 하는 통에 곤혹을 치르고 있었다. 최서현은 남들 이목도 있고 해서 농민들을 궁 안으로 들여보내 설득하고 있었으나 도리가 없긴 마찬가지였다.

"아무리 그래도 여기는 궁이야. 전하께서도 엊그제 일본에서 도착하셔서 겨우 신정을 쇠셨는데, 자네들이 이러면 어찌한단 말인가?"

전하를 만나게 해달라며 찾아온 스무 명 남짓한 이들은 전부 그럴 만한 사연을 안고 있었다. 일본 육군의 조선군사령부가 도로를 낸다며 몇 평 되지도 않는 자작농들의 땅을 빼앗았기 때문이었다. 군 당국은 경성의 교외 곡창지대를 가로질러 직통도로를 낼 계획을 세우고 있었다. 그런데 곡식이 자라고 있는 땅을 뺏으면 반발이 이만저만이 아닐 테니 사령부는 머리를 굴렸다. 일부러 추운 겨울 빈 땅일 때 지대를 몰수하기로 한 것이다. 찾아온 헌병들의 위협으로 억지로 지장을 찍은 이들이 한둘이 아니라 오늘 모인 숫자만 해도 이만큼이 되었다.

"작전로를 낸다고 땅을 다 뺏는다는데, 가진 거 하나 없이 앞으로 우리들은 어찌 산단 말인가?"

처음에 그들은 의친왕 전하를 찾아가려 했다. 그러나 일제의 의도대로 의친왕은 조선 땅에서 벗어나 일본에서 지내고 있었다. 이들의 호소를 들어줄 이가 조선에는 없었다. 그런데 마침 이우가 경성에 와 있단 소식을 듣게 되어 평소 얼굴을 알던 최서현에게 전하를 뵙게 해달라고 하소연을 한 것이다. 그렇게 부민들은 일말의 희망을 품고 운현궁까지 찾아왔다.

"전하!"

이우가 상황을 듣고 노락당 밖으로 나왔다. 누렇게 변한 백의를 입은 이들이 우르르 그가 서 있는 마루 밑으로 몰려왔다. 이래서는 안 된다며 사무관과 공가 사람들이 막아섰지만 그들을 저지할 수는 없었다. 의친왕 전하의 아드님. 그것 하나만 바라보며 이곳까지 온 사람들이었다.

"전하! 제발 살려주시옵소서!"

농민들은 이우를 보자 응어리 진 속을 풀어내듯 속사포처럼 억울한 사정을 쏟아내기 시작했다.

"군사령부가 신작로로 들어간다며 잡곡 나올 경작지까지 다 빼앗아갔습니다! 억지로 지장을 찍어갔는데 어찌하면 좋습니까, 전하?"

"산미증식 계획이니 해서 있는 쌀 없는 쌀 다 가져가고, 이젠 논밭마저……. 이런 억울한 일이 또 있겠습니까?"

"사람이 죽어가는데 그놈의 신작로가 무엇이고, 작전도로가 다 무어란 말입니까!"

"차라리 죽은 목숨이 이보다 더 비참하진 않을 것입니다."

추운 날 모인 이들은 하나같이 절박한 상황을 호소했다. 눈물 젖은 백성들의 읍소였다.

"나라에서 정해준 설이라지만 저희들은 입에 풀칠조차 못하는 형편입니다……."

"제발, 살펴주시옵소서, 전하!"

그들은 이우에게 통곡하며 호소했다. 이우도 말을 잃은 채 그들을 바라보았다. 남루하다는 말로 다 표현할 수 없을 정도로 행색이 말이 아니었다. 그때 한 아낙이 업고 있던 젖먹이마저 훌쩍훌쩍 울기 시작했다.

"울지 마, 아가."

아낙은 옷만큼이나 낡은 포대기로 아이를 싸 업고 있었다. 아무리 달래도 배가 고픈 아이는 쉽게 울음을 그치지 않았다.

"울지 마아."

이런 중요한 자리에서 아기가 울다니. 행여 잘못 보일까 싶어 달래면서도 눈물을 흘리는 아낙의 모습이 애처로웠다. 그들을 막아섰던 이들도 함께한 이들도 모두 눈시울이 붉어졌다. 이 모습을 보고도 아무것도 느끼지 못한다면 조선인일 수 없었다. 이우는 그들을 보면서 나라를 뺏긴 수모를 뼈저리게 느꼈다. 백성은 나라의 근간을 이루는 사람들이다. 이런 이들을 어찌 외면한단 말인가…….

"이들에게 지금 바로 먹을 것과 옷가지를 내주어라."

이우는 왕족으로서 당연하고도 온당한 처사를 내렸다. 일년의 전부를 일본에 잡혀 있지만 그는 조선의 왕족이다. 백성들이 그걸 잊지 않고 찾아온 것이다. 누구 하나 도와줄 이가 없을 때 찾아갈 왕족이 남아 있다는 것은 하나의 희망이었다. 조선의 희망이었다. 일본이 그토록 조선 땅과 왕족들을 분리하려한 이유가 여기 있었다. 백성들이 제 주인을 찾을까 봐 두려운 것이다.

"그리고 이번 일은 내가 책임지고 해결하겠다. 약속하지."

이우가 문제를 해결하겠다고 단언했을 때, 그는 어떤 왕족들보다 왕위에 어울리는 모습이었다. 옛날 이우의 아버지가 백성을 위해 상해로 망명길에 올랐을 때처럼.

"망극합니다. 전하!"

농민들은 이우가 서 있는 운현궁 전각 아래에서 자신이 할수 있는 만큼 경의를 표했다. 차가운 운현궁 바닥에 주저앉아고개를 조아리거나 눈물을 훔치는 이도 있었다. 왕족은 자신의 백성에게 우러름을 받고 인정을 받아야 하는 법이다. 이우는그것을 보고 가슴이 아려왔다. 자신이 조선으로 돌아와야만 하는 이유가 여기 있었다. 내 백성과 내 나라가 여기에 있는 한 일본이 쥐어준 그 어떤 것도 이우의 가슴을 채울 수 없었다. 이우가 있어야 할 곳은 바로 여기, 조선이었다.

정희는 단칸방의 책상에 앉아 있었다. 따뜻한 구들장에서 한 발자국도 밖으로 나가기 어려운 날씨였다. 올해 정희는 아버지에게서 신년 편지를 받지 못했다. 임시정부가 심각한 문제에 당착해 있었기 때문이다. 임시정부는 창설된 이래로 상해의 프랑스 조계(租界. 치외법권을 누리는 구역)에서 비호를 받아왔다. 그러나 일본이 계속해서 프랑스를 압박해왔기에 임시정부가 프랑스 조계지에서 물러나야 하는 형편이었다. 어디로 가든 그 많은 임정 식구들이 움직이는 것은 큰일이다. 그래서 올겨울은 윤익환도 딸에게 편지 쓸 여력이 없었다. 오지 않는 편지를 기다리던 정희는 이번에는 자신이 편지를 쓰기로 했다.

아버지께.

아버지, 저 정희예요. 잘 지내고 계신지요? 신년이라 문안 인사 드려요. 상해도 바람이 많이 찰 텐데, 옷은 따뜻이 입고 지내시는지 궁금해요. 조선도 왜 이리 추운지, 날이 갈수록 점점 추워지는 것 같아요…….

정희는 한 자 한 자 정성스럽게 써내려가기 시작했다. 자신은 고보 3학년에 올라가며, 어머니도 잘 계신다고 적었다. 그런데 현실은 그렇지 않았다. 해가 바뀌고 자신도 나이를 먹어가는데 상황은 조금도 나아지지 않았다. 독립운동가의 아내와 딸의 상황이란 언제나 녹록치 않았다. 조선의 상황도 모녀의 상황과 크게 다르지 않아서 일제의 억압과 횡포에 고통받는 이가 도처에 있었지만 구제할 이는 없었다. 정희는 애통한 일들을 떠올리며, '독립은 언제 올까요. 너무 먼 것 같은 그 날이 정녕 오기는 하는 걸까요?'라고 적었다. 다음 부분에는 '희망이 보이질 않는 것 같아요'라고 적으려고 했다. 그런데 정희는 '희망'이라는 단어에서 잠시 멈췄다. 왜인지 작년에 석파정에서 만났던 이우가 떠올랐기 때문이다.

그 시각, 이우는 용산 조선군사령부에 막 도착해 있었다. 군사령부는 연말과 연초, 명절의 여파도 미치지 않은 듯 무미건조했다. 지나는 이들마다 멈춰서 이우에게 거수경례를 했다. 어느 시대나 계급을 뛰어넘는 것이 신분이다. 이우의 계급은 소위도 되지 못했지만 왕족이기에 깍듯한 대우를 받았다.

"전하, 재고하셔야 합니다. 이런 일까지 나서시면……."

사무관 스에마츠가 이우를 막아서서 다시 생각하라며 간언했다.

"네가 언제부터 내게 명령하는 위치가 되었느냐?"

이우가 걸음을 멈추고 사무관을 직시하며 말했다. 사무관은 이우의 따끔한 말에 한 발 물러서야만 했다. 그는 일이 잘못 번지면 이우에게도 화가 미칠 것을 염려하고 있었다. 하지만 이우는 그런 것들은 전혀 고려하지 않은 채 관저로 달려왔다. 설령 이 일로 자신이 피해를 보더라도 해결하고 말겠다는 의지의 표명이었다.

"전하! 이우 공 전하가 아니십니까? 어찌 전보도 없이 이렇게 갑자기……."

이우가 2층에 올라오자 비서관이 허둥지둥 그를 맞았다. 연락 없이 방문한 것에 놀라는 것은 당연했지만 비서관은 불경하게 이우 앞을 가로막고 섰다.

"사령관님께서 안에 계시긴 하온데, 그것이……."

차분히 안내하면 될 것을 비서관은 몹시 난색을 표했다. 멀찍이 떨어져 있는 사령관실 문을 보며 안절부절못하는 것이다. 이우는 그런 비서관을 무시하고 직접 사령관실로 향했다.

"전하! 잠시만, 잠시만 기다려주시옵소서!"

사령관실로 향하는 이우를 비서관이 급히 따랐다. 이틀 뒤 경성을 떠나야 하는 이우는 오늘이 아니면 일을 해결할 시간이 없었다. 그런데 이우가 문 앞에 도착하기도 전에 사령관실 문이 먼저 달각 열렸다. 금박으로 조밀하게 수놓은 기모노를 입은 여자가 여종을 옆에 낀 채 사령관실에서 얌전히 문을 닫고 나왔다. 그녀의 이름은 황춘금. 일본 이름으로는 후쿠자와 에이코였다. 종종걸음으로 나오던 에이코가 이우를 보자 고개를 숙였다. 반면 이우는 에이코를 없는 사람처럼 지나쳐 사령관실 앞에 섰다.

"분 냄새가 진동을 하는구나."

이우는 문 앞에서 불쾌하다는 듯 인상을 썼다. 비서관이 문 앞에서 이우 공 전하가 오셨다는 말을 전하고 나서야 문이 다시 열렸다. 소파 상석에 앉아 있던 사령관이 옷섶을 여미며 이우를 보고 깜짝 놀란 표정을 지었다.

"저분이 누구시더라?"

종종걸음으로 계단 옆까지 온 에이코가 고개를 돌려 이우를 유심히 살피며 말했다.

"운현궁의 이우 공 전하이십니다."

여종이 주인의 눈치를 보며 답했다.

"그래? 하, 그리 어리시던 분이 저리도 장성하셨단 말이냐?"

에이코는 몹시 반갑다는 듯 환하게 미소를 지었다. 그녀는 예전에 이우가 일본으로 유학을 떠날 때 역전에서 환송하던 부민 중 한 사람이었다. 그때 이우는 열차 창문에 팔을 걸치고는 어리고 애달픈 눈으로 자신을 환송하는 사람들을 바라보았다. 에이코도 기모노를 입은 채 환송민들 사이에 섞여서 이우를 지켜보았다.

"마님……."

여종이 기어들어가는 목소리로 에이코의 벌어진 앞섶을 여며주었다. 에이코는 짜증스럽다는 듯 아랫것의 손을 휙 쳐 떨쳐냈다. 감히 하녀 나부랭이가 옷매무새를 다듬지 못하고 나온 자신을 타박이라도 하는 것 같았던 것이다. 에이코는 신경질적으로 앞섶을 추스르며 이우가 방 안으로 사라지는 것까지 지켜보았다가 "가자" 하고는 종종걸음으로 계단을 내려갔다.

"좀 앉지."

이우가 소파에 앉으며 말했다. 사령관 하야시센은 자리에서 화들짝 일어나 이우와 마주 보는 자리로 옮겨 앉았다. 제 아무리 사령관이라 해도 이우가 사령관보다 신분이 높기에 상석에 태평히 앉아 있을 수는 없었다.

"전하, 대체 무슨 일로……."

이우는 말없이 탁자 위의 서류들에 시선을 두었다. 사령관이 보고를 받던 중에 에이코가 찾아와서 접문(입맞춤)을 하다 자연스레 탁자에 놓아둔 서류들이었다. 얼핏 보이는 두 장의 서류에는 작전도로를 내는 데 찬성하며 자신의 땅을 기꺼이 바치겠다는 농민들의 지장이 찍혀 있었다. 사령관은 겨울철에 작전도로 문제를 확실히 마무리 짓겠다며 헌병들을 닦달하던 참이었다. 그러면 헌병들이 부민들을 찾아가 온갖 협박과 위협으로 지장을 받아냈다. 농민들의 지장을 받아낸 것은 '조선민들이 원해서 했다'는 억지 서류를 만들기 위해서였다. 일제는 조선민들이 스스로 원했다는 것을 증명하려고 흔히 지장을 받아보관하는 방법을 택했다. 부민들의 빼곡한 지장이 찍힌 서류 위에는 총독부 직인까지 완벽히 찍혀 있었다.

"사령관은 요즘 잘못 처리한 일이 없는가?"

이우가 서류에서 천천히 시선을 들며 물었다. 아차! 사령관은 그제야 사태를 파악했다. 서류를 보는 이우의 눈빛을 보니 이미 작전도로에 관해 듣고 온 것 같았다.

"저는 모르겠습니다. 전하."

사령관은 급히 서류를 치우며 양옆으로 난 콧수염을 쓰다듬었다. 바로 눈앞의 서류들을 못 본 척하는 사령관의 행동이 이우의 화를 더 돋우었다.

"군사령부가 농민들의 땅을 뺏어 작전도로를 낸다는데, 그걸 사령관이 모른다는 게 말이 된다고 생각하는가!"

화가 나면 냉정해지는 버릇이 있는 이우는 무표정한 얼굴로 정녕 모르느냐며 사령관을 다그쳤다. 육군 중장으로서 잔뼈가 굵은 그였지만 왕족이 이렇게 직접 나선 경우는 전례가 없었다. 그제야 사령관도 더 부인하지 못하고 사실대로 말했다.

"황공하오나 전하, 그것에 관해서는 이미 끝난 문제이옵니다. 나라를 위해서라면 일부 농민들의 희생쯤은 감수해야 하는 것이……."

"땅 주인들이 일본인이었다면 그렇게 한가하게 말하진 않겠지."

사령관은 애써 당황하는 기색을 숨겼다. 사령관은 날카로운 이우의 기세를 좀 눌러야 할 필요성을 느꼈다. 아무리 전하라 해도 사령관인 자신이 완강히 버티면 어쩔 수 없을 것이라고 생각한 것이다.

　　"전하, 전하께서도 군인이시니 쉽게 이해하실 수 있지 않으십니까? 군을 움직일 때 작전도로가 얼마나 중요한지 아실 것이라 사료됩니다만……."

　　"그 말은 작전로 때문에 농민들의 땅을 마음대로 뺏었다는 소리로 들리는군."

　　"하오나 이는 전하께서 직접 나서실 게 아니라 총독부에 맡기시는 것이 옳을 것으로 사료되옵니다. 저 또한 총독 각하의 직인을 받지 않고는 행동할 수 없으니 제가 마음대로 해결할 수 있는 부분이 아닙니다."

　　이우의 책망에 나이 많은 사령관은 요령 있게 빠져나갈 핑계를 댔다. 사령관은 이번 일을 진행할 때 자신을 매섭게 질책한 우가키 총독을 떠올렸다. 우가키는 농촌진흥책을 펼쳐 조선의 인력들을 식량증산과 대륙침략 정책에 이용하고 있었다. 그에게 조선 농민은 일본국을 위한 식량증산에 동원되어야 할 소중한 자산이었다. 때문에 농민들의 땅을 뺏어 작전도로를 내야 하는 사령관은 총독의 눈치를 봐야 했다. 그래서 이번 일도 겨우 총독부의 직인을 받아냈던 것이다.

"이래도 해결하지 못하겠다고 할 것인가?"

이우가 갑자기 지니고 있던 철제 권총을 꺼내 사령관에게 겨누었다. 그는 여기서 물러서지 않을 것이고 모든 일을 이 자리에서 일단락 지을 생각이었다.

"전하!"

사령관이 반사적으로 이우를 불렀다. 아무리 전하라고 해도 갑자기 총을 꺼내 들다니 이게 무슨 날벼락인가? 사령관은 일본에 볼모로 잡혀 조선에 몇 번 들어오지도 못하는 왕족이 뭘 하겠나 생각하고 안일하게 대하던 중이었다.

"당장 서류를 찢어라. 내가 보는 앞에서."

이우는 일을 관철시키기 위해 어떤 상황도 각오했고, 이 정도의 뱃심도 없이 군사령부까지 온 것이 아니었다. 이우는 운현궁 바닥에 엎드려 울던 이들을 떠올렸다. 유일한 희망을 품고 자신의 궁을 찾아온 사람들이었다. 자신을 찾아오기까지 어떤 심정이었을까? 그 뜻을 헤아린 이우는 어떻게 해서든 작전 도로 계획을 무위로 만들고 말겠다는 의지를 품고 있었다.

"전하, 일단 진정하시옵소서. 전하께서 이러시는 것은 상관에 대한 항명이 되는 일이기도 합니다!"

"항명? 나는 지금 문제를 해결하라고 부탁하러 온 것이 아니라, 조선의 왕족으로서 명령하러 온 것이다. 당장 이것들을 찢어라!"

사령관이 머뭇거리자 이우는 더욱 단호한 태도로 총구를 들이댔다. 자신을 우습게 보는 사령관의 태도 또한 용인할 수 없었다. 사령관은 눈앞이 캄캄했다. 저 빨간색의 총독부 직인을 받기까지 얼마나 많은 노력을 했던가? 이 일로 부민들의 성토가 얼마나 심했는데 만일 또 다시 지장을 찍으라고 들쑤시고 다닌다면 총독부의 질책을 면하기 어려울 것이었다. 사령관으로서는 도저히 받아들일 수 없는 명령이었다.

"저는 그렇게 할 수는 없습니다!"

"그럼 당기랴?"

사령관은 이우의 말을 듣는 순간, 그가 진짜로 방아쇠를 당길지도 모른다고 생각했다. 이우는 사령관이 자신의 명령을 거부하지 못할 것을 알고 있었다. 그래서일까. 이우는 차갑고 당당했으며 사령관은 연신 얼굴이 붉으락푸르락했다. 잠시 시간을 끌던 사령관은 끝내 제 손으로 총독부 날인이 된 서류들을 찢었다.

"앞으로 이런 일로 다시는 나와 마주하지 않기를 바라네."

사령관이 두 장의 서류를 모두 찢는 걸 보고 나서야 이우는 자리에서 일어났다. 문밖에서 꼼짝 못 한 채 두 사람의 이야기를 듣고 있던 사무관과 속관들은 피가 다 마를 지경이었다. 그들은 이우가 밖으로 나오자 즉시 비호하며 따랐다.

"빌어먹을!"

이우가 떠난 뒤 하야시센은 방으로 들어온 비서관의 머리통을 세게 갈겼다. 이 일을 총독이 알게 되는 날에는 얼마나 망신을 당할 것인가. 순전히 사령관 자신이 한 일이었기에 억울해도 어디에 하소연할 수도 없었다. 사령관이 입단속을 철저히 시켰지만 이우가 사령부에 와서 총구를 겨눴단 소문은 삽시간에 말단 직위 사람들에게까지 퍼졌다.

이우가 밖으로 나오니 주위는 그새 어둑해져 있었다. 오늘 이우는 조선에서 공식적인 일이 아니면 입지 않던 군복을 처음으로 입었다. 어찌 보면 일본이 쥐어준 신분을 이용한 것이었다. 일은 해결되었으나 그 점을 생각하면 이우는 외롭기 짝이 없었다. 그저 조선 왕족으로서 당당히 민중들을 지킬 수 있었다면 얼마나 좋았을까?

'군복을 입고 계신다 한들 그게 무슨 의미가 있습니까? 그저 겉모습일 뿐입니다. 전하.'

이우는 정희를 떠올렸다. 자신에게 처음으로 그 말을 해준 사람. 오늘 이우의 행동은 일본군복에 어울리지 않는 것이었다. 이우가 어떤 행동을 했건 백성을 위해 한 일이란 본질은 변하지 않는다. 이우는 일본의 왕공족 따위가 아닌 조선의 왕족이 되고 싶었다. 이런 때 이우를 위로할 수 있는 건 정희의 속 깊은 말 한마디였다. 이우는 목까지 올라오는 립 재킷의 옷깃을 여미며 운현궁으로 돌아가는 차에 올랐다. 겨울이 성큼 다가온 쌀쌀한 날씨였다.

그 시각 정희는 여전히 아버지께 쓰는 편지를 마무리 짓지 못하고 있었다. 아까부터 계속 '희망'이라는 단어에 멈춰 있었다. 조선엔 정말로 희망이 없을까? 이우는 약속했었다. 무기력감, 분노, 절망을 느꼈던 것을 잊지 않겠다고 왕족으로서 이름까지 걸었다. 정희는 그런 이우의 의중을 확인했을 때 작은 희망을 보았다. 조선은 반드시 독립되어야 한다는 강한 의지를 품은 왕족. 그리고 오늘 이우는 자신을 원하는 민중들의 품으로 돌아갔다. 이런 왕족이 아직 조선에 있다는 것만으로도 희망이 아닐까? 정희는 석파정에서 이우를 만난 일을 떠올리며 편지를 마무리 지었다.

'그래도, 희망은 있지 않을까요. 아버지.'

정희는 편지지를 곱게 접어 봉투에 넣었다. 그리고 책상서랍을 열었다. 서랍 속에는 같은 봉투 수십 개가 들어 있었다. 아버지가 보고 싶거나 기념일에 쓴 편지가 이만큼 모인 것이었다. 아버지가 거처하는 곳의 주소를 알 수 없어 보내지 못한 무수한 편지들. 정희는 오늘 쓴 편지를 그 위에 가지런히 얹고 서랍을 닫았다.

이튿날, 이우는 경성을 떠날 준비를 하고 있었다. 운현궁의 모든 전각은 이틀 새 내린 눈으로 하얗게 변했다가 이제야 제

모습을 찾아가고 있었다. 드문드문 눈 녹은 흔적들이 남아 있는 아재당 처마엔 고드름이 잔뜩 달려 있었다. 돌아갈 준비를 마친 이우는 마루에서 내려와 이품송 앞에 섰다.

"오라버니!"

한복에 털조끼를 입은 진완이 오라비를 보러 아재당으로 넘어왔다. 이로당에서 이어지는 작은 사잇문으로 나와 오라비에게 달려오는 진완은 머리에 조바위를 쓰고 있었다.

"조금 있다가 사동 애들이랑 스케이트 타러 가려구요. 오빠도 같이 가면 좋을 텐데요."

누이가 신이 난 듯 말했다.

"겨울이 아니면 언제 타보겠느냐? 재미있게 놀다 오너라."

이우는 농민들이 찾아온 날 이후 궁 안에만 머물렀다. 사동궁 동생들이 찾아와도 놀아줄 마음도 아니었거니와 풀지 못한 일들이 많아서였다.

"그 아이는 아직 피아노를 배우러 오느냐?"

이우가 진완이 온 김에 넌지시 정희의 소식을 물었다. 이 정도 묻는 것은 괜찮지 않을까 싶었다.

"누구? 아, 정희 말씀하시는 거예요?"

누군지 물으려다가 진완은 오빠가 말한 아이가 정희임을 알아챘다. 제 친구들 중에 궁에 피아노를 배우러 오는 사람은 정희 말고는 없질 않은가.

"그럼요, 지금도 연습하러 오지요. 저한테 배운 후로는 교내 대회 정도는 나갈 실력이 되는데도 영 겸손해요."

진완이 함박웃음을 지으며 자랑스레 말했다. 자기가 가르친 친구가 피아노를 잘 치게 되었으니 마냥 기쁜 것이다.

"한데 정희는 어찌 물으시는데요?"

진완은 일전에 피아노 연습을 하는 정희를 바라보던 오라버니를 떠올렸다. 연주 소리를 듣고 왔다던 이우는 금방 자리를 피해버렸다. 그때 오라버니가 방 안을 바라보며 미소 짓던 모습이 잊히지 않았는데 오늘 또 정희에 대해 묻는 것이다.

"네 친구 중에서는 처음 본 아이니 기억하고 있었지."

"예뻐서 그러신 건 아니구요?"

이우를 가만히 보고 있던 진완이 배시시 웃으며 말했다. 누이가 장난을 친답시고 한 말이지만 이우는 정희의 모습을 금세 떠올릴 수밖에 없었다. 석파정의 흩날리는 꽃잎을 배경으로 서 있던 정희의 모습은 자신이 본 조선 여인 중에서 제일 예쁘다고 해도 과언이 아니었다.

"도쿄에 계실 때 소식 들으셨지요? 찬주 언니의 아버지 이야기요."

오라비가 말이 없자 진완은 조금 머쓱해져서 찬주에 대한 화제를 꺼냈다.

"그래. 들었지."

비보를 들은 이우는 형편이 닿는 대로 찬주를 챙기는 편이었다. 감시 때문에 예전처럼 편지를 주고받거나 만날 수는 없었지만 줄곧 마음을 써왔다.

"곧 찬주 언니의 졸업식이 있는데……."

진완이 보기에 찬주는 고보 내에서도 재능 있는 신여성이었다. 워낙 관심받기를 싫어하는 성격이지만 피아노를 잘 쳐서 학년 대표로 대회에 나가기도 했다. 진완이와 찬주는 학내에서 만나면 어색하게나마 서로 인사를 나누곤 했었다. 어머니가 박영효 후작을 몹시 싫어하시니 친하게 지낼 수 없었지만 행여 연이 닿아 오빠와 결혼해서 올케가 되면 친해질지도 모를 일이었다.

"아무래도 저어기 저 사람들 때문에도 이번엔 만나시지도 못하셨죠?"

창덕궁경찰서에서 파견한 경찰들이 진을 치고 있는 것을 보며 진완이 말했다. 스에마츠를 대동하지 않으면 함부로 누구를 만날 수도 없는 상황이었다. 특히 이번 내선은 그 어떤 때보다 지켜보는 눈이 많았다.

"얼굴을 못 본 지도 오래되었지."

이우는 그렇게만 말하고는 주위를 살폈다.

진완이 왔던 길로 나가사키가 들어오고 있었다. 나가사키가 넘어오는 것은 준비가 끝났다는 뜻이었다. 어느새 이우가 갈 시간이 다가오고 있었다.

"흐음, 아무래도 저도 따라 나가야겠어요."

"스케이트는 어떻게 하고 말이냐? 예전에 내가 널 가르치느라 아주 애먹었던 건 알고 있지?"

"그때 오라버니가 잘 가르쳐주신 덕분에 지금은 아마 제가 제일 잘 탈 걸요?"

진완이 오라비에게 살짝 눈을 흘기며 말했다. 그리고 정말 배웅하러 따라올 것처럼 조끼를 여미고 단속하며 오라비의 팔짱을 꼈다. 이우는 누이가 끽해야 경성역까지 갈 거면서 따라 나선다고 하니 귀엽기만 했다.

"날이 이리 추운데 어디까지 따라온다는 것이냐? 올해 중에는 꼭 다시 올 테니 얼른 들어가거라."

누이의 태연스런 행동에 이우가 팔짱을 풀며 말렸다.

"오고 싶다고 마음대로 오실 수 있는 게 아니라는 거, 저도 이제는 알고 있어요."

진완이 조금 시무룩한 채 말했다.

"네가 그렇게 말하니 곧 다시 와야겠구나. 그때까지 어머니 잘 모시고 있거라."

아직 다 자라려면 한참 먼 줄 알았는데 이우가 돌아올 때마다 누이도 한 뼘씩 키도 마음도 자라고 있었다. 기특하다는 듯 이우는 조바위를 쓴 진완이의 머리를 다정히 쓰다듬어주고 돌아섰다.

"아버님, 어머님. 그간 무고하셨습니까?"

이우는 경성에서의 단 며칠간의 신정휴가를 끝내고 도쿄로 향했다. 그리고 시모노세키에서 도쿄로 가는 길에 의친왕과 친어머니인 수인당 김씨가 머무는 벳부에 잠시 들렀다. 부모님은 벳부의 목조 양옥에서 근 2년 넘게 지내고 있었다.

"그래. 네가 오기 전에 박공이 다녀갔다. 신년이라고 조선서 죽통에 담근 술을 들고 왔더구나."

이우는 박영효 이야기에 밖을 한번 살폈다. 스에마츠 사무관도 이번 귀선에서 이우와 찬주를 특별히 주시하라는 공문을 따로 받았고 이우도 이를 눈치채고 있었다. 그럼에도 의친왕은 별 신경 쓰지 않는 듯 따뜻한 정종을 한 잔 들이켰다.

"무슨 얘길 나누셨습니까?"

"할 말이 뭐 있겠느냐? 네가 어떻게 지낸다더라 하는 이야기만 하다가 갔지."

"이번에 조선에 갔을 때 수길이가 일본으로 온다는 얘길 들었습니다."

"그것은 유학이지. 유학이고말고."

의친왕은 유학이라 말하며 정종을 한 잔 더 입에 털어 넣었다. 일제는 왕적에 오르지 않은 왕족들도 일본에 머물게 만들려고 열을 올렸다.

"오게 되면 제 별저에서 지내게 하겠습니다. 아직 어린데 일본 생활을 어찌 견디겠습니까?"

타지 생활을 해야 하는 동생을 걱정한 이우가 말했다.

"그것은 나중 문제인 것을 모르겠느냐? 뭐든 네 앞가림이 먼저다. 듣기로는 네가 박공 손녀딸과 만나기도 하고 편지도 주고받았다 하던데."

처음에 의친왕과 박영효는 그저 자식들에 대해 두런두런 이야기를 나눴다. 해마다 신년인사를 챙기는 박영효는 다른 의도가 있었을지 모르나 적어도 의친왕은 그랬다. 그러다 이우와 찬주에 관해서도 자연스럽게 이야기를 나누게 되었다. 박영효는 아들 상을 당한 이후에 내리사랑이라고 찬주를 더 아꼈다.

"확실히 염두에 두고 있는 것이냐?"

아버지의 물음에 이우는 잠시 답을 미뤘다. '염두에 두었다'는 것의 척도는 무엇인가?

"지금은 큰 상을 당했으니 연락하지 못하고 있습니다."

이우에게 찬주는 반드시 필요한 여인이었다. 그것을 인정할 수밖에 없었고, 여인으로서 아끼지 않는 것도 아니었다. 단지 이우에게는 만나지 못해도 늘 그리운 사람이 있었다. 지금껏 독립에 대한 이야기를 터놓고 해본 유일한 사람, 정희였다.

"그런 물러터진 이야기나 듣자고 말을 꺼낸 것이겠느냐! 혼의가 있느냐 물은 것이다."

　박영효와의 이야기 중에 의친왕은 아들이 찬주와 결혼하고 자 하는 의사가 있다는 것을 넌지시 듣게 되었다. 그래서 의친 왕도 이우의 의향을 알아둘 필요가 있다고 여긴 것이다.

　"있습니다."

　있어야만 합니다……. 이우는 아버지에게 자신의 의사를 밝혔다.

　"다만 제가 그렇게 하고 싶다고 쉽게 될 일은 아닐 테니, 각오 하고 있습니다."

　의친왕은 그 사실을 인정해야 할 때가 왔음을 알았다. 일본 인 며느리를 들이지 않는 것만으로 만족해야 하는 상황이 오고 만 것이다.

　"네가 그리 결심했다면 일본인 며느리보다야 낫겠지."

　의친왕은 며느리 이야기에 잊혀버린 옛 혼약을 떠올렸다. 그것은 자신이 상해로 망명을 떠나기 전의 일이었다. 이우도 운현궁으로 가지 않고 그저 사동궁의 차자(次子)였을 때의 이 야기이다. 의친왕은 어제 일처럼 선한 사동궁에서의 기억을 끄 집어냈다.

　"이것이 무엇이옵니까, 전하?"

　젊은 윤익환이 물었다. 의친왕은 사동궁 방에서 윤익환 내 외에게 작은 함을 내밀었다. 보자기에 곱게 싸인 것이 몹시 중

한 것처럼 보여 윤익환 내외는 그것을 열어볼 엄두가 나지 않았다.

"자네, 들어오면서 마당에서 뛰노는 아이를 보았는가?"

"예, 전하. 그분께서는 전하의 둘째 아드님이 아니십니까?"

윤익환은 사동궁 앞뜰에서 손님(왕실에서 보육을 담당하는 여성)과 함께 있는 이우를 보았다. 익환은 그 모습이 호쾌하고 또 반듯한 것이 의친왕을 많이 닮았다 생각했다.

"그래. 그 아이의 초명은 이성길이고, 임자년에 태어났네. 그리고 이것은 성길이의 사주단자지."

의친왕에게서 사주단자라는 말이 흘러나오자 윤익환 내외는 깜짝 놀랐다. 경성을 떠나려던 찰나 전하께서 급히 부르신다고 해 달려온 윤익환은 예상 밖의 말에 날벼락을 맞은 기분이었다.

"안에는 약혼지환도 함께 있네."

약혼지환(약혼반지)까지? 보자기에 싸인 네모난 함에는 신랑 집에서 신부집으로 보내는 두 가지의 징표가 들어 있었다.

"사명을 지고 상해로 떠나는 자네에게 내가 약속할 것이 없지 않은가? 그래서 생각건대, 지금 내게는 아들들뿐이니 이렇게라도 내 혼의를 밝힘세. 그대의 핏줄인 복중 아이가 만약 딸아이라면 우리 성길이의 배필로 삼겠다고 약속하겠네."

사람과 사람을 맺는 것만큼 강력한 약속은 없을 것이다. 특히 독립운동 가문끼리 혼인하는 것을 동지결혼이라 했다. 사돈이 됨으로써 서로 배신하지 않을 동지를 만드는 일에 의친왕은 먼저 손을 건넸다.

"아직 태어나지도 않은 아이를 어찌……."

"성길이는 내가 가장 아끼는 아들일세. 그런 아들을 자네에게 사위로 주고 싶은 내 제안을 외면하지 말게."

의친왕은 익환에게 사주단자 함을 꼭 들려 보낼 작정이었다.

"황공하오나 저희 같은 집안이 어찌 감히 왕가와 혼인을 맺을 수 있겠습니까?"

윤익환은 의친왕의 제안에 거절 의사를 내비쳤다. 일본이 강제 점령한 조선은 앞으로 많은 면에서 달라질 것이고, 조선 왕족들의 미래도 일제에 의해 모든 것이 결정될 것이었다. 감시와 탄압이 심해지는 시기에 독립운동가와 사돈이 되는 것은 서로를 위험에 빠뜨리는 일이다. 윤익환은 자신이 예측하는 일들은 입 밖으로 꺼내지 않았으나 예의를 지키며 의친왕의 혼의를 거절했다.

"소신 열차시간이 다 되어 이만 물러나야 합니다. 방금 하신 말씀은 그저 없었던 것으로 해주시옵소서. 전하."

윤익환은 그 말을 끝으로 일어나 목례하고 방을 나섰다. 열차 시간이 다 되었다고 한 것은 에둘러 거절을 표한 것이었다. 부인도 제 남편을 따라 의친왕에게 인사를 올리고 돌아섰다.

"이것을 가져가게."

그런데 의친왕이 간곡한 목소리로 익환의 부인의 발을 잡았다. 부인은 이미 방을 나가버린 남편을 따라나서지 못하고 의친왕을 돌아보았다.

"아이를 낳게 되면 자네라도 반드시 날 찾아오게. 그 아이가 아들이건 딸이건 상관없이."

의친왕의 말은 혹시 아들이라 하더라도 혼약은 지키겠다는 의미였다. 남편이 한 번 거절한 일인데 그 징표를 받아두어도 되는 것일까? 정희의 어머니는 의친왕의 얼굴을 보아 마지못해 보자기에 싸인 사주단자 함을 집어 들고 방을 나섰다.

의친왕은 그 뒤로 한 번도 만나지 못한 윤익환 내외를 떠올렸다. 정희의 어머니도 이후 의친왕에게 연락한 적이 없었다. 남편이 거절한 일을 자신이 이어붙일 수는 없었던 것이다. 사주단자를 보냈던 의친왕의 둘째아들의 사정도 크게 바뀌어 운현궁에 양자로 입적되었고 공의 신분으로 일제의 감시를 받고 있는 처지였다. 조선 여인과 혼인하는 것 자체가 문제가 되는 신분이 되었기에 윤익환의 예견대로 혼의는 사실상 파약된 것이나 다름없었다.

"전하, 이만 별저로 돌아가셔야 합니다."

의친왕은 그때의 기억을 떨쳐내며 빈 잔을 상에 올려놓았다. 신년인사를 하기 위해 잠시 들른 것인데도 밖에서는 금방 떠나야 한다며 이우를 재촉했다.

"고마자와에서 근무하고 계신다지요?"

밖에서 채근하는 소리를 뒤로하고 수인당 김씨가 말했다. 이우의 친어머니인 김씨는 오랜만에 아들을 봤는데도 보고 싶었다고 드러내 말하지 못했다. 양장을 좋아하지 않는 그녀는 일본에 살면서도 한복만을 고수했는데 수십 년 전 남편의 상해 망명사건 때와 조금도 달라진 게 없는 모습이었다.

"어떤 문제에 당면하시더라도 전하의 마음가짐이 가장 중요합니다. 그걸 잊지 마세요."

수인당 김씨는 앞으로 많은 시련을 겪을 아들에게 해줄 수 있는 최선의 말을 했다. 사동궁 시절에도 그녀는 이우를 무릎 베개에 뉘인 채 교훈적인 이야기들을 해주곤 했다. 현명한 어머니의 진심어린 충고들이 지금껏 이우를 올바른 방향으로 이끌어주었고 앞으로도 그럴 것이었다.

"알고 있습니다. 어머니. 다음에 뵐 때까지 두 분 다 건강하시옵소서."

이우는 하직인사를 하고 물러났다. 그는 앞으로 자신이 각오한 만큼 궁내성과 첨예하게 대립하게 될 것이었다. 아비는 무언의 다독임으로 아들을 격려했다. 그리고 결국 지키지 못하게 된 오래 전의 빛바랜 약속을 떠올리며 조용히 막잔을 비워

냈다.

　일본제국주의 총군에 소속된 관동군은 대륙침략의 야욕을 실현시키기 위해 만주에 만주국을 세우는 일부터 시작했다. 청나라의 마지막 황제인 부의(푸이)를 만주국의 황제로 앞세웠으나 만주국은 실질적으로는 일본이 조종하는 괴뢰(꼭두각시) 국가였다. 일본은 만주를 통치하기 위해 오족협화(五族協和)의 이념도 만들었다. 일본인, 한인, 조선인, 만주인, 몽고인의 다섯 개 민족(五族)이 공생해야 한다는 이념이었다. 하지만 실제로는 만주국을 일본의 입맛에 맞게 통치하기 위한 용도일 뿐이었다. 조선에서 내선일체를 주장한 것과 별다를 것이 없었다.

　"멍청하긴! 다마고(달걀)랑 다바코(담배) 구분도 못 해?"

　만주 학교의 일본인 선생들은 포악했다. 단순히 두 일본 단어를 구분하지 못한다는 것을 이유 삼아 중국인 아이의 뺨을 때렸다. 또한 일본인 아이가 중국인 아이를 흠씬 두들겨 패도 일본인 선생은 혼내지 않았다. 일본에게 이념 통치란 오직 일본이 우위를 점하기 위한 수단일 뿐이었다. 일제는 자신들이 중국 전체를 먹는 것도 머지않았다고 대대적으로 홍보하고 있었다.

　"오라버니 전하! 어서 오세요."

3월 초까지 눈이 내리던 날씨도 이제 찬 기운만 조금 남긴 채 봄으로 바뀌고 있었다. 일본식 정원이 한눈에 보이는 다다미방에서 꽃꽂이를 하던 유리코가 나가히사를 반갑게 맞았다.

"유리코, 이걸 네가 다 만든 거냐?"

나가히사는 단색의 선물함을 좌상 위에 자랑스럽게 올려놓으며 맞은편에 앉았다. 일본제국이 조선을 삼키고 만주국을 세우는 과정을 지켜본 일본 황족들은 점점 자부심을 드러내며 자신들의 미래를 낙관하고 있었다. 고가의 선물이 담긴 네모난 상자 위에는 '만주국 건국기념 천황폐하 하사품'이라고 금박으로 적혀 있었다.

"네! 정말 잘 만들었죠?"

유리코는 오빠가 제 실력을 알아주자 자랑스럽게 되물었다. 여자가 손재주를 발휘하는 것 중에 꽃꽂이만큼 흥이 나는 건 없을 것이다. 이케바나라고 해서 풀, 잎사귀, 꽃을 조합하는 경우가 많았지만 유리코는 백합이나 장미 같은 꽃들만 만졌다. 제 이름인 백합(유리)을 가장 좋아했고 그다음이 장미였다.

"우리 대일본제국 국기를 만들었어요. 우리는 앞으로 더욱 더 대단해질 거잖아요."

유리코는 일부러 붉거나 하얀 장미만 골라 주문했다. 유리코의 꽃바구니는 하얀 장미들의 중앙에 빨간 장미를 꽂아 일장기 형태로 만든 것이었다.

이렇게 예쁜 여동생을……. 천진하게 말하는 여동생을 보며 나가히사는 안타까운 마음이 들었다. 유리코는 내후년이면 성년인데도 아직 어린애들처럼 머리에 큰 리본장식을 다는 것을 좋아했다. 비록 나가히사의 눈에는 여동생이 볼이 통통하고 귀여워 리본이 잘 어울려 보이기는 했지만. 아버지를 일찍 여읜 나가히사는 기타시라가와 황족의 당주로서 어머니와 세 명의 여동생을 돌보고 있었다. 그런데 최근 여동생들의 혼사 문제로 곤란을 겪어왔다. 첫째 여동생 미네코와 둘째 여동생 유리코가 파혼한 것이다. 그는 여동생들이 형편없는 집안에 시집을 가서 고생하게 되는 것을 바라지 않았다. 그래서 더 나은 혼처를 찾느라 그렇게 된 것일 뿐 일방적으로 파혼을 당한 것은 아니었다. 나가히사는 자신의 혼사도 미뤄둔 채 여동생들의 혼사를 살필 정도로 애쓰고 있었다. 그게 결실을 보는지 첫째 동생은 내년에 타치바나라는 좋은 집안과 결혼할 예정이었다. 막내 다에코는 아직 어리니 마음에 걸리는 건 유리코였다.

"유리코, 넌 조선에 대해서 어떻게 생각하느냐?"

"조선을 어떻게 생각하냐니 그게 무슨 말씀이세요?"

꽃꽂이할 장미 가지를 자르려던 유리코가 물었다.

"그냥 네가 어떻게 생각하는지 궁금해서 물어보는 거지."

유리코는 며칠 전에 궁에 어떤 사람이 다녀간 것을 기억해냈다. 궁내성 사람으로 보이는 이가 나가히사와 응접실에서 한참 동안 이야기를 나누었다. 잘은 모르지만 유리코는 또 자신의 혼담이 오간 것이 아닐까 짐작했다. 유리코는 벌써 두 번이나 파혼을 겪었다. 그런데 오라버니가 갑자기 조선 이야기를 꺼낸 것이다. 유리코는 조선이라고 하면 당연한 듯 이우가 떠올랐지만 괜한 자존심에 다른 이야기만 꺼냈다.

"조선이라면 이왕비 전하가 떠올라요. 오래되긴 했지만 사범학교에서 이왕비 전하랑 도쿠에히메 님을 뵌 적이 있어요."

유리코는 다듬은 장미를 마저 꽂으며 말했다. 일전에 도쿄 여자고등사범학교에 초청받은 유리코와 막내 여동생 다에코는 그곳에서 덕혜옹주와 마사코를 만났었다.

"몇 년 전에 예테보리에서 국제여자경기대회를 한 적이 있잖아요. 그때도 미네코 언니랑 궁성에 초대받아서 두 분을 뵈었고요."

"그래?"

나가히시는 여동생의 말에 화색이 돌았다. 유리코가 생각보다 조선 왕실과 자주 마주쳐왔기 때문이었다. 행사에 초청을 받아 마주친 것이지만 익숙하지 않은 것보다야 나았다. 나가히사가 조선 이야기를 꺼낸 것은 유리코의 추측대로 이우와의 혼담이 오가고 있었기 때문이었다. 궁내성에서는 황족인 나가히사와 유리코의 의사에 따라 혼인 여부가 전적으로 결정된다는 통지도 해왔다. 이우가 반대한다 하더라도 칙허가 떨어지면 받아들이어야 하는 것이다. 그리고 어디까지나 칙허의 교지를 내리는 것은 궁내성이 전담하고 있었다. 이른바 '거부할 수 없는 혼담'인 것이다. 그런데 마침 기타시라가와궁의 황녀들이 파혼한 상황이니 후보로 괜찮지 않느냐는 의견이 나왔고, 이는 나가히사에게도 좋은 제안이었다. 이우의 상대가 되면 여동생은 적어도 비 전하가 된다. 거기다 혼혈결혼이 전례가 없는 것도 아니었다. 이미 조선 왕실에 시집을 간 황녀 마사코가 있었다. 마사코의 결혼을 계기로 황녀들은 왕공족에 시집가도 된다는 황실 전범이 증보되어 법적으로도 문제가 없었다.

"그럼 너, 조선에 한번 가볼래?"

"조선에요?"

유리코가 전혀 모르는 체하며 물었다.

"왜 거기까지 가야 하는데요? 무슨 일이라도 있나요?"

나가히사는 유리코가 관심을 보이자 궁내성에서 듣고 온 이야기를 들려주었다. 유리코가 기뻤던 것은 이우와의 혼담이 오가고 있었다는 사실과 결정권이 이우가 아닌 황녀인 자신에게 있다는 것이었다. 그 두 가지 이유로 유리코는 오빠의 제안을 선뜻 수락했다.

이우가 육사로 복귀한 지 한 달이 흘렀다. 그는 사관학교 본과 대강당에 앉아 있었다. 오늘은 특별 강연회가 있는 날이었다. 육사 44기부터 48기에 이르는 생도들과 직원까지 약 600여 명이 참관한 강연회는 인산인해를 이루었다. 상석에는 육사에 재학 중인 황족들과 왕공족인 45기 아사카궁의 다케히코와 이우, 48기 미카사궁(宮)의 다카히토(현 아키히토 천황의 작은아버지)가 참석해 있었다. 단상 위에 붙은 천막에는 크게 아라키 사다오 중장의 황도정신이 적혀 있고, 그 밑에는 보병중위 츠지 마사노부의 이름이 적혀 있었다.

"온 세계에 천황폐하의 뜻을 널리 알리는 것이야말로 우리 일본국, 대일본제국의 사명이 아니겠습니까?"

그 자리에 모인 수많은 이들이 아라키 사다오의 맹연설이 쏟아질 때마다 박수를 쳤다. 연설의 내용은 아시아를 지배할 자격이 있는 민족은 오직 일본 하나이며, 온 세계에 천황폐하의 뜻을 널리 알리는 것이 일본인의 사명이라는 것이었다. 아라키 사다오가 앞으로 다른 나라를 침략하는 전쟁을 절대 멈추지 말자는 말을 했을 때, 이우는 화가 나는 것을 넘어 분노가 치밀었다. 아시아를 지배할 자격이 있는 민족이라니 그것이 일본이 정한 질서인가? 다른 나라를 침략하고 그들의 민족과 문화를 짓밟고 식민지로 만드는 것이 옳은 일이란 말인가? 이우에게는 듣고 있기 거북한 내용뿐이었다. 지금 일본은 나라 전체가 하나로 합심해 전쟁을 일으키려고 혈안이 되어 있었다. 그래서 이후 이우에게 일어난 사건들은 전초전에 불과했다.

"이왕직 장관이 오셔서 한참을 기다리고 계십니다."

이렇게 압박적인 상황이었기에 모처럼 돌아온 주말의 휴식 시간에도 이우는 쉴 수가 없었다. 그가 사관학교에서 막 돌아와 목 위까지 오는 단추를 풀어내고 있는데 경성에 있어야 할 이왕직 장관이 기별도 없이 찾아와 있다고 사무관이 전했다. 가뜩이나 만주국을 선포한 일 이후로 군부가 몹시 흥분 상태여서 이우는 학교를 다니는 것이 힘들었다. 그런데 별저에 돌아와서까지 혼사 문제로 피곤한 입씨름을 해야 하는 것이다. 하지만 일전에도 몇 번 한창수가 만나자는 것을 거절해왔기에 언제까지고 피할 수는 없었다. 이우는 담판을 내겠다고 벼르는 한창수를 응접실로 들여보냈다.

"전하, 후견인인 저를 놔두시고 혼사 같은 중요한 문제를 독단적으로 결정하시는 것은 옳지 못한 처사이시옵니다!"

이우가 응접실에 들어와 자리에 앉자마자 한창수는 준비한 말을 속사포처럼 쏟아냈다. 이우는 잠시 대꾸하지 않고 한창수를 지그시 보기만 했다. 한창수는 속이 부글거리는 걸 참고 있는 것이, 제 밥그릇을 뺏길까 전전긍긍하는 모습이 역력했다. 그는 오늘 궁내성 총재를 면담하고 오는 길이었다. 궁내성 총재인 기도 고이치는 직접 한창수를 경성에서 도쿄까지 불러 왜 이우와 조선 여인과의 혼사 이야기가 나오느냐며 호되게 질책했다. 만일 일이 잘못될 시 장관직을 내려놓으라며 엄포를 놓은 것은 물론, 이래서 조선인 관료들을 믿지 못하겠다며 못마땅한 얼굴을 했던 것이다. 총재는 이 사태에 손 놓고 있다가 어떻게 책임을 지려고 그러느냐는 말까지 하며 한창수를 몰아세웠다. 궁지에 몰린 한창수는 궁내성에서 나오자마자 운현궁 도쿄 별저를 찾았는데 왜 이우 전하께서만 조선 여인과 혼인을 해야 하냐며 따지고 싶은 심정 반, 여기서 그만 포기하고 싶은 심정 반인 상태였다.

"장관의 말이 틀린 바가 없는데 내가 그동안 너무 격조하였군. 작은아버님과 고모님, 형님까지 일본 사람을 반려로 맞았고 그때마다 장관의 공이 컸던 것을 어찌 잊을 수 있겠는가? 조선 팔도를 뒤진다 해도 그대만한 중매쟁이는 없겠지."

말 속에 비수가 있었다. 한창수는 이우의 말뜻을 알아차리고는 인상을 찌푸렸다.

"일본 여인이라 하여 거부하시는 것은 옳은 처사가 아니옵니다. 요즈음에는 내선(內鮮) 결혼이라 해서 일반 사람들 사이에서도 유행하고 있고……."

"장관은 내 혼사를 일반 사람들의 결혼에 빗대는 것인가?"

이우는 한창수에게 조금의 빈틈도 주지 않았다. 이우의 혼사가 어떻게 일반인들의 그것과 같을 수 있단 말인가? 일본이 조선 민족의 대표로 왕공족을 내세운 이상 왕공족이 일본 여자와 혼인하는 건 민족의 대표로서 모범을 보이는 일이었다. 그리고 그것은 조선 왕족의 순수성 훼손, 그 이상도 이하도 아니었다. 일본의 입장에선 이우도 당연히 그 수순을 밟아야 했지만 그는 순순히 혼혈결혼을 받아들이지 않을 작정이었다.

"전하께서는 혹시 박 후작의 손녀딸을 비로 맞으려 하고 계십니까?"

한창수가 단도직입적으로 물었다.

"그 일은 장관하고는 아무 상관이 없네."

이우가 단호한 표정으로 한창수를 응시하며 말했다.

"그것은 아니 될 말씀이십니다!"

한창수는 절대 안 된다며 펄펄 뛰기 시작했다.

"박공은 일찍이 공 전하의 양부 되시는 분을 무고하여 죽이라 청한 적이 있습니다. 제가 공비 마마를 찾아뵙고 여쭤보았는데 공비 마마께서도 극히 반대하신다고 하셨습니다. 그런 자의 손녀를 비로 맞으시는 것은 돌아가신 분에 대한 도리가 아닐 것입니다!"

"그런 일이 있었다 하나 오래전의 일이고, 해묵은 앙금은 차차 풀어가면 되겠지. 그런데 장관은 여태 내 궁에 함부로 드나들며 어머님과 그런 이야기나 나누었단 말인가?"

한창수는 이우가 도쿄에 있는 동안 이준 공비를 만나러 운현궁에 수시로 들락거리고는 했다. 박영효와 운현궁과의 관계를 알고 둘의 갈라진 사이를 이용해 이우의 혼사에 발목을 잡으려

한 것이다. 그런데 한창수는 그 이야기를 꺼내는 바람에 도리어 몰래 운현궁에 출입했다는 것만 밝히는 꼴이 되었다.

"박공의 손녀도 그냥 손녀가 아니라 서손녀라 합니다. 조선 최고 집안인 운현궁이 언제부터 서출 계통과 혼인을 했습니까? 이는 앞으로 가문의 미래를 보더라도 좋지 못한 일입니다. 게다가 친척들의 반대는 또 얼마나 심할 것입니까? 전하께서는 조선에 안 계시니 모르시겠지만."

"내가 그들에게 일일이 동의를 받으면서 혼인을 해야 하는 것은 아니지. 그리고 서출과 혼인하지 않는다는 관습은 이미 구습이 된 지 오래인데, 장관은 고작 그런 것이나 들먹이러 여기까지 온 것인가?"

"그런 것이 아니오라……."

한창수는 덕혜옹주와 이건의 결혼에 혁혁한 공을 세웠고, 앞으로도 그래야만 했다. 그러나 이우의 혼사엔 반대할 거리가 몇 가지 없어서 한창수는 초조하기만 했다.

"무엇보다 내 아버님께서도 이 혼의에 가타부타하지 않으시는데, 친척 중 누가 반대한다는 말인가?"

아버님이라는 말에 한창수가 의친왕을 떠올렸다. 한창수는 의친왕 때문에도 곤혹을 치렀던 적이 한두 번이 아니었는데 이번엔 그 아들도 자신의 공적에 해가 되고 있었다. 한창수로서는 어떻게 해서든 막아내야 하지만 이우는 만만치 않았다. 한창수는 입술을 일그러뜨리며 결국 해선 안 될 말까지 꺼냈다.

"박 후작 아들은 몹쓸 폐병에 걸려 죽었다 합니다. 그런 사람의 딸을 배필로 맞으신다는데 어찌 후견인인 제가 반대하지 않겠습니까?"

순간 방 안에 한기가 돌았다. 한창수는 이우의 결혼 의지를 꺾기 위해 찬주 아버지의 죽음까지도 함부로 들먹였다.

"장관은 이만 돌아가는 게 좋겠군. 당장!"

이우가 한창수를 노려보며 말했다. 그는 더 이상 한창수의 말을 듣고 있을 이유가 없다는 뜻으로 자리를 박차고 나갔다. 이우가 자리를 뜨자 한창수는 궁내성의 벼락같은 질책이 상상되어 벌써부터 겁이 나기 시작했다. 만약 이우가 조선 피가 조금이라도 섞인 여인과 혼인하게 되면 주무 장관으로서 책임을 전부 자신이 뒤집어쓸 것이었다. 그런데 설득은 실패했다. 결국 이우의 뜻을 꺾지 못한 한창수는 경성으로 돌아가 스스로 사임장에 도장을 찍었다. 그리고 한창수의 사임장을 받아든 궁내성 총재는 이우를 위해 지금까지 준비해온 특단의 조치 몇 가지를 실행하기 시작했다.

"전하, 두 시간 뒤에 아카사카에서 만찬회가 잡혀 있습니다."

포병 연대를 선택한 이우가 고마자와에서 근무하던 한여름의 어느 날, 그는 늦은 오후에 별저로 귀가했다. 그날따라 근무가 조금 일찍 끝났지만 그는 이에 대해 조금도 의심하지 않고 귀가했다.

"일정에 없던 만찬이 아닌가? 곤하니 참석하지 않는 걸로 하지."

스에마츠가 들고 온 만찬회 일정은 누가 봐도 갑자기 생긴 것이었다. 곤하다는 말은 사실이었지만, 이우가 참석하고 싶지 않았던 또 다른 이유는 사무관이 직접 소식을 들고 왔기 때문이었다. 같은 일정이라도 사무관인 스에마츠가 가져오는 일정과 속관인 나가사키가 가져오는 일정은 그 무게가 서로 달랐다.

"전하, 오늘 만찬회는 칙허입니다."

스에마츠가 참석해야 하는 이유를 설명했다.

"칙허라니? 만찬회에 칙허를 내렸단 말인가?"

이우의 얼굴이 당혹감으로 물들었다. 고작 만찬회에 어길 수 없는 천황의 직인이 떨어졌다는 것이다. 궁내성은 진작부터 이우와 혼인하기 적당한 적령기의 일본 황족인 유리코와 화족 여성을 골라둔 상태였다. 궁내성은 이우가 고집을 꺾지 않는 이상, 골라둔 후보 중 누구라도 반드시 이우의 부인으로 만들어야 했다. 이우가 일본 여인과 혼인해 일본 피가 섞인 아이를 낳고 길러내게 하는 것이 이들의 유일한 목적이었다. 그 후보인 화족 여성이 야나기사와 도요코였다.

"아카사카에서 열리기 때문에 공식적으로는 이왕 전하와 비 전하께서 만드신 자리로 보일 것입니다. 이건 공 전하와 히로 하시 세이코 전하, 다케유키 백작님과 덕혜옹주님께서도 참석 하십니다. 그리고 야나기사와 야스츠구 백작의 따님이신 도요 코 양께서도 참석하실 예정입니다."

야나기사와 백작의 딸이란 말이 나오자 이우는 맥이 탁 풀렸 다. 궁내성은 교묘히 이왕가의 만찬회 자리를 만들어 이우와 도요코를 만나게 할 작정인 것이다. 세이코와 도요코는 마사코 와 마찬가지로 나베시마 후작의 외손녀였다. 세이코는 형 이건 의 약혼녀였고 얼마 전에 혼인 칙허가 떨어졌다. 따지고 보면 다 친인척들이니 만찬회에 초대하는 것도 그리 이상하게 볼 것 은 아니었다. 하지만 엄격하게 따지면 궁내성이 이우에게 근친 혼을 주선한 것과 같았다. 만약 이우마저 도요코와 혼인하면 나베시마 후작의 세 외손녀가 전부 조선 왕공족과 결혼하게 되 는 것이었다.

"전부 참석하시기로 했지만 오늘 만찬회에 참석해야 한다는 칙허가 내려진 건 전하뿐이십니다. 꼭 그걸 상기하셔서……."

돌려 말해 이번 만찬회는 이우를 위해 만들어진 자리라는 소 리였다. 이우는 스에마츠의 말을 더 듣지 않았다. 상황은 압박 해 오는데 이우가 스스로 선택할 수 있는 건 아무것도 없었다.

바깥 날씨는 몹시 더웠지만 아카사카 저택 안은 넓고 서늘한 기운이 흘렀다. 영친왕이 살고 있는 아카사카 저택은 색색의 스테인드글라스 유리창과 톤이 낮은 다갈색의 목재가 어우러져 고풍스런 분위기를 자아냈다. 이우는 예전에 이곳에 자주 들렀었다. 작은어머니인 영친왕비 마사코는 이우가 온다면 가끔 자신이 직접 요리를 해주었다. 그것은 이우가 유일하게 먹을 만하다고 느낀 일본 요리이기도 했다. 그래서 이우는 아카사카에 가면 편안함을 느끼곤 했다. 하지만 오늘은 달랐다. 안에서 자신을 기다릴, 얼굴도 모르는 도요코라는 소녀 때문이었다. 부엌 쪽에서 도란도란 말소리가 들리는 걸 보니 이우만 빼고 나머지 인원은 전부 참석한 듯했다. 이제 이우는 피하고 싶은 현실과 마주해야 했다. 이우가 저택의 거실을 무거운 마음으로 지나고 있는데 카펫 위에서 한 아이가 장난감 기차를 가지고 놀고 있는 게 보였다. 영친왕의 아들인 조선 왕세자 이구였다. 정확히 말하면, 일본의 황녀인 마사코를 어머니로 둔 조선의 왕세자였다. 구를 낳은 마사코는 예전에 천황의 부인으로도 잠시나마 거론되던 황녀였다.

'…….'

이우는 구에게 다가가 앞에 앉았다. 그는 아무것도 모르는 아이를 보며 만감이 교차했다. 조선 왕세자에게 일본의 피가 흐르고 있다. 자신마저 일본 여자와 혼인한다면 이 비극을 반복하게 될 것이다.

"우 전하."

자신을 부르는 단아한 목소리에 이우가 부엌 쪽을 보았다. 어깨만 살짝 감싼 가벼운 민소매 원피스를 입은 마사코가 양팔을 다소곳이 맞잡고 있다가 이우 쪽으로 걸어왔다. 그는 일어나 작은어머니에게 목례했다.

"예쁜 아이지요?"

마사코가 다정스레 물어오며, 아까 이우처럼 구 앞에 앉았다. 이우는 마사코의 행동을 가만히 지켜보았다.

"강하게 자라 장차 조선을 이끌어갈 아이예요."

그녀는 구의 볼을 여상스럽게 쓰다듬었다. 구는 어머니의 손길에 도리질하거나 장난을 쳤다.

"이름처럼 오래도록 조선의 왕이 될 아이지요."

이우는 묻고 싶었다. 정녕 그렇게 생각하시는 것이냐고. 일본은 구가 태어나자 일선융합의 상징이라며 조선과 일본에 대대적으로 홍보했다. 이왕가를 홍보하는 사진에도 구의 모습은 빠지지 않았다.

"이 곰 인형도 넉 달 전에 황궁에 갔을 때 황후폐하께서 직접 구에게 건네주신 것이랍니다."

이우가 서 있는 위치에서는 그 말을 하는 마사코의 얼굴이 보이지 않았다. 하지만 마사코의 목소리는 어딘지 모르게 기쁘기도 하고 슬프기도 한 것 같았다. 그녀의 말대로 눈에 띄는 테디베어 하나가 구 옆에 놓여 있었다. 그 테디베어는 독일 헤르만의 제품으로 당시 왕족이나 귀족의 어린이들에게 주는 아주 큰 선물이었다. 일본이 원하는 대로 조선의 왕세자에게 일본 피가 흐르게 되었으니 그것을 축하하는 뜻으로 주었을 것이다. 이우는 마사코의 말에 다른 의미가 담겨 있지 않을까 하고 생각했지만 피곤해서 관두었다. 자신이 너무 예민해진 것인지도 모른다는 생각이 든 것이다. 피로가 하루 이틀 쌓인 것이 아니었다.

"다들 기다리고 계시니 이만 들어가 보셔야지요."

마사코가 자리에서 일어나 친절히 이우를 안내했다. 잠깐 어딜 다녀왔는지 여관이 오더니 구를 살피기 시작했다. 구는 황후가 주었다는 테디베어를 가지고 놀기 시작했다. 이우는 그 모습을 좀 더 지켜보다가 다이닝룸으로 들어섰다.

"우 전하께서 오셨어요."

"어서 오너라. 본과에 들어가니 얼굴 보기가 더 힘들구나."

상석에 앉은 영친왕이 이우를 반갑게 맞았다. 그러나 이우는 화답할 수가 없었다. 중심에 앉은 영친왕 오른쪽으로는 덕혜옹주와 다케유키가 앉아 있었고 다케유키 맞은편에는 이건이 세이코와 나란히 앉아 있었다. 영친왕 왼쪽 자리에 마사코가 앉자 자연스럽게 빈자리는 하나만 남았다. 이우는 오늘 처음 본 도요코란 소녀의 옆자리에 앉았다. 마치 그 자리가 앞으로도 계속 이우의 자리일 것이라고 말하는 듯한 배치였다. 도요코는 이우가 자신을 보고서 얼굴이 굳은 것을 알아차린 듯 보였다. 이우가 도요코 옆에 가 앉자 그제야 예정보다 조금 늦게 만찬이 시작되었다.

"이렇게 가족이 전부 모인 것은 오랜만인 것 같아요. 그렇지요, 전하?"

마사코가 남편에게 사근사근히 물었다. 만찬회가 시작되었지만 식사 자리는 여전히 조용했다. 망국의 한은 훌륭한 프랑스 요리가 메인으로 나온 만찬회의 공기도 무겁게 만들었다. 모인 이들의 불편한 심기가 방안을 가득 메우고 있었다. 가끔 포크나 그릇들이 부딪치는 소리가 나는 것 외에는 무거운 침묵만 있을 뿐이었다.

"그렇소. 다들 군대에 있다 보니 그런 것이겠지만 말이오."

영친왕이 뜨거운 수프를 뜨며 짧게 말했다.

"옹주마마께서 종종 엽서를 보내주셨지만 오늘 이렇게 두 분을 함께 뵈니 참으로 반가워요."

결혼하기 전까지 덕혜옹주와 같이 지내 친했던 마사코가 덕혜 내외에게 말을 걸었다.

"……"

덕혜는 마사코의 살펴주는 말에도 아무 대꾸 없이 수프만 들여다봤다. 덕혜는 아까부터 수프의 맛이 이상하다고 느끼고 있었다. 거기에 집중하고 있어서인지 마사코의 말이 귀에 들어오지 않았다. 덕혜가 한참 동안 대답이 없자 영친왕과 마사코가 포크를 내려놓고 덕혜를 쳐다보았다.

"앞으로 자주 찾아뵙도록 하겠습니다."

상황을 지켜보던 다케유키가 대신 마사코에게 대답했다. 덕혜는 여전히 마사코의 말은 듣지 못한 것 같았다.

"아, 재미없어."

세이코가 주변 사람만 들리게 조용히 읊조렸다. 이 커다란 식탁 위에서 유일하게 발랄한 성정을 가진 사람이 세이코일 것이다. 얼굴이 하얗고 키도 큰 세이코는 조금 가볍다 싶을 정도로 밝은 성격을 가진 여자였다. 아내의 혼잣말을 들은 이건은 아무 말도 하지 않았다. 이건은 좋은 것인지 마지못한 것인지 그녀의 일이라면 언제나 묵인하거나 따라가곤 했다.

"도요코, 학습원에서는 어떻게 지내니? 어머니께 듣기론 공부도 잘한다며?"

지루함을 견딜 수 없었던 세이코가 아직 어린 친척 동생에게 이것저것 물어보기 시작했다. 도요코는 고작 진완이보다 한 살 어린 여자애였다.

"학교생활이 재미있다는 걸 처음 알았어요. 즐겁게 다니고 있습니다. 비 전하."

도요코가 방긋 웃으며 말했다.

"비 전하라고 하니까 기억나는데 넌 예전에 날 언니라고 부르면서 잘 따랐잖아. 아주 어렸을 적이긴 하지만."

"네. 그때 비 전하 집에 가면 자주 놀아주셨잖아요. 그때 비 전하 이름은 요시코였구요."

몸이 조금 약할 뿐 뭐든 똑 부러지는 도요코는 어떤 말에든 싹싹하게 대답했다. 그러나 이우는 역시 자신과는 상관없는 일이라는 듯 식사에 집중하고 있었다.

"그런데 두 사람은 오늘 처음 만나는 거죠? 우 전하랑 도요코 말이에요."

세이코가 일부러 조용히 앉아 있던 이우와 도요코를 엮기 시작했다. 이들이 친척이라는 명분으로 이 자리에 참석한 이유는 뻔했다. 부부동반 모임처럼 전부 짝이 있는데 이우와 도요코만 짝이 없었다. 그러니 말을 안 해도 도요코가 이우의 신부감이란 사실을 다들 알고 있는 것이다. 점잔들 떨기는. 세이코는 속으로 그렇게 생각했다.

"다들 어떠세요? 이렇게 나란히 있으니 처음 만난 것치고는 둘이 잘 어울리는 것 같은데."

여태 발랄하게 잘 대답하던 도요코도 그 말에는 당황하고 말았다. 처음 봤을 때부터 자신은 이우에게 어딘지 미움을 사고 있다고 여겼는데 세이코가 억지로 갖다붙이는 통에 더 불편한 상황이 된 것이다.

"세이코, 처음 뵌 분들한테 실례예요."

마사코가 친척 여동생인 세이코에게 정중히 주의를 주었지만 세이코는 시큰둥했다. 이런 말도 못 하느냐는 식이었다. 반면 도요코는 세이코 때문에 오늘 처음 본 이우와 가까워지기는커녕 더 멀어진 것만 같았다.

"또 모르잖아요. 도요코도 곧 옆에 계신 이우 전하와 결혼해서 비 전하가 될지도……."

그때 이우가 수프를 뜨던 숟가락을 놓친 척하며 일부러 떨어뜨리고 말았다. 스테인리스 숟가락과 사기그릇이 부딪쳐 시끄러운 소리를 내자 식탁 위의 대화가 끊겼다. 이우가 이렇게 해서라도 말을 중단시킨 것은 더는 세이코의 말을 참을 수 없었던 탓이다. 단지 옆자리에 앉은 마사코만이 이우가 일부러 그런 행동을 한 것을 보았다.

"감사합니다, 형수님."

그는 무표정한 얼굴로 세이코에게 감사의 말을 전했다. 이정도로 충분하니 이제 말을 그만하라는 뜻이었다. 이건이 아내를 잠시 쳐다보았으나 역시 아무 말도 하지 않았다. 세이코는 오른쪽 눈썹을 살짝 들어 올리고는 냅킨으로 새침하게 입 가장자리를 찍고 내려놨다. 그녀는 여전히 이우와 도요코가 약혼이든 결혼이든 할 사이면서 별스럽게 군다고 생각했다.

"……."

그런데 별안간 덕혜가 자리에서 일어나더니 밖으로 나가버렸다. 막 메인요리인 비앙드와 샐러드가 나왔지만 본 음식에는 손도 대지 않은 채였다. 덕혜를 잡는 사람은 아무도 없었다. 남편인 다케유키마저 덕혜를 쫓아나가지 않았다. 이런 숨 막히는 곳에서 뛰쳐나가는 게 차라리 나을지도 몰랐다.

"여관들에게 시켜 찾아오게 하겠소. 앉아 있으시오."

마사코가 걱정스러운 얼굴로 일어나려 하자 영친왕이 말했다. 이우도 불편한 심정으로 접시 옆에 놓인 천을 보았다. 사각형의 하얀 천에는 코스별로 어떤 음식이 나오는지 적혀 있었다. 그도 언제쯤 만찬이 끝나서 돌아갈 수 있을지만 생각하고 있었다.

이런 이상한 분위기는 처음이야. 도요코는 줄곧 이 자리에 모인 사람들의 눈치를 살폈다. 만찬에, 양장에 이토록 화려한 곳에 모인 이들 중에 누구도 행복해 보이는 사람이 없었다. 영친왕은 원래 말수가 적었고, 마사코는 걱정스런 얼굴로 덕혜가 나간 자리를 쳐다보다 한숨을 쉬며 식사를 했다. 이건도 세이코도 소 다케유키란 사람도 모두 마지못해 앉아 있는 듯했다. 옆자리에 앉은 이우마저도 자신에게 이유 없이 냉랭했다. 이우는 들어왔을 때부터 지금까지 도요코에게 한 마디도 걸지 않았다. 우아하게 식사하는 곳이니 가보면 좋을 것이라는 어머니의 말과는 한참 거리가 있었다. 도착하니 이미 도요코의 자리가 정해져 있었고 꼭 그곳에 앉아야 했다. 도요코는 하나둘 사람들이 도착할 때마다 제 옆자리에 누가 앉을지 몹시 궁금했다. 그러다 마사코 언니와 다이닝룸으로 들어온 이우가 빈자리의 주인임을 알았을 때 도요코는 깜짝 놀랐다. 저렇게 잘생긴 사람이 자신의 옆에 앉는다니. 하지만 그것도 잠시, 이우가 처음 만난 자신에게 몹시 차갑게 대하는 것을 금방 알아차렸다. 도요코 뒤를 지나쳐 자리에 앉을 때도 이우의 태도는 여전했다. 도요코는 일부러 자신을 외면하는 듯한 이우에게 다시 눈길을 주지 못했다.

"이만 일어나보겠습니다. 숙부님, 숙모님."

만찬회는 이우가 돌아가겠다는 말을 하고 나서야 비로소 끝이 났다. 아이스크림이 후식으로 나왔지만 이우는 조금도 건드리지 않았다. 그는 후식이 나올 때까지 예의상 기다리고 있었다. 덕혜옹주는 여관들이 찾지 못했는지 만찬이 끝날 때까지 들어오지 않았다.

"그래, 그렇게 해라. 피곤할 텐데 가서 쉬도록 해."

영친왕 내외는 이우를 현관까지 배웅하며 다독여서 보냈다.

오늘 만찬회의 분위기는 곧 궁내성에 보고될 것이다. 하지만 이우는 도저히 그런 것까지 신경 쓰고 싶지 않았다. 이우는 더 이상 물러설 수 없는 상황에 몰려 있었고 그 한계를 오늘 확인했을 뿐이다.

"바로 별저로 가지. 조금도 지체하지 말고."

저택에서 나온 이우가 말했다. 눈치를 살피던 나가사키가 먼저 차 쪽으로 향했다. 한여름이었다. 아까 저택으로 들어왔을 때보다 어둑해졌지만 아직 해는 지지 않았다.

"욱, 우욱……."

보랏빛 수국이 잔뜩 피어 있는 화단에서 누군가 있는 대로 토하는 소리가 들려왔다. 이우는 차로 향하던 발걸음을 멈추었다. 그 소리의 주인공은 만찬회장을 뛰쳐나간 덕혜일 것이었다. 이우는 가던 길을 멈추고 소리 나는 쪽으로 들어섰다. 안쪽의 사각지에서 작고 가녀린 형체가 떨고 있는 것이 보였다. 덕혜는 자신이 잘 보이지 않게 커다란 회양목 아래 몸을 숨기고 있었다. 그녀는 여름용 도메소데(기혼 여성이 입는 격식을 갖춘 기모노)를 입고 나무에 한 손을 지탱한 채 멈춰지지 않는 헛구역질을 계속 하고 있었다.

"고모님!"

이우가 놀라 앞으로 다가서며 덕혜를 불렀다. 이우와 덕혜는 같은 나이였으나 고모와 조카 사이이므로 '고모님'이라는 경칭을 썼다. 덕혜는 고종의 딸이고, 이우는 덕혜옹주와 배다른 남매인 의친왕의 아들이기 때문에 항렬을 따른 것이다.

"이곳은 아까도 찾아봤다니까. 도쿠에 히메사마는 어딜 가신 건지."

"도쿠에 히메사마! 대체 어디에 계세요?"

근처에서 여관들이 덕혜를 찾는 소리가 들렸다. 그들은 큰 소리로 덕혜옹주를 부르다가 다른 곳으로 사라졌다.

"흐윽……. 난 저 이름이 아니야. 덕혜라구. 날 그렇게 부르지 마!"

덕혜는 고통스럽다는 듯 양손으로 귀를 틀어막고 말했다. 덕혜옹주는 일본에 온 뒤, 정확히는 소 다케유키와 결혼하기 전후로 심신이 눈에 띌 정도로 쇠약해졌다. 지금 그녀는 자신의 이름을 일본어로 부르는 것조차 받아들이지 못하는 지경에 이르러 있었다.

"우 공……."

덕혜는 웅크려 앉은 채 수풀을 헤치며 자신에게 다가오는 이우를 올려다보았다. 이우는 한여름에도 몸을 덜덜 떨고 있는 덕혜를 일으켜 세웠다. 금방이라도 쓰러질 듯한 바싹 마른 덕혜의 몸을 이우가 손으로 받쳐주었다.

"지난번에 우 공은 조선에 다녀왔지?"

덕혜가 눈물을 흘리다 갑자기 이우에게 물었다. 그녀는 이우에게서 어떤 희망이라도 찾는 듯한 표정이었다.

"조선은 어때?"

짧은 질문 속에 많은 물음이 담겨 있었다. 조선의 모습은 어떤지, 조선의 계절은 어떤지, 또 조선의 사람들은 어떻게 지내는지 눈으로 묻고 있는 덕혜의 모습에 이우는 차마 말을 잇지 못했다.

"저도 그리 오랜 시간 머물지는 못했습니다."

사실대로 일러주자 덕혜의 큰 눈망울에서 눈물이 뚝 하고 떨어졌다.

"미, 미안해. 사람들은 나 같은 거, 진작 다 잊어버렸을 텐데……."

덕혜는 당황한 듯 눈물을 급하게 닦으며 말했다. 이우가 그렇지 않다는 뜻으로 고개를 엷게 흔들었지만 덕혜는 계속 눈물을 흘렸다. 덕혜는 일본으로 유배를 온 왕족들이 겪을 수밖에 없는 지독한 향수병을 앓고 있었다.

"그런데도 나는……."

결국 덕혜는 오래된 제방이 터지듯 서러운 눈물을 쏟아내고 말았다. 그녀가 다음에 하려는 말이 무엇인지 이우는 이미 들은 것만 같았다.

"조선으로 돌아가고 싶어……."

하염없이 눈물을 흘리며 덕혜가 이우에게 말했다. 조선이라는 말은 일본에 볼모로 잡혀 있는 조선 왕족들에게는 가슴에 사무치는 단어가 아닌가.

"너무…… 돌아가고 싶어……."

덕혜가 하는 말들은 이우도 가슴 속으로 수십, 수백 번이나
했던 말이었다. 결국 이우도 덕혜를 위로하다 함께 눈물을 보
이고 말았다. 돌아갈 시간이 되어 덕혜를 찾던 다케유키가 2층
창문가에서 그 모습을 보았다. 일본인인 다케유키는 죽었다 깨
어나도 할 수 없는 위로였기에 다케유키는 두 사람을 묵묵히
지켜만 보다가 돌아섰다.

만찬회가 끝나고 아카사카에 들렀던 사람들도 전부 돌아갔
다. 도요코는 시간이 늦어 기사가 아카사카 전용차로 집까지
바래다줄 예정이었다. 보통 그렇게까지 하지는 않지만 어떤
일에나 배려심이 많은 영친왕의 뜻이었다. 도요코는 현관문
앞에까지 나와 배웅해주는 마사코에게 오늘 있었던 일에 대해
물었다.

"비 전하, 혹시 제가 오늘 어떤 잘못을 했나요?"

마사코는 일부러 숟가락을 그릇에 떨어뜨리면서까지 세이
코의 말을 막던 이우를 떠올렸다. 오늘 만찬회에서 이우가 한
행동은 분명 어린 소녀에게 상처가 될 만했다.

"아니에요. 도요코는 잘못한 게 없으니 걱정 말아요."

이런 식으로라도 이우가 마사코를 잘라내지 않는다면 궁내
성은 포기하지 않을 것이었다. 그렇기에 마사코는 작은어머니
로서 이우의 행동을 완전히 이해하지 못하는 건 아니었다.

"어머니가 근사한 곳이니 가보지 않겠냐고 해서 왔지만 이런 기분은 처음이에요."

오늘 느낀 불편한 감정들을 도요코는 사촌언니에게 전부 털어놓았다.

"어쩐지 무섭기까지 해서……."

도요코는 자신이 어떻게 행동했어야 하는지 모르겠다는 듯 지금도 풀이 죽어 있었다. 마사코는 그런 사촌동생이 측은해 손을 살짝 잡아주며 말했다.

"우 전하가 아직 어색하셔서 그런 걸 거예요. 도요코도 사람을 처음 만나면 그렇잖아요?"

"아니, 아녜요. 그런 문제가 아닌 것 같았어요."

도요코는 여전히 풀이 죽은 채 고개를 저었다.

"이만 돌아가 보겠습니다. 비 전하."

도요코는 마사코의 다정한 위로마저 거절한 채 현관을 나섰다. 마사코는 사촌동생이 나갈 때까지 살펴주고는 침실로 돌아왔다. 영친왕도 꽤 피곤한 표정이었다.

"도요코는 돌아갔소?"

"네, 속이 많이 상한 눈치예요. 당신께서 계속 거절했는데도 궁내성이 이렇게……."

궁내성에서는 자꾸만 찾아와 영친왕과 마사코를 닦달했다. 이우가 조선 여인과 결혼하겠다는 결심을 바꿀 수 있게 설득하라는 것이었다. 영친왕은 조카의 일을 자신이 어찌할 수 있겠냐며 거절했다. 그런데도 집요하게 만찬회라도 열어 자리를 마련하라고 하기에 어쩔 수 없이 수락한 일이었다.

"한동안은 어쩔 수 없을 테니 부인도 이만 쉬시오. 피곤했을 텐데."

"구한테 다녀오고 나서요. 먼저 주무세요."

궁내성 측에서도 지금쯤이면 오늘 일을 보고받았을 것이다. 그들이 앞으로 또 어떤 방법으로 이우의 생각을 바꾸려고 할지 알 수 없었다.

별저로 가는 길. 이우의 차가 정거장에 잠시 멈췄다. 초저녁 시부야 거리에는 양장 차림을 한 일본 여인들이 많이 눈에 띄었다. 그들은 뭐가 그리 즐거운지 연신 입을 가린 채 웃고 있었다. 일본에서 자라면서 이우가 봐온 일본 여자들은 하나같이 웃음이 많거나 행복해 보였다. 아까 만찬 자리에 앉아 있던 숙모와 도요코, 세이코까지 일본 여자들은 편안하게 살아온 듯 늘 작은 일에도 즐거워하고, 세상의 근심이나 시련도 조선 여인들만큼 많지 않은 것 같았다. 조선이라는 식민지를 둘 정도로 강대국인 일본의 상황이 그녀들이 행복할 자양분을 마련해주었으리라. 반면 자신이 차에 오를 때까지도 멈추지 않던 덕혜의 눈물은 그들과 너무나 대비되었다. 다케유키가 뒤늦게 나와서 덕혜를 데려갔지만 이우는 꾸벅 인사하는 다케유키를 쳐다보지도 않았다.

"조선 여인들은 눈물이 너무도 많아……."

이우는 덕혜의 슬픈 얼굴을 떠올리며 자신도 모르게 이렇게 말했다.

"아뢰기 황송하나, 흔히 조선 여자들은 한이 많다고도 하지 않는지요?"

이우를 지켜보던 나가사키가 공손히 말했다.

"한이라……. 그런 말이 흔히 퍼져 있다면 좋지 못한 것 같군."

나가사키의 말을 되뇌던 이우가 창밖의 거리에 시선을 떼지 않은 채 말했다.

"한이 많다는 건, 행복하지 않다는 뜻이니까."

한 많은 민족, 식민지인 조선. 조선을 이끌어야 할 자신은 여기에 볼모로 잡혀 무얼 하고 있는 것일까? 촘촘히 짜인 이우의 연간 일정에 조선과 관련된 일정은 찾아볼 수 없었다. 조선으로 돌아갈 것이라는 의지를 가져봤자 현실은 일본의 감시와 통제에서 한 발짝도 벗어날 수 없었다. 이우는 침통한 얼굴로 창밖을 응시했고, 나가사키도 상관의 침묵에 나란히 입을 다물었다.

흑과 백

❀

"한 장관도 딱하시기도 하시지. 쯧쯧."

후쿠자와 에이코가 꽤 비싸 보이는 화장대 앞에서 신문을 탁 내려놓고는 혀를 찼다. 에이코는 부와 명예의 상징인 경성의 명동 최중심에 자리 잡은 넓은 일본식 별장의 주인이다. 주인 뒤에서 머리를 빗겨주던 아랫것이 흘깃 신문을 보자 1면에 한창수가 이왕직 장관직에서 사퇴했다는 기사가 대문짝만하게 실려 있었다.

"혼사 하나 못 밀어붙여 사퇴를 하다니⋯⋯."

말로는 딱하다고 했지만 에이코는 한창수를 어지간히 한심해하는 투였다. 한창수의 후임은 차관이던 일본인 시노다가 맡았다. 역대 이왕직 장관 자리는 조선인 친일파들만 앉을 수 있었는데, 일 처리를 잘하지 못해 일본인 차관에게 장관직을 뺏기다니 그녀의 생각으로는 있을 수 없는 일이었다.

"마님, 지금 전부 모여서 마님이 오시기만을 기다리고 계신다 합니다."

문밖에서 사내종이 원목 마루에 꿇어앉은 채 말했다. 모든 방에 일본식 다다미가 깔린 에이코의 집은 그녀가 총독부 고위층 나리들의 예쁨을 받는 만큼 넓고 화려함을 자랑했다. 아마 조선 내 별장으로는 최고가에 해당할 것이다. 이런 곳에서 생활하는 에이코에게 인생이란 그저 쉽고 순탄하기만 한 것이었다. 어느 시대나 줄을 잘 서고 강자 앞에 순응하는 사람이 더 많이 누리는 것이리라.

"더 기다리라고 해라. 난 아직 옷도 안 입었는걸."

에이코가 그렇게 말하자 사내종은 민망함에 큼큼대며 고개를 정원 쪽으로 돌렸다. 여종은 에이코가 일어나자 그녀를 따라가면서까지 긴 머리를 빗기느라 여념이 없었다. 에이코는 곧 응접실에서 자신이 주최하는 부인회에 참석할 예정이었다. 그런데 오늘따라 에이코는 일부러 모든 것을 느리게 준비했다. 그녀는 조선귀족부인회, 애국부인회 같은 이름 있는 부인회에서는 일개 회원일 뿐이지만 자기 응접실에서 열리는 부인회에서는 단연 주인공이기 때문이다. 이 모임의 부인들은 총독부 고위 간부들과 연을 맺고 있는 에이코에게 정보를 얻으려 비위를 맞추고 공을 들였다. 그렇게 얻은 정보가 다 제 남편들한테 도움이 되니 오로지 일신의 영달을 위해 그리 열심인 것이다. 그러니 에이코로서도 일찍 나가 약아빠진 부인네들을 친절히 맞아줄 필요가 없었다. 여종은 화사한 무늬가 수놓아진 기모노를 깃이 잘 잡히게 매만진 뒤 에이코에게 입혀주었다.

누구는 일본 여자가 되지 못해 한이거늘⋯⋯. 에이코는 오늘따라 심기가 영 불편했다. 그녀는 기모노를 입으며 화장대 위의 신문을 다시 노려보았다. 결국 이 사달이 난 것은 공 전하가 일본 여자와는 결혼을 못 하겠다고 했기 때문이다. 못마땅하다는 듯 예쁜 얼굴을 찡그린 에이코는 일전에 군사령부에서 마주쳤던 이우를 떠올렸다. 그때 화가 난 듯 보였던 이우는 에이코를 마치 없는 사람인 양 지나쳤다. 그녀는 나중에야 이우가 사령부에 간 이유를 듣게 되었다. 그는 작전도로 문제를 해결하기 위해 사령부에 직접 발걸음을 한 것이었다. 사령부야 쉬쉬하는 분위기로 묻었지만, 에이코는 그 일을 가소롭게 여기고 있었다. 망한 나라에서 왕족 행세를 하겠다는 것인가?

게다가 이번에 이우는 친일파들이 다 탐내던 이왕직 장관 자리를 한창수가 자진사퇴하게 만들어버렸다. 가히 파격적인 행보였다. 친일파들은 '내선일체의 이념'이 확고해야 자신이 일본에 협력한 것에 대한 정당성을 확보할 수 있었다. 그래서 하나같이 왕실의 혼혈결혼에 애를 썼고 에이코도 예외가 아니었다. 용산의 사령부에서 마주친 이후, 에이코와 다시 만날 일이 없을 것 같던 이우는 자신의 혼사 문제로 다시 그녀와 접점이 생겼다. 이번엔 내가 직접 나서서 이우의 의지를 꺾어버리리라. 에이코는 그렇게 이우를 비웃으며 방을 나섰다.

"다들 오랜만입니다."

에이코가 일본식 미닫이를 드르륵 열었다. 문을 재끼는 폼이 기선제압이라도 하듯 드셌다. 소파에 모여 앉았던 한복 차림의 부인들은 에이코가 들어오자 일동 자리에서 일어났다.

"앉으세요, 앉아요."

비어 있는 상석으로 가면서 에이코는 빙그레 웃었다. 오늘은 그저 친목을 목적으로 친일파 부인들과 간단한 자리를 마련한 것이다. 다과가 들어오고 부인들은 한참을 여러 가지 이야기에 몰두했다. 바깥양반이 벌인 사업은 어떤지, 세상 돌아가는 상황은 어떤지 따위의 화제로 이야기가 이어졌다. 앞으로 일본이 중국 영토를 더 많이 삼키면 부산과 만주를 철도로 잇고 나중에는 중국 전역을 철도로 연결할 거라는 소리도 나왔다. 일본의 원대한 '만철의 꿈'은 친일파들의 눈에도 어마어마해 보인 것이다. 일본은 언제까지고 영원해야만 한다는 찬양일색의 이야기들이 쏟아졌다.

에이코는 대화에서 한발 물러나 커피를 마시거나 부인들의 얼굴을 찬찬히 보고만 있었다. 알아본 바로는 이우의 신부 후보에 제 딸 이름을 올린 사람이 여기에만 넷이나 되었다. 그나마 친일파들인 조선 귀족이 아니면 궁내성이 반려할 것을 고려해 심사숙고해서 후보를 선정한 것이다. 에이코는 누군지 몰라도 전하 옆에서 도움을 주는 이가 있다고 확신했다. 다 일본인들일 텐데, 대체 누가?

"듣자 하니 이우 공 전하께서 곧 성년식을 하신다지요?"

부인들을 지켜보던 에이코가 때가 된 듯 차분히 화두를 던졌다. 부인들은 에이코를 슬쩍 쳐다보았다.

"곧 혼인을 앞둔 나이가 되실 텐데 비 후보를 조선 귀족 중에서 알아보신다는 이야기가 돌더군요. 저도 궁금하여 알아보니 여기서도 따님 이름을 올리신 분들이 있더군요."

나긋나긋한 말투였지만 은근히 부인들을 압박하는 듯한 목소리였다. 공 전하의 혼사 이야길 꺼내며 날을 세우는 에이코를 보고 부인들은 그 의미를 파악하고자 서로를 쳐다보았다. 에이코가 내실에 들어올 때부터 공기가 이상했는데, 그 이유가 공 전하의 혼사 때문이라고는 연결 짓지 못했던 것이다.

"우리들이 이렇게 불충해서야 되겠습니까?"

에이코는 말을 끝내는 것과 동시에 사기 찻잔을 세게 내려놓았다. 잔 받침과 찻잔이 부딪쳐 듣기 싫은 마찰음이 났다. 딸을 공 전하의 신부감 후보에 올려놓고 좋아했던 부인들을 책망하려는 티가 역력했다. 깜짝 놀란 부인네들이 에이코의 눈치를 살폈다.

"아무리 그런 말이 돈다고 해도 함부로 따님들의 이름을 후보에 올리시다니요? 이우 공 전하께서도 영친왕 전하처럼 내지의 황녀님이나 화족 따님을 배필로 맞게 해드려야지요. 전하께서 일본 부인을 얻으셔야 진정한 내선일체요, 또 우리 부인네들의 부덕이 아니겠습니까?"

하지만 오늘 에이코가 꺼낸 말은 참석한 부인들에게 환영받지 못할 이야기였다. 공 전하의 비가 되기만 한다면 제 딸은 비 전하가 되는 것이고 공족의 위 신분에 오르게 된다. 그래서 앞뒤 따지지 않고 그것만 기대하고 선뜻 후보에 이름을 올린 이들도 있었다. 그래서 말은 안 해도 개중에는 아니꼽다는 듯 에이코를 외면하는 부인도 있었다.

"제가 다 여러분 따님들을 위해서 이리 모진 말을 한다고 생각 안 하십니까? 실은 제가 이 말을 해야 할지 말아야 할지 참으로 막막했지만……."

내선일체 운운하며 일본에 대한 애국심을 들먹여봤지만 별로 반응이 없자 에이코는 갑자기 그녀들을 위한다는 식으로 태도를 싹 바꿨다. 자신은 모든 걸 이해한다는 듯 연기를 시작한 것이다.

"무슨 일이기에 그러시는 것입니까?"

에이코가 말을 빙빙 돌리자 답답해하던 한 부인이 물었다.

마침 질문을 기다렸던 에이코는 태연히 자신이 들은 정보를 흘리기 시작했다.

"전하의 성년식이 조선에서도 열리는 것을 다들 아실 겁니다. 그런데 전하의 성년식에 딱 맞춰서 내지의 황녀님께서 조선을 방문하시기로 예정되어 있답니다. 황녀님께서 조선에 이유 없이 오시는 것도 아닐 테고, 전하의 성년식 시기에 맞춰서 내선하신다니 이게 무슨 의미겠습니까?"

부인들이 금시초문이라는 표정을 지었다. 매우 특별한 일이 아니면 황족이 내지에서 조선에 오는 일은 거의 없었다. 남자 황족도 아니고 황녀가 조선에까지 오는 것은 전무후무한 일이 아니던가.

"그럼 설마, 황녀님께서 이우 공 전하와의 일로 내선하신다는 말씀입니까?"

"예. 궁내성에서 비공식으로 진행되고 있는 일인데 저한테만 살짝 귀띔해주셨지요. 그러니 감히 황녀님을 상대로 여러분들 따님이 이길 수 있을까 하는 것이 제 유일한 근심이요, 걱정이 아니겠습니까?"

에이코는 이제 이해했느냐는 듯 양양하게 말했다. 황녀님이라니. 에이코의 한마디에 딸을 신부감 후보에 올린 부인들은 충격을 받은 듯 사색이 되었다.

"어찌하면 좋습니까? 그것도 모르고 후보에 딸의 이름을 올렸다고 기뻐하셨을 분들이 있을 테니 참으로 안타까워서……. 전하를 믿고 약혼했는데 궁내성이 황녀님하고만 된다고 하여 파약되는 날엔 따님들이 어찌 되시겠습니까?"

거기까지 말하고 에이코는 나오지도 않는 눈물을 손수건에 찍어냈다. 그 옛날 영친왕과 혼인했다 파약한 민 규수의 후일 담은 애처로운 수준이었다. 그녀가 홀로 수절하다 외로이 상해로 넘어갔다는 이야기만이 들려왔다. 이곳에 모인 부인들은 모두 철저한 기회주의자들로 남편을 따라 친일을 선택한 사람들이었다. 약삭빠르게 행동해서 항상 이득만 얻으려 하는 기회주의자의 습성상 자신의 딸이 조금이라도 손해 보는 일을 원할리 없었다. 결국 가만히 두어도 득실을 따져 스스로 후보에서 물러날 것이었다. 상대의 심리 파악에 빠삭한 에이코 정도나 되니 영악한 친일파 부인들을 다룰 수 있는 것이다. 에이코는 소란해진 부인들 사이에서 웃음이 터져 나오는 것을 참느라 애를 먹었다.

"사퇴라니?"

보고를 받은 이우가 망토도 벗지 못한 채 물었다. 이이타카는 비보를 듣자마자 이우에게 전하러 별저에 들른 차였다. 이우의 신부감 후보들로 거론되던 이들이 엊그제를 전후로 전부 사퇴해버린 것이다.

"만약 한꺼번에 사퇴한 것이라면……."

이우가 미심쩍다는 듯 말끝을 흐렸다.

"궁내성이 움직인 흔적은 없었습니다. 전하."

이이타카는 단호히 말했지만 외압이 없었다고 하기엔 너무 급작스런 일이었다. 이우는 침착하게 이 일의 진행 과정들을 하나하나 되짚었다. 이이타카는 이우에게 거짓을 말할 사람이 아니었다. 그날 이후 이이타카는 대놓고 궁내성의 눈 밖에 나는 일은 하지 못해도 묵묵히 이우를 도와왔다. 찬주 외에도 여러 가지 가능성을 열어두고 조선 귀족들 중 궁내성이 허락할 만한 후보를 만들어두어야 한다고 간언한 것도 이이타카였다. 그런데 무슨 영문인지 후보들이 한꺼번에 사퇴의사를 표해 난처한 상황이 되었다.

"남은 세 분도 전보를 보냈는데 답이 없으시기에 사실상 전부 사퇴하신 것이나 다름없습니다. 다행히 박 후작 쪽에선 답을 주셨고……."

이우는 많이 지친 듯 이이타카의 다행이라는 말을 듣고도 그냥 자리에 앉았다. 조선에 나와 혼인할 여인 하나가 없단 말인가……. 이는 사실상 그와 결혼할 수 있는 이가 찬주 하나밖에 남지 않았다는 말과도 같았다.

"이번 성년식을 마치고 조선에서 성년식을 한 번 더 치르실 예정이라 들었습니다."

"또 무슨 일이 있는 것인가?"

이우가 조심스런 어투로 물었다. 아카사카의 일 이후 이후는 신경 쓰이는 게 한두 가지가 아니었다.

"깊게는 알아낼 수 없었지만, 마음에 걸리는 것이 있어서…… 알아내기가 워낙 쉽지 않습니다. 죄송합니다."

이이타카의 성정으로 미루어 짐작하건데 최선을 다해 알아보았을 것이기에 죄송해할 이유는 없었다. 단지 이우는 자신의 막연한 불안감이 곧 현실이 될 것 같다는 예감이 들었다.

"자네도 이번 내 귀선에 함께해주었으면 하는데."

"그리하겠습니다."

무슨 일이 기다리고 있을지 모르겠지만 이우는 일단 이이타카와 동행하는 것으로 이 건을 일단락 지었다.

이우의 성년식은 늦가을 찬바람이 불기 시작한 때에 치러졌다. 의식의 대부분이 일본식으로 진행되었기 때문에 이우는 조선에서는 조선식으로 성년식을 하길 희망했다. 조선식이라면 무조건 구식이라고 딱지 붙이고 비하하던 일본도 이번에는 굳이 반대하지 않았다. 가능하면 동계휴업기에 진행하라며 선뜻 그의 뜻을 들어주었다. 모든 일이 이상할 만큼 순조로웠고, 어느덧 시간은 12월 마지막 주 동계휴업기에 접어들고 있었다.

앙상한 나뭇가지에 눈발이 엉겨 붙는 한겨울. 조선으로 돌아온 이우는 자신이 바라던 대로 조선식으로 성년식을 치를 예정이었다. 비록 신문들은 이우 공 전하가 '구식'으로 성년식을 한다고 보도했지만, 궁중의 법도에 따라 금관조복과 원유관을 갖추고 왕실의 정통 격조에 맞게 진행될 예정이었다. 오후에는 조선호텔에서 피로연까지 잡혀 있어서 그 시간에 맞춰 식을 끝내기 위해 새벽부터 운현궁은 분주하기 짝이 없었다.

"다들 이 앞에 나와 서거라!"

그런데 식 준비에 여념이 없어야 할 이들이 윗사람들 모르게 운현궁 안마당에 모여 있었다. 꼭두새벽부터 궁 내 모든 상궁과 궁인들이 심각한 표정으로 모인 것은 심상치 않은 일이었다. 몹시 긴장된 분위기에서 가장 연장자인 노상궁이 입을 열었다.

"이 중에 정녕 세자 저하의 법복(法服)을 누가 여기다 가져다 두었는지, 아는 사람도 본 사람도 없다는 말이냐?"

노상궁은 성년식에서 이우가 입을 조복과 원유관을 확인하러 이로당 방에 들어갔다가 법복을 보고 그만 깜짝 놀라고 말았다. 종친이 입는 금관조복 옆에 조선의 왕세자가 관례에서 입는 법복이 가지런하게 개어져 있었던 것이다.

"마마님, 저는 전혀 모르는 일입니다!"

"네가 가장 나중에 나오는 것을 본 사람이 있는데 이실직고 하거라!"

노기 띤 최고상궁의 엄포에도 그녀는 쉬이 입을 열 것 같지 않았다.

"정말 아닙니다, 마마님! 내가 방에 들어갈 때 네가 옆에 있었잖아. 말 좀 해줘!"

그녀는 당혹스럽다는 듯 옆 나인에게 도움을 청했다.

"저, 저도 같이 들어갔을 때 틀림없이 전하께서 입으실 금관 조복하고 원유관만 보았습니다."

노상궁의 추궁에 나머지 상궁들은 입을 꾹 다물고 아랫사람들을 지켜보았다. 사실 노상궁은 내심으로 그녀들이 범인이 아니라고 생각하고 있었다. 애초에 법복에 손을 대 여기까지 가져올 수 있는 이가 많지 않은 까닭이다. 그러나 무수한 이들이 지나다니는 공간에서 벌어진 일이기에 범인을 찾기는 쉽지 않을 것이었다. 이렇게 모두 입을 다물고 있는 이상은……. 성년식 준비에도 시간이 빠듯한데 다들 손을 놓고 있으니 노상궁은 결단을 내려야 했다.

"이 일은 틀림없이 우리들 중 누군가 했을 것이다."

노상궁이 상궁들과 나인들을 두루 보며 단호하게 말했다. 그녀는 한낱 나인이 아니라 상궁이 일을 저질렀을 것이라 여기고 있었다. 다들 아무 말도 하지 않고 묵묵히 듣고만 있었다.

"반드시 찾아내 물고를 내야 할 것이나 문제가 크게 번지기 전에 내 선에서 묻겠다. 궁금(宮禁)이라는 말이다. 앞으로 이 일에 대해 밖으로 발설하거나 함부로 입을 놀렸다가는 아니 될 것이다. 알겠느냐?"

법도와 절차를 가장 중요시하는 노상궁의 말에 그곳에 모인 모든 이가 대답 없이 고개를 숙였다. 이 일은 이렇게 일단락 났지만 이번 소동이 뜻하는 바는 컸다. 그들도 궁인이기 이전에 나라의 백성이었다. 나라의 정통한 주인으로 누가 어울리는지 알고 행한 일이었다.

"전하, 성년을 축하드리옵니다."

우가키 총독이 이우에게 축하인사를 건넸다.

조선식으로 성년식을 마친 이우는 조선호텔에서 피로연 자리를 가졌다. 이날 호텔에는 조선총독과 일본 귀족원 의원이 된 후작 박영효, 가와시마 사단장, 경기도지사와 경성부윤을 비롯해 약 80여 명이 참석했다. 중앙 좌석에 이우가 군복을 입고 앉자 피로연이 시작되었다.

"그 말 고맙게 받겠소. 총독."

이우가 화답하자 맞은편에 앉은 우가키 총독도 함께 미소 지었다. 박영효는 이우와 같은 긴 테이블에 몇 자리 떨어져 앉아 있었고, 에이코는 이우 바로 뒤 테이블에 등을 맞댄 채 앉아 있었다. 에이코는 오늘 이우가 받아들여야 할 일들을 생생하게 들을 생각에 고르고 골라 일부러 그 자리에 앉은 것이었다.

"다들 이리 모인 것을 보니 간만에 용산 총독관저 생각이 납니다."

오찬이 시작되고 이런저런 이야기를 나누던 중에 시노다 장관은 약속대로 총독관저에 대한 화제를 꺼냈다. 한창수가 사퇴한 이후 차관이던 시노다가 장관 자리에 앉았다. 내내 한창수 꽁무니만 쫓던 시노다는 차관에서 장관으로 승진해 한층 고무된 상태였다.

"일전에 이건 공 전하도 가독을 상속하셨을 때 조선에 오셔서 그곳에서 축하연을 하셨지요? 참으로 장관이었습니다. 하룻밤 전등료만 해도 어마어마할 정도가 아닙니까? 그 근사한 걸 지어놓고도 연회를 열 때나 써야 하다니⋯⋯."

이노우에 경성부윤도 거들었다. 용산 총독관저는 유럽풍의 거대한 건물로, 총독관저로 쓰려고 지었으나 유지비를 감당하지 못해 평소에는 사용하지 않고 가끔 중요한 행사나 연회, 만찬 때만 사용했다. 기다란 테이블에 앉아 식사하던 이들은 약속이나 한 듯 전부 총독관저 이야기에 집중했다.

"시내에서 조금만 더 가까웠어도 지금보다는 많이 사용했을 텐데요. 저도 안 가본 지가 오래되어서 말입니다."

어째서 갑자기 이야기가 그쪽으로 흐르는 것인가? 이우는 의아한 생각이 들었지만 대화에는 일절 끼지 않았다.

"그래서 드리는 말씀입니다만, 이우 공 전하께서도 무려 성년식인데 피로연을 이렇게 끝내는 것은 너무 소박한 게 아닌지 여쭙습니다."

이노우에가 그렇게 말하자 이우는 그들의 의도를 간파했다. 자신의 성년식을 빌미로 총독관저에서 연회를 열고 싶은 것이다. 그런데 단순히 오랫동안 묵혀둔 관저를 이용해보고 싶다는 것은 본 의도가 아닌 듯했다.

"부윤은 지금 경성에서 가장 좋은 호텔에서 내 성년을 축하하고 있는 것이오."

"하하, 그, 그건 그렇습니다⋯⋯."

이노우에가 민망한 듯 짧게 웃으며 물러섰다.

"하오나 제 의견도 부윤과 같습니다. 이대로는 너무 소박하게 전하의 성년식이 끝나는 것이 아니겠습니까? 그러니 며칠 뒤에 총독관저에서 연회를 열면 어떨까 하는데 어찌 생각하시는지요?"

시노다 장관이 포기하지 않고 다시 말을 꺼냈다. 이우가 거절했음에도 그들은 어떻게 해서든지 연회를 열고 싶은 모양이었다.

"아니오. 이걸로도 충분하오."

이우는 웃으며 그 제안도 정중히 거절했다. 이우가 딱 잘라 말하자 시노다도 더는 말을 붙이지 못했다. 그곳에 모인 대부분의 인사들은 이우 한 사람에게만 집중한 채 어떻게든 자신들의 뜻을 관철시키려 하고 있었다. 서로 곁눈질을 하고 손으로 가린 채 귓속말을 하며 분위기를 살피는 모습들이었다. 이우는 자신들의 잇속을 세상의 무엇보다 중요하게 여기는 이들 앞에서 마음대로 재단 당하고 있었다. 게다가 이우의 맞은편에는 총독이 앉아 있었다. 결코 속을 내비쳐서는 안 되는 자리. 이우는 숨이 막혀오는 것을 참으며 억지로 버텼다.

"왜 이렇게 잘 썰리지 않는 거야?"

이우와 등을 맞댄 자리에서 모든 대화를 듣고 있던 에이코가 스테이크를 썰며 신경질을 부렸다. 총독관저에서 연회를 열어준다고 하면 고맙다며 받을 것이지 거절을 해? 에이코는 거칠게 고기를 썰다가 나이프를 팽개치다시피 놓았다.

"전하, 제가 한 말씀 올리겠습니다."

이우는 이들 중 단 한 사람, 총독 우가키만은 입을 열지 않기를 바랐다. 하지만 그것은 이뤄질 수 없는 바람이었다. 이우는 고개를 들어 총독을 보았다.

"사실대로 말씀드리자면, 전하께서 조선에 오시기 전부터 준비한 축하연입니다."

우가키는 그리 말하며 이우의 군복 소매에 달린 이화 문양의 커프스링크에 시선을 두었다. 이화는 조선에서 이미 잊혀진 지 오래였다. 다른 왕족들처럼 일본을 위해 산다면, 그깟 민중 따위 외면한다면 누구보다 행복하게 살 수 있을 텐데 왜 굳이 힘든 길을 선택하는가? 일전에 군사령부가 진행하는 작전도로 문제에 이우가 개입했다는 보고를 받았던 우가키는 이우를 흥미롭다는 듯 바라보았다. 이우는 그의 시선에 목이 타들어가는 갈증을 느꼈다. 우가키의 눈빛은 전하께서는 무엇 때문에 그리 방황하고 계십니까 하고 묻는 것만 같았다. 무서운 통찰력이었다. 이우에게는 총독의 시선이 다른 모든 이들의 공세보다 견디기 어려웠다.

"전하의 성년을 축하하는 자리로 마련될 것인데 전하께서 거절하신다면 무슨 의미가 있겠습니까?"

총독은 이우에게 반드시 원하는 답을 받아내고자 했다. 이우를 좌지우지할 수 있는 곳은 이왕직이 아니라 조선총독부였다. 조선에서는 총독만이 그를 누를 수 있었다.

"하오니 전하께서 참석해주십사 하는 것이 저의 작은 바람이옵니다."

총독이 이렇게까지 자신을 낮추며 말한 이상 이우로서도 참석하겠단 뜻을 밝혀야만 했다. 그는 늘 일본이 벌인 일에 아무 힘없이 따라야만 하는 처지였다.

"총독의 뜻이 정 그렇다면…… 참석하지."

"핫하하, 흔쾌히 허락해주셔서 감사합니다. 전하."

우가키가 통쾌한 웃음을 터뜨리며 화답했다. 인격이 없는 꼭두각시. 자신은 결국 그들이 원하는 대로 좌지우지되는 인질의 처지일 뿐임을 이우는 다시 한 번 절감했다. 분명 연회만 열자고 이렇게 집요하게 요구하는 것은 아닐 테고 이우의 뜻에 반하는 일이 벌어질 것이 분명했다. 그것이 무엇인지 짐작조차 할 수 없다는 것이 이우를 더욱 불안하게 만들었다.

"모쪼록 사람이든 건물이든 자주 사용해야 의미가 있는 게 아니겠습니까?"

시노다가 경직된 분위기를 풀고자 큰 소리로 말했다. 그제야 사람들은 다시 나이프질을 하기 시작했다. 접시와 나이프가 부딪치는 소리 사이로 이우는 침묵만 지켰다. 에이코가 더 이상 참지 못하고 웃음을 터뜨렸다. 앞에 앉은 부인이 체통 없이 코를 풀었다는 게 이유였다. 그 별것 아닌 일에 에이코는 우스워죽겠다는 듯 계속 낄낄거렸다. 오직 의자를 반쯤 뒤로 뺀 채 걸터앉은 박영효만이 이우를 지그시 지켜보고 있었다.

"틀림없이 운현궁에서 보내신 것이라 하셨습니다."

찬주는 운현궁에서 도착한 상자를 열어보았다. 그냥 물리려고 했는데 아랫사람이 가져다주며 전한 말 때문에 상자를 열어보게 된 것이다. 상자에는 목 부분이 깊게 패고 어깨에 큰 리본이 달린 하얀 로브데콜테가 들어 있었다. 이우가 쓴 짧은 편지도 함께 들어 있었다. 사정은 알지만 며칠 뒤에 용산 총독관저에서 열리는 만찬에 참석해주면 좋겠다는 내용이었다.

"세상에나! 아주 예뻐요, 아가씨. 한번 입어보시겠어요?"

어린네가 드레스를 보며 "와—" 하고 경탄했다. 용산 총독관저는 유럽의 어느 나라 건물 못지않게 아름답고 화사한 궁궐 같은 곳이다. 그러니 아마 이 옷을 입고 총독관저에서 이우를 다시 만난다면 상당히 근사한 재회가 될 것이었다.

"이렇게 예쁜데 입어보지 않으시고요?"

찬주는 이우의 편지를 읽고도 상자 뚜껑을 도로 닫았다.

"너, 할아버님이 어디 계신지 보았니?"

옆에서 아쉽다는 표정을 짓는 여종에게 찬주가 물었다. 찬주가 이 연회에 참석할 수 없는 이유를 할아버님은 알 것이다.

"기침하셔서 서재로 가시는 걸 보았어요. 곧 나가실 것 같은데……. 아가씨, 어딜 가세요?"

할아버지가 곧 나갈 것 같다는 말에 찬주는 얼른 방을 나섰고, 여종도 함께 따랐다. 얇은 하얀 천에 잔 리본이 달린 잠옷을 입은 찬주는 계단을 내려와 할아버지의 서재 앞에 섰다. 박영효의 서재는 계단에서 돌면 바로 보이는 곳에 있었다.

"할아버님, 잠시 들어가겠습니다."

찬주가 노크를 하고 기다리자 박영효가 헛기침을 두어 번 했다. 들어와도 된다는 의미이다. 찬주가 문을 열자 박영효는 나갈 준비를 하며 손목단추를 잠그고 있었다.

"여쭐 게 있어 왔습니다."

"지금은 나가봐야 하니 다녀와서 하거라."

자신을 쳐다보지도 않고 나갈 준비만 하는 할아버지의 모습에 찬주는 입술을 깨물었다.

"이번 전하의 성년식 연회에 황녀님께서 참석하신다는 게 사실인가요?"

대화를 미루고 싶지 않은 찬주가 딱 잘라 할 말부터 꺼냈다.

"그걸 누구한테서 들었느냐?"

손녀딸이 뭔가 알고 하는 말이라고 여긴 박영효가 단추를 잠그던 손을 멈추고 찬주를 바라보았다.

"대답해주세요. 사실인가요?"

찬주가 재차 묻자 박영효는 살짝 인상을 찌푸리며 손목의 단추를 마저 잠갔다. 어찌 알았는지는 모르지만 찬주는 그 소문을 확신하고 있는 듯했다.

"그래. 먼 내지에서 참석하시는 거지."

더 숨길 수는 없을 것이라고 생각한 박영효가 사실대로 말했다. 가장 믿는 조부에게서 사실을 확인받자 찬주는 크게 실망했다. 할아버지가 이렇게 말한다면 황녀의 내선은 누구도 막지 못할 일이었다.

"그러면 전 어떻게 되는 거죠? 다른 후보들은 다 사퇴했다는데 궁내성의 인정이야 저보단 황녀님께서 더 받기 쉽겠지요."

"내가 그리 되게 내버려두지는 않는다."

"황녀님께서 오시는 것도 막지 못하셨잖아요."

찬주가 또박또박 되받자 박영효는 잠시 말이 없었다.

"이번에 황녀가 참석하면 앞으로는 대놓고 이름이 오르내릴 텐데 그 무엇도 확정적이지 않은 상황에서……."

"확정적이었던 때는 단 한 번도 없었다."

박영효가 속에서 뭔가 치미는 듯 점점 빨라지는 손녀의 말을 나직이 눌렀다.

"네가 처음 그분을 만나러 나갔던 때에도."

찬주는 고개를 떨구었다. 할아버지의 말대로 지금까지 이우와의 관계가 확정적이던 때는 한 번도 없었다. 언제나 불안한 예감을 품고 있었지만 황녀가 온다는 말에 그 예감이 더 강해진 것뿐이다. 할아버지가 얼마나 대단한 친일파이건 상관없이 궁내성이 방해한다면 언제든 끝날 수 있는 사이였다. 이런 때 아버지까지 돌아가신 것은 찬주에게 더욱 불리한 일이었다.

"그분을……."

박영효는 손녀딸의 반응을 슬쩍 보고는 무심히 덧붙였다.

"좋아하고 있지 않더냐?"

이우는 황녀가 온다는 사실을 모르고 초대했지만 찬주로서는 무려 황녀와 맞서야 하는 자리로 가는 것과 다름없었다.

"전하는 강한 분이다. 한번 믿어보아라."

코트를 걸치던 박영효가 말했다. 며칠 뒤에 열릴 공식 연회에 찬주가 참석한다면 분명 돌이킬 수 없게 될 것이다. 박영효가 손쓰기 전에 궁내성이 공작을 꾸미면 약혼이든 혼사든 어느 것도 되지 못할 가능성도 없지 않았다. 무슨 이유에선지 공 전하 비 후보에 이름을 올린 이들이 전원 사퇴했다. 왜 다들 몸을 사렸겠는가. 게다가 박영효가 손수 나서서 손녀딸을 데리고 참석하는 것은 앞으로 궁내성과의 관계에도 문제가 될 수 있었다. 일이 잘못되기라도 하는 날에는……. 여러 이권이 복잡하게 얽힌 상황이라 박영효도 신중히 선택해야만 했다.

"자, 신문이요! 석간신문이요!"

연말 분위기가 한창인 경성역 앞의 거리에서 남루한 차림의 소년이 〈매일신보〉 석간을 팔고 있었다.

"하나 주시오."

"2전입니다!"

손님에게 푼돈을 받은 소년은 이 추운 날 장갑도 귀마개도 하지 않았다. 그런데도 다시 "신문이요, 신문" 하며 씩씩하게 거리를 뛰어다녔다. 남자는 소년을 뒤로한 채 신문을 보며 길을 걸었다. 말쑥한 검은 정장을 입고 신문에 코를 박다시피 하며 걷는 그는 몇 년 전에 만주에서 대대적인 혁명단 색출 작업을 피해 경성으로 들어온 송만석이란 자였다. 그는 혁명단 활동을 하다 친구인 정준재와 함께 목숨을 걸고 도망쳐 나와 신분을 숨기고 종로에서 제일 큰 일본 양복점인 오쿠다에서 일을 시작했다. 정준재도 운 좋게 바로 운전수로 취직이 되어 일제의 감시를 피할 수 있었다. 운이 그들을 살린 것이다.

만석은 괴팍한 재단사 밑에서 허드렛일을 도맡았다. 일본인 재단사는 조수가 아니라 그저 조센징 하인이 필요했을 뿐이라 기밀을 보호하듯 양복 도안도 원단도 맡기지 않고 만석을 경계했다. 하지만 혁명단에서 사제폭탄 만드는 것을 한 번 보고 그대로 재현해낸 눈썰미를 가진 만석이었기에 양복을 재단하고 만드는 것은 어깨너머로만 배워도 식은 죽 먹기였다. 퇴근한 뒤 집에서 광목으로 재단사가 하는 대로 이리저리 미싱질을 해보면 천만 다른 양복 한 벌쯤은 금방 만들 수 있었다.

"10일까지 검은색, 회색 각 한 벌씩. 원단은 꼭 미제로."

이 양복점의 최대 고객은 역시 친일파들이었다. 만석이 매장 바닥을 닦고 구석에서 걸레를 빠는 동안 조선에서 이름깨나 날린다는 친일파들이 문지방이 닳게 들락거렸다. 그중에는 무용가나 배우도 많아 만석은 술자리에서 준재에게 나 오늘 이놈 봤다 저놈 봤다 하고 자랑하는 게 일상이 되었다. 그러면서도 한때 혁명단에서 목숨 걸고 일했던 것을 떠올리며 매일 괴로워하며 과음했고 길거리에 토하기 일쑤였다.

"송만석이, 인간이 아주 버려버렸어!"

만석은 술에 취하면 길거리에 벌렁 누운 채 하늘을 보았다.

그럴 때면 추위도 안 느껴지고 오히려 정신이 더 말짱해졌다. 그리고 언제나 돌아가신 어머니가 떠올랐다.

"으이구, 만석꾼 되라고 이름을 만석이로 지어놨더니 누가 저것을 데려가 쓰기라도 쓸까? 내가 속이 터지지!"

만석이 경성에 돌아온 지 얼마 안 되어 집구석에 나자빠져 있으면, 어머니가 가슴을 치며 그렇게 말하곤 했다. 하지만 이젠 그런 어머니마저 세상에 없었다. 모든 게 망할 일본놈들 때문이었다. 그동안 그렇게 속병을 키우고 살았으니 죽을 때가 되셨지 하고 합리화해봤자 어머니가 제대로 된 치료 한 번 못 해보고 돌아가신 사실은 변하지 않았다. 만석은 어머니를 잃고 가슴에 사무쳐 살 의지를 잃었다.

'가자, 상해나 북경으로. 거기서 뭐든 다시 시작하자.'

그는 중국으로 넘어가 양복점이라도 해서 동지들을 모으고 혁명단을 재건하고 싶다는 생각을 하루에 열두 번도 더 했다. 그게 어머니도 바라는 일일 것 같았다. 그런데도 마땅한 대책이 없어 벌써 3년이나 경성에 눌러앉아 있었다.

찬바람이 세차게 불어와 신문이 펄럭거렸다. 만석은 역 구석에 앉아 오늘 첫 끼니인 빵을 입에 대충 우겨넣은 채 양손으로 신문을 잡고 기사들을 읽기 시작했다. 그가 산 〈매일신보〉 석간은 총독부의 관보로 조선인 누구나 읽을 수 있도록 조선어로 찍어냈다. 일어를 모르는 사람들도 쉽게 읽고 세뇌당하도록 조선어로 발행했기에 여론을 조작하는 충실한 확성기 역할을 했다. 물론 신문의 내용을 다 믿는 사람은 없었지만, 누구나 쉽게 읽을 수 있다는 점에서는 최고였다. 그런데 신문 3면 하단에 이런 기사가 실려 있었다.

이우 공 전하 어성년 축하연
용산 총독관저에서 열릴 예정

이번 이우 공 전하 어성년 축하연을 이달 31일 용산 총독관저에서 할 것이라 시노다 이왕직 장관이 어제 27일 부로 고시했다. 성황리에 이뤄질 축하연에는 역시 후작 박영효, 가와시마 사단장, 경기도지사, 경성부윤, 총독부 각계 인사를 비롯해 수십 명이 참석해 자리를 빛내주리라 예측하였다. 용산 총독관저는 가타야마 수석 설계사가 지은 건물인데 천황폐하의 이궁이라 불릴 정도로 훌륭한 건물이라고 한다.

—1932년 12월 28일, 〈매일신보〉

만석은 기가 막히고 코가 막혀 나열된 인간들을 하나하나 짚어가며 읽었다. 대체 이우 공 전하의 성년식이 뭐기에 후작부터 사단장에 경기도지사, 경성부윤, 총독부 인사들까지 참석한단 말인가? 그것도 천황폐하의 이궁(離宮. 임금이 나들이 때 머무는 별궁)에서 열릴 거라는 거창한 수식어까지. 가슴에서 여러 모로 참을 수 없는 감정이 끓어올랐다.

"빌어먹을 민족반역자 놈들!"

다음날 만석은 준재와 술집에 마주앉았다. 준재도 만석이 가지고 온 신문을 쾅 하고 내리쳤다. 술집 탁자 위에 놓인 신문은 이제 형체를 알아볼 수 없을 정도로 찢겨져 있었다. 조선은 망했는데 일본놈들과 조선 친일파 놈들이 어울려 연회를 여는 게 뭐가 대단한 일이라고 기사까지 나는가? 당장 굶어 죽어가는 부민들, 일제의 수탈로 만주로 강제 이주하다시피 한 부민들만 해도 어마어마한 숫자였기에 그들은 더욱 분노했다. 그날 밤, 그들은 단 한 잔의 술도 입에 대지 않은 채 만석이 머무는 방으로 들어갔다. 그들은 예전 혁명단이 한 것처럼 친일파들이 모두 모이는 총독관저에 폭탄을 투척하기로 모의했다. 만석이 문이 잠긴 걸 한 번 더 확인하고 숨겨두었던 옛 도면을 꺼냈다. 누릿한 종이에 그려진 사제폭탄 제조법은 벌써 세월이 많이 흘러 군데군데 지워져 있었다.

"실력이 줄어들었으면 관둬라. 너 때문에 나까지 죽는다."

지워진 곳들을 보고 준재가 농담을 했다. 사실 폭탄 제조는 만석의 특기 중의 특기여서 손재주는 걱정할 것이 없었다.

"손가락은 걱정 없는데 재료가 문제지. 재료가 없거나 이상하면 다 헛짓하는 건데. 당장 내일부터 구해봐야겠다."

만석이 입술을 질끈 씹으며 말하자, 준재도 고개를 끄덕이며 굳건히 손을 맞잡았다.

이우의 성년 축하연 준비로 분주한 총독관저 내부는 더할 나위 없이 화려했다. 중앙에 거대한 크리스털 샹들리에가 달려 있는 홀 전체를 열한 개의 커다란 기둥이 받치고 있었다. 중앙에서 빗겨난 곳에 자리한 관현악 악단은 분주하게 악기들을 손보고 여관들은 끝도 없이 놓인 테이블에 테이블보를 씌우며 부지런히 움직이고 있었다. 경성, 아니 작금의 조선 어디에서도 찾아볼 수 없는 화려한 풍경이었다.

"완벽한 내선일체! 이우 공 전하께서도 황녀님을 배필로 맞으신다면 그야말로 이왕조의 홍복이 아니겠습니까?"

미리 관저에 도착해 있던 이들 중 한 명이 말했다. 연미복을 차려 입은 그들은 며칠 전 조선호텔에서 열린 피로연에도 참석했다. 다들 신사인 척하고 섞여 있었지만 말하는 것은 그저 뒷담화 수준이었다.

"그런데 들자 하니 박 후작의 손녀딸이 비 전하 후보로 거론된다 하던데요. 아니, 박후작은 그 서출을 어찌 운현궁으로 시집보내려 한답니까?"

"홍, 늙은 너구리 같은 박 후작이 중간에서 농간을 부리는 게지요. 시노다 장관 말로는 공 전하와 박 후작 손녀딸이 몇 번 만났다고 했지요. 그래도 오늘은 어쩌지 못할 것입니다. 몰래 만나게는 해주겠지만 이런 자리에 손녀딸을 데려오면 어찌 될지 모르겠습니까? 손녀딸 인생도 망치는 것이지요. 이 연회는 조선에서 열리지만 내지에 있는 궁내성이 만든 자리가 아닙니까? 그리고 내선일체를 위해서라면 손녀고 뭐고 한발 물러서 주는 게 예의일 겝니다."

"박공의 위치나 성격을 보면 못 데려올 것 같지도 않아 그렇습니다. 아시다시피 몇 년 전에 천황폐하 즉위식에 기생인 부인을 대동했던 일이 있지 않습니까? 두고두고 뒤에서 말들이 많았지만 신경도 안 쓰더이다."

또 한 사람이 반론을 펼쳤다. 박영효가 기생 부인을 대동했던 게 거슬렸던 이들이 동조하며 술렁거렸다. 이런 재미난 일에 빠질 수 없다는 듯 누군가가 넥타이를 고치며 또 다른 얘길 꺼냈다.

"내가 말은 안 했지만 귀족원 일도 그렇지 않은가? 노인네가 귀족원 일에는 관심도 없는 척하더니 월초에 딱 칙선되어 왔었지. 손녀딸도 고보를 졸업하자마자 학습원에 떡하니 편입을 시키질 않나, 대관절 무슨 영문인지……."

"쯧쯧, 여자학습원이야 고 이완용 후작 손녀딸도 갈 예정인데요. 일본으로 유학을 보내는 건 그렇게 이상하게 볼 게 아닙니다. 우리가 너무 걱정을 사서 하는 것도 있어요."

답답하다는 듯 혀를 끌끌 차는 어떤 이의 말을 끝으로 뒷담화도 뚝 끊겼다. 이왕직 장관, 아니 전 이왕직 장관 한창수가 입을 열었기 때문이다.

"제 생각은 여러분들과 조금 다릅니다. 저는 오늘 일에 박영효보다는 전하께서 어떻게 나오실지 그걸 더 걱정해야 한다고 봅니다."

"그래서 당신은 안 된다는 것이오. 장관이면서 전하 하나를 설득 못 해서 사퇴까지 했으니 겁쟁이 소리나 듣는 게 아닌가?"

"도쿄까지 갔으면 담판을 짓고 왔어야지. 사람이 영 뚝심이 없으시오."

여기저기서 비웃음 소리가 터져 나왔다. 영친왕이나 덕혜옹주의 혼사도 멋대로 좌지우지했던 그들은 이우도 마찬가지로 쉽게 보고 있었다. 한창수는 쏟아지는 비웃음 속에 입을 꾹 다물었다. 그렇게 설득될 위인이었으면 궁내성 총재가 나서서 이런 자리까지 만들었겠는가? 한창수는 욱하고 치밀어오르는 것을 애써 참아냈다.

"유리코 전하, 어서 오시옵소서."

어제부터 약 3일간 경성에서 가장 높은 신분인 유리코를 시노다 장관이 환대했다. 유리코는 경성에 왔던 몇 안 되는 황족 중 유일한 여자였다. 그녀는 엊그제 낮에 말로만 듣던 낯선 땅 경성에 발을 디뎠다.

"장관께서도 그렇고 모두들 친절하게 대해주셔서 여기까지 무사히 오게 되었어요."

비록 비공식이라 환영 인파는 없었지만 유리코는 극진한 환대에 만족하며 미소를 띤 채 말했다. 특별히 주문한 구두에 망사를 덧댄 모자를 쓴 그녀는 양손으로 드레스 자락을 잡은 채 우아하게 총독관저로 들어섰다.

"조선에도 이렇게 멋진 곳이 있는 줄은 미처 몰랐는걸요. 그냥 못사는 곳이라고만 여겼는데."

그녀는 오직 이우를 만나겠다는 일념으로 경성까지 행차했다. 그런데 차를 타고 용산 총독관저의 화려한 철문을 통과해 멋들어진 정원수들을 보자 조금 놀랐다. 황녀의 눈에도 총독관저의 웅장함은 폐하를 알현하러 갈 때 황궁에서나 느꼈던 위압감과 맞먹었다.

"하하, 천황폐하께서 당장 사용하셔도 손색이 없습니다. 다만 폐하께서는 경성에는 오실 일이 없으니……."

만약 천황이 경성에 온다면 조선의 독립운동가들과 민중들이 가만히 있지 않을 것이었다. 시노다는 천황이 폭탄을 맞을 수 있다는 불경한 말은 입에도 담지 못하겠는 듯 뒷말을 줄였다.

"그게 아쉬울 따름입니다. 방도 서른 개가 넘고 황녀님을 모시기에 이보다 더 좋은 장소는 조선에 없을 것입니다."

시노다 장관은 조선행을 택한 유리코의 비위를 양껏 맞춰주었다. 치켜세워주는 말에 누구보다 익숙한 유리코는 샐쭉 웃으며 대꾸하지 않았다. 유리코는 장갑 낀 두 손으로 연회장 문을 직접 열고 들어섰다. 유리코가 들어선 연회장에는 이우도 도착해 있었다. 라벨의 '라—발스'가 잔잔히 연주되고 있는 연회장은 모든 것이 아직 시작 전이었다.

이우는 대비전에 들른 뒤 방금 도착해 참석한 몇몇과 담소를 나누고 있었다. 이우는 대화 중 문득 단상 위의 상석을 바라보았다. 그곳엔 이상하게도 의자가 두 개 마련되어 있었다. 틀림없이 하나는 자신의 것일 텐데, 남은 하나는 누구의 것인가?

"전하, 전하의 성년을 축하해주시러 중요한 분이 내지에서 오셨습니다."

이우가 의문을 가질 무렵 뒤쪽에서 시노다 장관이 말을 걸어왔다. 이우가 아는 도쿄 사람들 중에선 이곳까지 참석할 사람이 없었다. 의아해하며 돌아보자 진짜로 상상하지도 못한 이가 서 있었다. 황녀인 기타시라가와궁의 유리코였다.

"조선 여행을 하시던 중에 일부러 축하차 들려주신 유리코 전하이십니다."

시노다가 만면에 웃음을 띠며 유리코를 소개하자 이우의 얼굴이 단박에 굳었다. 총독이며 피로연에 참석한 사람들이 그렇게 연회를 열기를 강요했던 이유가 이것이었던가…….

"예전에 스케이트장에서 뵌 이후 처음 뵙습니다. 우 전하."

유리코는 상당히 비싸 보이는 드레스를 입고 이우를 보며 생긋 웃었다. 당연하다는 듯 이우에게 장갑 낀 오른손을 잡아달라며 내밀기까지 했다. 그녀는 오늘 이우가 자신을 무시하지 못할 것임을 알고 있었다. 겉으로는 조선에 머물던 황녀가 자연스럽게 연회에 참석한 것이었으나 이미 이우의 혼혈결혼을 위한 치밀한 계획이 밑바탕에 깔려 있었다.

"반갑소. 조선에서 보게 될 줄은 몰랐는데."

이우는 등 떠밀리 듯 마지못해, 그러나 정중히 인사를 건넸다. 유리코로서는 이우와 처음 정식으로 인사해보는 것이었다. 유리코의 예측대로 이우는 공식석상에서, 제 성년을 축하하러 들렀다는 황녀를 무시하지 못했다.

"저도 제가 조선에 와서야 전하와 제대로 인사하게 될 줄은 몰랐어요."

유리코는 자신의 손을 잡은 이우의 손에 잠시 시선을 뒀다가 말을 이었다.

"계속 이렇게 서 있어야 하는 건 아니겠죠?"

"아니오. 함께 자리로 올라가지."

이우는 상석에 마련된 두 자리로 유리코의 손을 잡고 올라갈 수밖에 없었다. 도요코를 거부하자 궁내성은 기다렸다는 듯 유리코를 데려왔다. 이이타카가 알아내지 못한 일이 이것이었던가? 시노다 장관은 제 뜻대로 된 것이 흡족한 듯 배를 내밀고 껄껄 웃어댔다. 에이코도 이우와 유리코를 멀리서 보며 만족스러운 미소를 지었다. 그녀는 와인 잔을 들고는 천황폐하를 위해 술을 들자며 건배를 주도하기도 했다. 이처럼 모든 것이 이우의 혼혈결혼을 위해 치밀하게 준비되어 있었고 이 자리에 모인 모든 사람들이 이우가 순순히 받아들일 것을 암묵적으로 압박하고 있었다.

일전의 조선호텔 때보다 참여 인원이 두세 배는 많아 분위기가 몹시 산만한 탓에 모든 과정이 약식으로 치러졌다. 축사도 이우가 하객들에게 참석해주어 고맙다고 몇 마디 하는 연사가 전부였다. 주인공임에도 이우는 상석 안쪽에서만 이야기를 나누며 아래쪽으로 모습을 드러내지 않았다.

"아휴, 오라버니 얼굴도 못 찾겠네."

오라비의 얼굴을 보러 연회에 참석한 진완은 당황했다. 명색이 연회 주인공의 누이임에도 오라비를 못 만나는 촌극이 빚어진 것이다. 내지에서 황녀가 온다는 소문이 쫙 퍼져서 축하연보다 황녀를 보러온 사람들도 많았다. 이미 이우의 성년식 연회는 친일파들의 정치적 놀음판으로 전락한 상황이었다. 그들은 용산 총독관저를 조선의 왕족과 일본의 황녀가 결혼을 약속함으로써 내선일체를 이루어낸 역사적 장소로 만들 속셈이었다.

"조선을 이끌어갈 동량들이 여기 다 있습니다."

사회자가 들뜬 목소리로 말했다. 일본에 나라를 팔아먹은 뒤에도 조선에서 요직을 맡고 있는 친일파들은 이곳에 모인 제 자식들을 흐뭇하게 바라보았다. 장내에 참석한 남자애들은 말 쑥한 양장에 보타이를, 여자애들은 영국에서 들여왔다는 흰 드 레스에 장갑까지 끼고 수다를 떨었다. 기모노를 입은 여자들도 많았지만 영국제 백색 드레스에는 댈 것도 아니었다. 커다란 크리스털 샹들리에가 반짝이고 보조샹들리에까지 켜지자 연 회장은 더욱 화려하게 빛났다.

"앞으로 만세일계 천황폐하의 비호 아래 조선을 이끌어가려 면 우리의 후손을 많이 남겨야지요."

친일파들은 참석한 제 아들, 딸들을 기특하게 여기며 앞으로 자신의 후손들이 먼 미래의 조선까지도 이끌 것이라고 축복했 다. 그런데 내로라하는 친일파 고관대작들과 그 자식들 사이에 어울리지 않는 이가 한 명 끼어 있었다. 진완이의 손에 이끌려 온 정희였다. 얼떨결에 연회장에 참석한 정희는 다른 여자애들 처럼 올림머리에 새하얀 로브데콜테를 입고 있었다. 정희가 피 아노를 배우러 운현궁에 들렀을 때 진완이는 오라버니의 성년 축하연에 갈 채비를 하고 있었다. 정희가 이우에게 성년을 축 하드린다고 전해달라며 일어서는 걸 진완이 여기까지 끌고 온 것이다. 진완은 자기한테 잘 맞지 않는 로브데콜테를 선뜻 정희에게 입혀주었다.

"걱정 안 해도 돼. 사람이 많아서 누가 누군지도 모를 거라니까?"

진완의 말대로 사람은 많았지만 정희는 둥그런 테이블 옆에 선 채 누구와도 섞이지 않았다. 진완은 제 약혼자가 오라비의 성년 축하연에 참석한다는 걸 알고는 줄곧 안절부절못했다. 약혼자와 마주치는 것이 민망해 어찌할까 하다가 친구를 대동하기로 마음먹은 것이었다. 정희는 진완의 등쌀에 못 이겨 이런 곳에 서 있는 자신이 어울리지 않는 옷을 입은 것 같아 불편했지만 거절하지 않은 이유는 단 하나였다. 이우를 다시 볼 수 있지 않을까 하는 바람. 석파정에서의 만남 이후로는 우연으로라도 이우를 마주칠 일이 없었고 이우는 자신을 그다지 신경 쓰지 않는 것 같았다. 그래서 먼발치에서나마 이우를 볼 수 있지 않을까 하고 따라온 것이다.

"모씨가 운영하는 방직공장이 그렇게 잘된다면서요?"

정희가 한 자리에만 서 있으니 온갖 소리들이 들려왔다. 방직공장 어쩌고 하며 기모노를 입은 부인들이 입방정을 떠는 소리가 들렸다. 친일파들은 공장을 운영하며 그 이권을 일본인에게 되파는 것에 익숙해져 있었다.

"내가 어제 당구를 치는데 말이야……."

정희 또래의 남자애들이 자기들끼리 모여 허공에 큐대질을 하며 장난치는 것도 보았다.

"우리 아빠는 크리스마스에 나한테 이런 걸······."

여자애들 역시 크리스마스 선물을 자랑하며 수다 떨기에 바빴다. 친일파 고관대작들과 그들의 자식들에게 둘러싸인 독립운동가의 딸이란······. 정희는 일생을 독립운동에 헌신한 아버지와 없는 살림에 자신을 경성여고보까지 보내는 어머니의 고달픈 삶을 떠올리자 화가 났다. 이런 인간들은 대를 이어 부와 권력을 누리며 잘 살고 있는데 부모님은 누구를 위해 그 고생을 하신단 말인가? 완벽히 태생이 다른 존재. 정희는 겉만 그럴싸하게 치장된 시궁창에서 유일하게 빛나는 존재였으나 인파에 묻힌 정희를 알아보는 이는 아무도 없었다. 같은 경성여고보를 다니는 여자애들 몇몇이 알아보는 듯싶었지만, 평소와 다르게 꾸민 모습을 보고는 차마 정희를 떠올리지 못했다. 경성여고보에서도 가장 초라한 모습으로 학교를 다니는 정희가 이곳에 올 일은 결코 없을 것이라고 생각한 것이다.

그리고 또 한 명. 말끔한 정장 차림으로 홀로 서 있는 만석도 연회장 내에서 알아보는 사람이 하나도 없었다. 그는 마침 운전수로 일하던 준재가 차를 몰래 끌고 와 총독관저 내부로 진입할 수 있었다.

'총독관저의 가장 큰 약점은 전등이다. 네가 발전소에 설치한 폭탄이 폭파되면 불이 꺼지겠지. 나는 그때를 놓치지 않고

연회장에 폭탄을 투척할 거다. 너는 거사를 한 후에 차를 인천 항 근처로 가져가서 버려야 한다.'

만석은 차를 타고 오는 동안 준재에게 한 말을 떠올렸다.

'새벽까지 버티다 인천항에서 첫 배를 타지 못하면 우리는 끝이다. 그러니 내가 오지 않더라도 반드시 넌 첫 배를 타야 옳 다. 살 사람은 살자는 게 우리 혁명단의 정신인 걸 잊지 마라.'

그 말을 마지막으로 만석은 차에서 내렸다. 운전석에서 먼 저 내린 준재가 친일파 누구인양 깍듯하게 차 문을 열어주었 다. 사람이 워낙 많아 만석이 말끔한 양복 차림으로 거드름을 피우며 들어가니 의심하는 사람이 없었다. 일부러 품을 크게 만든 만석의 양복 안주머니 깊은 곳에는 내던지기만 해도 그 충격으로 터지는 폭탄이 두 개 들어 있었다. 그는 불이 꺼진 순 간을 기회로 연회장 최중심에 이것을 던질 계획이었다.

"이제 좀 한산해졌네. 정희야, 얼른 와!"

친구의 밝은 목소리가 들리자 정희는 한시름 놓으며 진완이 손짓하는 곳으로 향했다. 미아라도 된 기분이었다고 솔직히 말 할 수는 없었지만 진완을 보자 정희는 겨우 안도감이 들었다.

"오라버니!"

정희와 진완이 단상에 올라간 것은 연회가 중반에 접어들고 나서였다. 진완이 계단을 오르며 오라비를 활기차게 부르자 주 변 사람들이 일제히 쳐다보았다.

"전하, 얼굴 뵙기가 참으로 힘이 듭니다. 먼저 성년 축하 인사를 받으시지요."

진완은 급히 전하라고 호칭을 바꾸며 양쪽 치마 끝을 잡고 이우에게 인사했다. 공식 석상이니 최소한의 예의는 지켜야 한다고 생각한 것이다.

"대체 어디 있다가 이제 온 것이냐?"

이우가 여동생의 격식을 갖춘 어색한 행동에 웃음을 터뜨리며 말했다. 연회에 온 것까진 알고 있었지만 도통 얼굴이 보이지 않아 걱정하던 참이었다.

"오라버니가 너무 바쁘신 탓이지요. 단상 앞에 사람이 어찌나 많던지요. 이제 더 인사할 사람도 없겠다 싶을 때 왔어요."

진완이 이우 앞에 서며 배시시 웃었다. 전하라는 호칭에서 다시 오라버니로 자연스레 바뀌었지만 그는 아무 말 하지 않았다. 누가 뭐래도 가장 아끼는 여동생이 아닌가?

"그렇지 않아도 너한테 소개하려는 사람이 있어서 계속 찾았는데……."

이번 연회에는 진완과 약혼한 윤원선도 참석했다. 방금 전까지 윤원선과 담소를 나눈 이우는 누이까지 오면 둘을 정식으로 인사시켜주려고 했다. 앞으로 가족이 될 사이니 어색함을 풀려면 자주 만나야 할 텐데, 이번엔 원선이 아는 사람을 만났는지 장내로 사라지고 없었다.

"오라버니야말로 누가 왔는지 보세요."

그제야 이우는 누이 뒤에 누군가 서 있는 것을 보았다.

"예전에 우리 궁에 왔던 정희예요. 기억 안 나세요?"

기억하지 못할 리가. 진완이 옆으로 비켜나자 기억 속에서도 언제나 선명한 그 얼굴이 그곳에 있었다.

"안녕하셨습니까, 전하."

마치 오래된 책을 펼쳐보는 것 같은 그리움이 한꺼번에 밀려왔다. 정희란 이름도, 얼굴도, 함께했던 시간도 어떻게 잊겠는가? 어떻게 잊을 수 있겠는가?

"……네가 여길 어떻게……."

이우는 잠시 정희의 얼굴을 바라보았다. 시끄러운 연회장 안에서도 두 사람만 있는 것처럼 느껴지는 찰나였다. '나는 언제나 당신을 믿습니다' 하고 온몸으로 표현하는 것 같은 신뢰감이 두 사람을 강하게 연결시키고 있었다. 석파정에서 만났을 때부터 지금까지 그 신뢰감은 조금도 바래지 않고 선명했다.

"그럼, 나 먼저 밑에 내려가 있을게! 인사하고 내려와!"

옆에 서 있던 진완이 다급하게 계단 아래로 내려갔다. 어찌나 빨리 도망가는지 정희가 부르는 소리도 듣지 못한 채였다.

"진완이가 자네를 보고 도망간 것 같군."

이우가 피식 웃으며 원선에게 말을 건넸다. 진완이 계단을 허둥지둥 내려가고 나서야 키가 큰 청년이 이우에게 다가왔다.

윤원선(윤보선 전 대통령의 동생)은 윤치소 집안의 삼남으로 동경 제대 농림부를 나와 총독부에서 근무하고 있었다. 진완이 졸업 하면 혼인할 사이로 운현궁과 약혼한 상태이기도 했다.

"제가 무슨 잘못이라도……."

원선이 선한 표정으로 머리를 긁적이며 말했다.

"그럴 리가. 저어기 모르는 테이블에 가서 몰래 이쪽을 흘끔 흘끔 보고 있지 않나."

이우는 잘 모르는 사람들 틈에 슬쩍 끼어서 이쪽 눈치만 보 는 누이를 귀엽다는 듯 바라보았다. 그걸 보고 있노라니 이우 는 정희가 어떻게 여기까지 왔는지 짐작할 수 있었다. 혼자 약 혼자를 마주하는 것이 어색한 누이가 친구를 대동하고 싶었던 모양이었다.

"제가 가서 얘길 나눠보겠습니다."

원선도 빼꼼히 단상 위를 살피는 진완을 찾아내고는 애써 웃 음을 참는 눈치였다.

"그러는 게 좋겠네. 원래 낯을 가리지 않는 아인데, 유독 자 네한테는 낯을 가리니까 말이야."

이우가 원선을 다독였다. 원선은 정희가 입은 옷을 빤히 보 다가 단상 아래로 향했다. 아마 언젠가 원선이 진완에게 선물 했던 옷이리라. 진완은 원선이 다가와서 말을 걸자 당황하며 겨우 몇 마디 나눴다. 정희는 친구가 얼굴까지 빨개져 허둥대는 걸 보며 장갑 낀 손으로 입을 가린 채 웃었다.

"양장이 잘 어울리는구나."

이우는 정희가 이런 옷만 입고 자란 사람처럼 잘 어울린다고 생각했다. 브로치가 달린 하얀 로브데콜테는 제 주인을 찾은 양 정희에게 꼭 들어맞았다.

"전하께서도 오늘 정말 멋지십니다."

민망하면서도 훈훈한 덕담이 오가자 누가 먼저랄 것도 없이 웃음이 터졌다.

"이런 곳에서 다시 만나게 될 줄은 몰랐는데……. 어찌 온 것이냐?"

"진완이가 이제 졸업반에 들어가면 이런 곳에 오기 어려울 거라고 하기에 따라오게 되었어요."

두 사람은 불편하기만 한 연회장에서 처음으로 편안한 대화를 나눴다. 정희가 보기에 오늘 이우는 예전보다 장난기를 잃었지만 한층 어른스러웠다.

"네가 졸업반이라니, 벌써 그렇게 되었구나."

"전하를 처음 뵈었을 때 저는 2학년이었지요. 그런데 이제 전하께서는 성년이 되시고 저는 졸업을 앞두고 있으니 감회가 새롭습니다."

감회가 새로운 건 이우도 마찬가지였다. 이우가 정희를 처음 봤을 때는 땋은 머리에 개량한복을 입거나 앞칼라에 리본을 단정하게 맨 경성여고보 교복 차림의 소녀였다. 그런데 이제 정희는 더 이상 소녀가 아니었다. 이우의 눈에 정희는 장내에서 얼굴이 가장 새하얗고 뺨이 붉은 숙녀였다. 게다가 독립에 대한 견해가 자신과 일치했고 때로는 어디 새로운 조선에서 살다가 온 여성처럼 확신에 차 있으며 명석했다. 이우가 보기에 정희는 '신여성'이라는 단어가 조금도 어색하지 않는 이미 성숙한 여인이었다.

"성년을 진심으로 축하드립니다. 전하!"

정희는 한참 동안 자신을 바라보는 이우에게 미소 지으며 축하인사를 건넸다. 오늘 자신이 이곳에 온 것은 이우에게 축하인사를 전하기 위해서였다는 사실을 떠올린 것이다.

"······."

그런데 정희의 축하인사에 이우는 말없이 앞만 보았다. 오늘 이 연회를 축하할 일이던가? 이 자리는 자신을 축하하기 위해서가 아니라 내선일체라는 목적을 위해 조선의 친일파와 일본의 궁내성이 만들어낸 거대한 계략이었다.

"전하의 성년식 축하연인데 기쁘지 않으신가요?"

정희가 조금 의아한 듯 물었다.

"참석하고 싶지 않았던 자리인데 기쁠 리가 없지."

이우는 정희 앞에서만큼은 자신의 불편한 속내를 숨기지 않았다. 마치 함정에 빠진 듯 피할 수 없었던 자리이다. 그때 시녀

두 명이 계단을 올라와 단상 맨 뒤편의 벨벳 커튼 안으로 향했다. 그곳엔 이 자리의 또 다른 주인공인 유리코가 고풍스런 의자에 앉아 거울을 보고 있었다. 멀리 떨어져 있어서 소리는 잘 들리지 않았지만, 그녀는 옆에서 부채질하는 시녀와 장관 바로 아랫사람을 몹시 닦달하고 있었다.

"나는 지금 당장에라도 할 수만 있다면 이곳을 뛰쳐나가고만 싶구나."

유리코의 모습을 보며 이우가 한풀 꺾인 목소리로 말했다. 정희는 이우가 이 상황에서 어떻게 할지 정하지 못했음을 알게 되었다. 모든 걸 운명이라 여기고 저 일본 여인과 혼인을 하면 그만인 것인가? 정희는 이우의 시선이 머무는 곳을 보았다. 그곳엔 무수한 친일파들의 웃음소리와 탐욕스런 얼굴들이 있었다. 온통 친일이라는 달콤함을 탐하고 있는 자들뿐이었다.

"……전하께서는 신념이 있으십니까?"

정희가 조심스레 입을 열었다. 이우는 왜 그런 걸 묻느냐는 듯한 표정으로 정희를 바라보았다. 누구보다 신념을 지키고 사는 이우에게 신념이 있냐고 묻다니.

"신념이란 쉽게 변하지 않고 외부의 영향에도 굴하지 않는 굳은 마음을 뜻합니다."

단어의 뜻을 모르는 것도 아닌데 정희는 그 뜻도 다시 한 번 짚어주었다. 이우는 궁금증이 일어 가만히 그녀의 말에 집중했다.

"그런데 전하의 신념은 상황이 어려워지면 쉽게 바뀌어버리는 것인지요?"

순간 이우는 한 대 얻어맞은 듯했다. 상황이 바뀌면 신념도 함께 바뀌는가? 그럴 리 없다. 이우는 지금껏 오직 자신이 옳다고 생각하는 것에 거침없이 자신의 뜻을 내비쳤다. 그런데 지금은 무엇을 고민하는가?

"세상에 피하고 싶은 것이 어디 이 일뿐이겠습니까?"

정희는 잠깐 뜸을 들인 채 단상 아래의 사람들을 바라보며 담담하게 자신의 뜻을 전달했다.

"살다 보면 하고 싶은 일보다 하고 싶지 않은 일을 더 많이 만나게 됩니다."

저 무수한 친일파들의 얼굴을 보고 있자니 정희 자신도 막연한 두려움이 밀려왔다. 이우라고 해서 다를까.

"하지만 그때마다 회피한다면 얻을 수 있는 게 아무것도 없을 것입니다."

부딪쳐보지도 않고 포기하는 것은 상대에게 자신의 숨통을 쥐어주는 것과 같다. 정희는 이우가 잠시 잊고 있던 점을 일깨워주었다. 낮낮한 말투에 강단 있는 태도는 정희와 잘 어울렸고 또 정희만이 보여주었기에 이우는 정희와의 대화에서 언제나 통렬한 느낌을 받았다.

"네가 오늘 여기 와주어서 정말 다행이구나."

이제 이우에게 정희의 존재는 수많은 일장기들 사이에 유일하게 태극기 하나가 꽂혀 있는 것과 같았다. 이 특별한 느낌을 어떻게 표현할 수 있을까? 그러니 언제까지나 정희는 이우에게 강렬하고도 잊을 수 없는 각인으로 남을 수밖에 없었다. 그들은 멀리 떨어져 있건 가까이 있건 서로를 신뢰하고 서로의 말에 귀 기울여줄 수 있는 사람이었다.

"너는 졸업하고 나면 무슨 일을 하고 싶으냐? 요즘 신식 교육을 받은 여생도들은 새로운 일들을 많이 하던데."

정희가 앞으로 직업을 가진다면 어떤 일을 하게 될까? 학교에서 신식 교육을 받은 신여성들은 사회에 나가 활동하기를 주저하지 않았다. 이우는 정희의 미래가 궁금했다.

"저는 예전부터 꼭 하고 싶은 일이 있습니다."

정희는 잠시 뜸을 들이고는 이렇게 말했다. '조국을 위해서요'라는 뒷말은 붙일 수 없었지만 정희는 아주 예전부터 아버지처럼 독립운동에 뛰어들고자 했다. 졸업한 후 상해로 떠나기로 어머니와 의논해왔고 몇 년 전부터 조금씩 준비해왔다. 다부지게 꼭 다문 정희의 입술을 보며 이우는 그 일이 무엇인지 몹시 궁금해졌다. 이우가 정희에게 그것을 물으려는데, 불쑥 누군가가 끼어들었다.

"전하, 신 박영효 인사 올려도 되겠습니까?"

이우가 돌아본 곳엔 이제 막 도착한 듯 보이는 말쑥한 차림의 박영효와 박영효의 모습에 반쯤 가려진 찬주가 있었다. 찬주는 이우가 보낸 로브데콜테에 올림머리를 한 채 서 있었다.

"……그럼 전 이만 물러나보겠습니다."

박영효의 등장에 정희는 공손히 인사를 하고는 단상을 내려갔다. 이우는 정희를 잡고 싶었지만, 이내 박영효가 말을 걸어 그들에게 집중할 수밖에 없었다. 단지 찬주만이 정희가 계단을 내려가는 뒷모습을 지켜보았다.

박영효는 잠깐 동안 서서 이우와 이야기를 나눴다. 보통 때는 시류에 대해 대화를 나눴지만 오늘은 가볍고 사사로운 농담을 주고받았다. 그러더니 그는 이제 여기까지 오는 것도 힘에 부친다며 둘을 남겨두고 마련된 자리로 향했다. 오늘 공식적으로는 박영효 한 사람만 참석하게 되어 있어서 원탁에는 박영효 이름 한 자리뿐이었다.

"늦어서 오지 못하는 줄 알았는데."

이우가 다소 예상 밖이라는 듯 반가운 얼굴로 찬주에게 말했다. 연회는 한참 전에 시작되어 중반에 접어들고 있었기에 상당히 늦은 참석이었다. 그러나 참석했다는 사실이 중요했다.

"저도 참석하지 못하는 것으로 할까 했습니다. 많이 겁이 났으니까요."

찬주는 할아버지에게 반기를 들었던 몇 시간 전의 자신을 떠올렸다. 하지만 결국 황녀와 맞서는 자리로 제 발로 걸어들어 왔다. 자신은 이우를 얼마나 믿는가? 오늘 이곳에 참석하는 것은 찬주를 시험에 들게 한 일이기도 했다.

"용기를 내주어 고맙소."

이우가 다독이듯이 말했다.

"저는 오늘 전하께 제 운명을 걸어보려 합니다. 어떻게 될지는 모르겠지만요."

찬주가 스스럼없이 웃으며 말했다. 황녀가 참석한 이 연회에 찬주가 온 것만으로도 이우에게 큰 힘이 되었다. 이우는 단순한 초대의 의미로 의복을 선물한 것이었으나 황녀가 온다는 것을 알고도 참석한 것은 오로지 찬주의 선택이었다. 결국 이우가 선택해야만 하는 여인은 자신이라는 것을 이곳에 참석해 스스로 증명한 것이다.

정희는 단상 아래에서 두 사람의 모습을 바라보고 있었다. 조금 전까지 자신과 이야기 나누던 이우는 이제 찬주와 함께였다. 찬주에 대해서는 굳이 진완에게 내막을 듣지 않아도 알고 있었다. 그녀는 박영효 후작의 손녀딸이자 학교에서 피아노를 잘 치는 것으로 유명했다. 그리고 벨벳 커튼 뒤에 있는 일본에서 왔다는 황녀도 이우 옆에 있는 것과 다름없었다. 이우 곁에는 어마어마한 사람들뿐이었다. 정희는 들고 있던 샴페인 잔을 원탁 위에 쓸쓸히 올려놓았다. 정희가 바닥을 보니 발 밑 상아색 대리석에 자신의 얼굴이 비치는 것도 같았다. 진완이를 따라온 것은 이우를 볼 수 있을까 하는 소박한 이유 때문이었다. 그런데 새삼 자신은 감히 이우에게 댈 수도 없는 처지라는 것을 깨닫게 되었다.

이제 무도회가 시작되려고 하고 있었다. 메인 행사나 다름없는 사교춤을 위해 가운데 둥그렇게 빈자리를 남기고 사람들이 모였다. 기둥 옆으로 나와 있는 이들은 친한 사람들끼리 모여 이야기를 나누기 바빴다. 찬주는 상석에 앉아 있는 유리코와 이우를 바라보았다. 오늘은 누가 뭐라고 해도 두 사람이 주인공인 양 꾸며져 있었기에 찬주는 오늘 어떤 바람도 가지지 않고 있었다.

"조선까지 오다니 전혀 예상하지 못했소."

멀리서 보면 상석에 앉은 이우와 유리코는 사이좋은 이들의 모습처럼 보였다. 대화 내용은 그렇지 않을지라도 오랫동안 친했던 사람들처럼 시선을 앞에 둔 채 대화를 나누고 있었다.

"이제야 인사도 받아주고 이야기도 할 수 있게 되었네요. 저도 잘 몰랐는데 궁내성이 대단한 곳이긴 한가 봐요."

유리코가 자랑스럽게 말했다.

"여행을 왔다고 들었는데 경성은 돌아보았소?"

이우가 무표정으로 되물었다. 유리코는 할 말이 없었다. 그녀는 조선에 이틀 전에 도착했고 오늘 연회에 참석하고 바로 도쿄로 돌아갈 예정이었다. 황족이 식민지에 오래 머물러봤자 좋을 일이 없었다.

"그거야 언제든 할 기회가 있겠죠. 전 조선에 오길 잘 한 것 같아요. 사람들도 친절하고 저한테 잘 대해주는걸요."

자신에게 혼인을 결정할 권한이 주어진 이상 그 외에는 어떤 것도 상관할 필요가 없다고 여긴 유리코는 짐짓 여유로웠다.

"다른 사람들이라도 그대에게 친절했다니 다행이오."

무슨 말이지? 시선을 앞에 둔 채 예쁜 인형처럼 웃던 유리코가 이우에게로 고개를 돌렸다.

"그대는 지금부터 조선에 온 것을 후회하게 될 테니까."

이우는 아까보다도 더 굳은 얼굴로 앞만 바라보았다. 여기까지 온 것을 후회할 거라니? 유리코는 인상을 찌푸린 채 불안하게 연회장을 응시했다. 음을 조율하던 관현악단이 동작을 멈추고 왈츠의 도입부를 연주하기 시작했다. 차이코프스키의 '백조의 호수 제2막'이었다.

"전하! 주인공이신 전하께서 제일 먼저 나와주십시오."

시노다 장관이 이우를 향해 큰 소리로 말했다. 연회의 주인공이 나서지 않자 왈츠의 도입부는 몇 번이고 다시 연주되었다. 그런데도 이우는 꼼짝도 하지 않고 자리에 앉아 있었다.

"전하께서 본보기로 일어나셔야 다른 사람들도 앞으로 나올 수가 있습니다."

시노다 장관이 재차 권하자 유리코는 낯이 뜨거워졌다.

"알겠소. 장관이 그리 원한다면 내 기꺼이 일어나지."

이우는 시노다 장관의 말을 딱 자른 채 일어섰다. 시노다 장관은 이제 한시름 놓았다고 생각했지만 그건 착각이었다. 이우는 모든 사람의 예상을 깨고 유리코에게 손을 내밀지 않았다. 그는 단상에서 내려와 누군가에게로 향했다. 다들 이우가 누구한테 가는지 보려고 고개를 빼꼼 내미느라 정신이 없었다. 이우가 향한 사람은 사람들 속에 서 있던 찬주였다.

"한 곡 추겠소?"

이우가 웃으며 찬주에게 손을 내밀었다. 유리코가 아니라 나에게? 기대하지 않았던 찬주는 깜짝 놀라 뒤편에 앉아 있는 할아버지를 보았다. 박영효는 고개를 한 번 끄덕인 후 지팡이를 짚은 채 눈을 지그시 감았다. 손을 잡아도 좋다는 의미였다.

"내게 운명을 걸어준 보답이오."

찬주가 망설이자 이우가 한 마디 덧붙였다. 찬주는 그 말에 뛰는 가슴을 안고 손을 내밀었다. 한편 정희는 맞은편에서 두 사람의 모습을 바라보았다. 이건 무슨 감정일까……. 설명할 수 없는 감정이 정희를 휘감았다.

연회장의 최중심. 아마 여기서 고개를 들면 위쪽에 커다란 샹들리에가 매달려 있을 것이다. 원래 순백색이었을 바닥의 대리석은 샹들리에 불빛에 반사되어 뽀얀 크림색을 띠었다. 그곳에서 춤을 출 수 있는 사람은 얼마 되지 않았는데 그 중심에 이우와 찬주가 있었다.

'감히 날 이렇게 대하다니!'

유리코는 기가 막힌 꼴을 보며 자리에서 천천히 일어났다. 이만한 치욕은 없으리라. 유리코는 살면서 이런 수모를 겪어본 적이 없었다. 이 제국의 신인 천황의 외손녀가 아닌가. 그런데 식민지 왕족 따위가 황녀인 자신을 버려두고 다른 여자에게 춤을 청했다.

'누구 때문에 조선까지 왔는데!'

유리코는 화를 참느라 이를 악물었고 황녀로서 우아한 모습을 보일 여유도 없었다. 그녀는 아무도 잡아주지 않은 흰 장갑을 손에서 휙 뺐다. 그리고는 보란 듯이 딱딱거리는 구둣발소리를 내며 연회장 중앙을 가로질러 밖으로 나갔다. 말쑥하게 차려입은 친일파들이 그녀가 지나가도록 길을 터주었다. 그래도 이우는 신경 쓰지 않았다. 뒤를 쫓는 시선들을 가까스로 떨친 유리코는 연회장에서 도망치듯 빠져나갔다. 시노다 장관만이 허둥지둥 유리코 뒤를 쫓았다.

"이…… 이!"

에이코도 입술을 일그러뜨리며 와인 잔을 테이블에 꽉 놓았다. 와인 잔에서 와인이 넘쳐 하얀 테이블보가 붉게 물들었다. 에이코 자신이 머릿속으로 그리던 내선일체의 자리가 완벽하게 망가지고 만 것이다.

"흥, 다들 날 비웃더니 꼴좋구나."

연회장 한구석 테이블에서 술을 마시던 한창수가 보란 듯이 내뱉었다. 그는 위스키를 들이붓다시피 하며 연신 잔을 비워대고 있었다. 그는 아까 무시당한 이후로 이미 연회 초반부터 거나하게 취해 있었다.

"아직도 겁이 나오?"

이우가 찬주의 왼손을 잡아당겨 리드하며 물었다. 잇따른 소란에도 이우가 춤추는 걸 멈추지 않아서 관현악은 끊이지 않고 계속되었다. 이우가 리드하는 춤 동작은 누가 봐도 근사했는데, 조선에 올 때마다 동생들에게 가르쳐준 사교춤이 연회장에서도 자연스럽게 나온 것이었다. 황녀를 두고 찬주에게 제멋대로 춤을 청한 것 때문에 술렁이는 분위기에는 조금도 신경쓰지 않은 행동이었다.

"겁이 난다면 이 손을 놓으리다."

손을 놓겠다고 말하면서도 이우는 찬주의 손을 굳게 잡고 있었다. 정희의 말이 촉발제가 되어 그의 행동은 돌파구를 찾았다. 이런 자리에서 황녀보다 찬주를 선택했다는 사실 자체만으로도 얼마나 큰일인지 이우는 알고 있었다. 오늘 연회는 친일파들의 잇속을 재차 확인하는 자리가 되었을 뿐이다. 이우와 찬주를 향한 장내의 시선이 얼마나 따가운지를 보면 그 사실을 알 수 있었다.

"아니요. 이젠 아닙니다."

찬주가 밝게 고개를 젓자 이우도 함께 웃었다. 그런데 기둥
쪽으로 밀려나 있는 무수히 많은 사람들 중에 이우의 눈에 띄
는 이가 있었다. 정희가 사람들 속에서 자신을 바라보고 있었
다. 이상하게도 자신을 바라보고 있는 정희의 얼굴에 체념의
빛이 스쳤다. 곡이 거의 막바지에 이르고, 이우가 한 바퀴 돌고
나자 그곳에 있던 정희는 사라지고 없었다. 이우는 그만 자리
에 우뚝 섰다. 왈츠는 이우가 자리에 서고 나서 두 박자 뒤에 끝
났다. 계속 한 곳을 바라보는 이우의 시선을 찬주도 따라가 봤
지만 그곳엔 아무도 없었다.

"……."

정희가 눈앞에서 사라졌다. 이우가 그걸 알아차린 순간 연
회장의 불이 순식간에 꺼졌다. 웅성웅성. 조명이 꺼진 채 불이
들어오지 않는 연회장은 난리법석이었다. 당황한 사람들이 마
음대로 움직이는 통에 이우는 그만 찬주의 손도 놓치고 말았
다. 그는 사람들에 떠밀려 암흑 속에서 이곳이 어디쯤이었는지
가늠하고 있었다. 그런데 근처에서 달각거리는 라이터 소리가
들렸다.

"민족의 반역자들!"

누군가 큰 소리로 외쳤다. 그리곤 치이익 하며 무엇인가에

불이 붙는 소리가 들렸다. 어쩌면 군인인 이우만이 그것이 무엇인지 정확히 파악할 수 있었을 것이다.

"죽어라!"

만석이 두 개의 사제폭탄을 연회장 양쪽으로 힘껏 던졌다. 그리고 재빨리 출구 쪽으로 몸을 움직였다. 뚜렷하게 들린 "죽어라"라는 외침에 너도 나도 문을 찾느라 난리였다. 이우는 어둠 속에서도 그를 쫓아 달려나갔다. 이우가 연회장을 빠져나오자 큰 폭발음이 연속으로 두 번 들리고, 남녀 불문하고 비명소리가 터졌지만 이우는 오로지 방금 도망친 '그자'만을 쫓기 시작했다.

한밤중에 병원에 실려 간 사람만 해도 엄청났던 폭탄 투척 사건은 무력투쟁이 잦아들던 시기를 파고들어 전대미문의 사상자를 냈다. 관저 안의 친일파들은 무방비 상태였기에 다친 이들이 태반이었고 노인 중에는 죽은 사람도 있었다. 그런데도 총독부에서 직접 나서 신문 3사며 〈매일신보〉며 모든 신문에 보도되는 것을 엄금하고 나섰다. 경성 내에서 폭발사건이 일어나면 범인은 거의 잡혔는데, 이 일은 범인의 행방이 오리무중이라는 것이 특기할 점이었다. 그리고 연회장 내 '누군가'가 연루되었다는 사실마저도 불문이어서 비밀관저 폭발사건이라고만 언급되고 말았다. 온 경성 사람들이 다 알고 통쾌해했지만 이러한 일련의 이유들 때문에 어디에도 기록되지 못한 사건이었다.

"어디에 있다가 온 건데? 응? 어디 다친 덴 없고?"

진완이 이제 막 검열을 마친 정희를 데리고 나왔다. 관저 2층에서 숨을 돌리던 그들에게 원선이 간단한 음료를 가져다주었다. 경성여고보 여학생과 왕녀라고 자필로 적고 나서야 두 사람은 겨우 숨 막히는 검열에서 빠져나올 수 있었다.

진완은 폭탄이 근처에서 터진 것 치고는 로브데콜테에 그을음만 생긴 정도였고, 원선은 연회장 밖 계단에 있었던 덕분에 멀쩡했다.

"답답해서 잠깐 밖에 있었어. 난 그렇게 예쁘고 화려한 정원은 처음 봤거든. 호수가 너무 예뻐서 한참 구경하고 있었다니까."

정희는 다친 곳도 없고 멀쩡하다며 도리어 밝게 말했다. 여러 가지로 신경이 쓰여 정희는 총독관저 건물 밖으로 나와 있었다. 커다란 정원이 보이는 기둥 옆에 서자 동백나무의 푸른 잎이 살짝 비춘 달빛에 빛났다. 정희는 관저에 딸린 작은 호숫가에서 홀로 올해의 첫 함박눈을 맞았다. 눈꽃들은 자기들끼리 바스스 나부끼더니 호수로 곤두박질쳤다. 그녀는 이우와 찬주가 함께 춤을 추는 모습을 곡이 끝나갈 무렵까지 지켜보았다. 그리고 차마 닿지도 못했을 이우에 대한 소중한 것을 잃어버렸다고 느꼈다. 정희는 호숫가에 앉아 연회에 참석한 것을 후회했다.

"그런 거라면 다행인데⋯⋯."

말꼬리를 늘이던 진완이 제 속에 있는 얘길 꺼냈다.

"난 있지, 오늘 연회에서 저세상으로 가는 줄 알았어. 너도 잃어버린 줄 알았고. 오빠한테 경찰청장이 직접 찾아온다니까 앞으로도 걱정할 일이 태산이다."

진완은 오늘 밤에 있었던 일들을 생각하니 두통이 밀려오는지 이마를 짚었다. 경찰청장이 범인을 쫓아나간 이유를 만나러 집으로 온다고 했다. 정희는 관저 정원에서 들었던 의문의 총성 한 발을 떠올렸다. 만약 그 총상을 입은 사람이 이우였다면 진완이 이렇게 차분할 리는 없었다. 하지만 진완의 입에서 나온 사실과 총성을 조합해볼 때 이우가 큰일에 휘말렸다는 걸 알 수 있었다.

"늦었다. 얼른 들어가!"

진완이 차로 정희의 집까지 데려다주고는 돌아가며 말했다. 진완을 태운 차가 사라질 때까지 정희는 잠시 차가운 거리에 서 있었다. 그새 눈은 그쳤지만 가로등도 없고 밤이 늦어 거리는 조용하기만 했다. 정희는 홀로 눈에 발자국을 내며 대문 안으로 들어섰다.

"정희니?"

대문은 잠겨 있지 않았다. 정희의 어머니가 눈이 소복한 마당에서 정희를 기다리고 있었다. 그녀는 진완이 운현궁에서 보낸 사람을 통해 딸이 여태 운현궁에서 피아노 연습을 했다는 얘길 듣고 안절부절못했다. 다른 곳도 아닌 운현궁이라니. 게다가 벌써 밤이 깊어 있었다.

"엄마⋯⋯."

정희 어머니는 딸의 미처 풀지 못한 올림머리와 화장기 있는 얼굴을 보고 만감이 교차했다. 삶에 치여 지내다 오늘에야 비로소 딸이 이렇게 커버렸다는 것을 알게 되어서였다. 정희는 어머니를 따라 방에 들어갔다.

"엄마가 걱정하실 일은 안 했어요."

폭발 사건을 겪고 왔지만 정희는 차마 그런 일을 겪었다고 할 수 없었다. 하지만 어머니는 여전히 말없이 정희를 바라보았다.

"이우 공 전하를 만나 뵈었니?"

정희는 올림머리를 풀던 손을 멈추었다. 늦게 들어온 것 때문에 걱정을 끼쳐드렸다고 생각하고 있었는데 어머니는 의외의 말을 건넸다. 전하라니, 왜 그런 걸 물으시는 걸까? 정희와 이우의 만남은 언제나 우연에 가까웠다. 그래서 정희는 어머니 말의 무게를 짐작할 수 없어 머뭇거렸다. 피아노를 배우러 다녔으니 한 번이라도 스쳤거나 만나지 않았을 리가 없지 않은

가? 딸이 아무 대답도 하지 않자 정희의 어머니는 예상했다는 듯 깊은 한숨을 쉬고 자리에서 일어났다. 그리고 옷장 깊숙한 곳에서 낡은 보자기에 싸인 상자를 꺼내왔다.

"이게 뭐예요?"

직접 풀어보라는 듯 어머니가 상자를 정희 쪽으로 밀었다. 정희가 잠시 머뭇거리다 보자기를 풀자 속에 작은 함 하나가 나왔다. 옻칠이 벗겨져 세월을 짐작할 만했지만 꽤 비싸 보였다. 정희가 함을 열자 그 속에 반지 하나와 빛바랜 종이가 들어 있었다. 무슨 종이일까? 정희는 곱게 접힌 종이를 풀어 읽기 시작했다. 생년월일이 적힌 종이를 보고 정희는 단박에 그것이 사주단자임을 알아보았다. 그런데 이상하게도 부인 이름은 없고 남편 이름이 적힌 곳에 수려한 글씨체로 이성길이라는 이름과 생시가 적혀 있었다.

"이성길, 이분이 누구신가요?"

생시에 가락지까지 있는 정식 혼약의 징표였다. 이것은 누구의 것일까? 이씨는 왕족인데 자신의 집에 왕족의 사주단자와 약혼지환이 있을 이유가 없었다.

"오래 전 의친왕 전하께서 네 아버지께 건네주신 약조란다. 그때 너는 내 뱃속에 있었는데 태어날 아이가 딸이면 둘째 아드님과 이어주시겠다며 이걸 주셨지."

세월이 흘러도 생생한 그날의 약속. 정희가 태어나기도 전에 있었던 일을 떠올리며 그녀는 말을 이어갔다.

"내가 지금까지 이 일을 네게 말하지 못했던 것은 네 아버지께서 이 약혼을 그 자리에서 거절하셨기 때문이다. 내가 알기로는 둘째 아드님은 운현궁에 양자로 가셨는데 그분이⋯⋯."

정희는 운현궁에 양자로 갔다는 말에 그대로 굳어버리고 말았다. 설마 그분이?

"이우 공 전하시란다."

어머니의 말이 끝난 것과 동시에 정희는 사주단자를 천천히 바닥에 내려놓았다. 정희는 오늘 총독관저에서 찬주에게 손을 건네던 이우를 본 그 자리로 되돌아간 기분이었다.

"네 아버지께서 딱 잘라 거절하신 만큼 네가 어떤 이유에서든 운현궁에 들락거리는 일은 없어야 하지 않겠니? 나는 내가 이걸 간직했다는 사실마저도 부끄럽구나."

네가 잘 알아들었을 거라 믿는다는 말을 끝으로 어머니는 자리에서 일어났다. 자신도 모르는 새 깨진 혼약. 이제 어떤 이유로든 멀리서라도 이우의 얼굴을 보는 것은 여의치 않게 되었다고 정희는 생각했다.

"전하의 성년식에 폭파사건이라니! 기자들 출입을 엄금해서 망정이지 큰 사달이 날 뻔했습니다. 황녀님께서 와 계시는데 하마터면 큰일을 치를 뻔했어요."

총독관저 폭파사건이 일어난 지 엿새째 되던 날. 담배연기 자욱한 중추원에는 참의를 비롯한 친일파 노인네들이 삼삼오오 모여 앉아 그날의 이야기로 열을 올렸다. 이들이 모일 때마다 하는 이야기라곤 무용가 최승희가 어쨌네 하는 쓸데없는 것뿐이었지만, 이번에는 자신들이나 그 자손들을 죽이려 한 사건이어서 자리가 사뭇 심각했다.

　"이게 다 망할 독립운동인가 뭔가 한다면서 세상을 망치려는 놈들의 소행일 겁니다. 거 있지 않습니까? 의열단인가, 혁명단인가 하는 나부랭이들의 짓거리지요. 전부 소탕했다고 들었는데 아직도 경성에 잔당이 남아 있던 모양입니다."

　더러운 말을 입에 담았다는 듯, 잔당이 어쩌고 하는 남자의 얼굴은 몹시 일그러져 있었다.

　"에잇, 이번 일로 경찰서장도 깨지고 헌병대장도 교체되고 내지에서 큰 질책을 받았어요. 범인을 잡아내야 하는데 그자의 행방이 묘연해 신임 헌병대장도 애를 먹고 있다고 들었습니다. 그날의 증언들을 들어보면 누군가 범인을 목격했다고 하던데……."

　"목격자가 있었답니까?"

　대화는 새로운 국면을 맞아 한 사람에게로 쏠렸다.

　"그런데 그 목격자가…… 이우 공 전하라는 게 가장 큰 문제라지요."

눈치를 보던 자가 박영효 쪽을 슬쩍 보고는 날름 그 이름을 뺐었다. 박영효는 그제야 이들의 이야기를 듣는 둥 마는 둥 방관하던 것을 관두고 돌아가는 분위기를 살폈다.

"이우 공 전하가 그자를 쫓아간 뒤로 행방을 알 수가 없었다고 합니다. 그 일로 이우 공 전하에게 경찰서장이 들러붙어서 조서를 쓴다 어쩐다 하는 바람에, 전하의 일정이 늦춰져 하루 늦게 도쿄로 가시지 않았습니까?"

"나도 그 사실은 들은 바 있습니다. 알다시피 내 둘째 사위가 〈조선일보〉 주간이니 이 이야기의 신빙성은 걱정 안 하셔도 됩니다."

한 사람이 나서서 사위가 신문사 주간이라며 거만하게 자랑질까지 조금 얹자, 망국의 왕족 따위가 대체 뭔 짓을 한 것인가 하는 분위기가 형성되었다.

"늙은이가 훈수를 두자면, 전하께서는 어디까지나 범인을 놓치신 것으로 보입니다."

마침내 박영효가 이야기에 끼어들었다. 박영효는 제 몫으로 올라온 잣이 띄워진 수정과를 한 모금 들이켰다. 그가 입을 열자 손녀사위 될지도 모르는 왕족 뒤를 봐주려는 것인가 하고 모두들 도끼눈을 뜬 채 주시했다.

"놓치긴 뭘 놓친단 말입니까? 군인인 전하께서 그거 하나 못 잡으실까!"

누군가 벌떡 일어나 박영효 근처에 대고 삿대질을 했다. 실은 박영효에게 손가락질을 하고 싶었지만 그럴 배짱이 없어 근처만 마구 찍어대는 것이었다. 전하고 뭐고 곱게 꼭두각시 역할이나 할 것이지 이런 일에 연루되다니 하는 분위기였다.

"내가 다카노 경찰서장에게 직접 들은 바로는, 전하께서는 그날 범인을 잡기 위해 난투극을 벌이시다가 팔에 스치듯 총상을 입으셨다고 합니다."

"……!"

그렇다면 범인을 잡으려고 몸싸움을 하다가 그리 되신 것인가? 박영효의 말에는 일리가 있었다. 그날 이우를 본 사람 중 몇몇이 전하가 피를 흘리셨다는 말을 했던 것이다.

"그리고 다들 폭탄이 터진 것에만 집중하나 만일 전하께서 범인을 쫓아 피신하지 않았다면 공 전하께서 폭발로 목숨을 잃으셨을 수도 있었겠지요. 지금 여기 안 계시는 분이 몇 분 있는 것처럼 말입니다."

수정과를 다시 내려놓으며 박영효가 나직이 말했다. 실제로 중추원에 살다시피 드나들던 이들 중 둘은 다치고 한 명은 어제부로 사망했다.

"나는 이번 일로 사람들이 얼마나 무모한 상상력을 가지고 있는지 알게 되었습니다. 무려 자신의 성년 축하연에, 불령한 인간이 폭탄을 투척한 일로 이렇게까지 눈총을 받아야 하는 것인지 묻습니다."

무모한 상상력! 박영효는 분위기를 뒤집으며 추호도 의심 없다는 말을 덧붙였다. 실제로도 박영효는 다카노 경찰서장이 들고 온 '이우 공 전하 관련 어조서'의 내용을 훑어봤지만 다친 것을 비롯해 걸리는 부분이 전혀 없어 이우와 범인이 무관하다는 확신을 갖고 있었다. 그래서 사람들이 함부로 입을 못 놀리게 으름장을 놓은 것이었다. 좌중은 칼만 들지 않았다 뿐 여차하면 베어버릴 듯 날카로운 박영효의 눈빛에 슬슬 눈치를 보며 몸을 사렸다. 이제 더 이상 이우가 관저 폭발사건을 일으킨 자와 조금이라도 관여되었다는 소문이 나올 수 없을 것이었다.

〈2권에 계속〉

이우 왕자 1

초판 1쇄 발행 2017년 1월 17일
초판 2쇄 발행 2017년 3월 7일

지은이 · 차은라

발행인 · 양문형
펴낸곳 · 끌레마
출판등록 · 제313-2008-31호
주소 · 서울시 종로구 대학로 14길 21 4층
전화 · 02-3142-2887 팩스 · 02-3142-4006
이메일 · yhtak@clema.co.kr

ⓒ 차은라 2017

ISBN 978-89-94081-69-4 (04810)
      978-89-94081-68-7 (세트)

이 도서의 국립중앙도서관 출판예정도서목록(CIP)은 서지정보유통지원시스템 홈페이지(http://seoji.nl.go.kr)와 국가자료공동목록시스템(http://www.nl.go.kr/kolisnet)에서 이용하실 수 있습니다. (CIP제어번호: CIP2016031845)